砂の海のレイメイ
Sunano Umino Reimei
中島リュウ
Illustration PAN:D

CONTENTS

Sunano Umino Reimei

Ikhlas
イフラース
ダンテ
Dante
Zafar
ザファル

異世界《ウォーズ》直下
武装勢力
ストランド・フリート
Shino
シノ
Get
ゲット

テンドウ海賊団
レイメイ
Reimei

砂の海のレイメイ

Sunano Umino Reimei

七つの異世界、二つの太陽

中島リュウ

Illustration PAN:D

～プロローグ～

「あたしはレイメイ。夜明けの黎明《れいめい》だ！」

快活さにはじけるその声は、おれが知るどんな女性とも違っていた。

女は大きく足を開き、倒れたままのおれをまたいで、迫る。

下着と見まがうほど短いショートパンツ。そこからはみ出した腿《もも》が、褐色《かっしょく》の肌を惜しげもなくさらしている。

――近い。

熱が、鼻先をくすぐったくかすめる。

だがおれの目は、女の表情に奪われていた。

高い背丈と長くつややかな黒髪には、どこか不釣り合いな童顔。海賊帽の下の黒目がちな瞳は、あふれる自信と好奇心に輝いている。

「こんなところで死ぬのは、このあたしが許さん」

しなやかな腕が、まっすぐおれにさし出された。

そうして女は、仲間を遊びに誘う少年のような眼差《まなざ》しで、おれに言う。

「ゲット。おまえをあたしの夫にしてやる」

砂漠海賊レイメイとの出会いは、あの日、嵐のようにやってきた。

【1】砂の海洋

「あっちー……」

日差しが強く照りつけている。

首をぬぐうと、汗で固まった砂がごっそりとこそげ落ちた。

見渡せば一面の砂原。つらなる無数の砂丘を、風がきまぐれに描きなおしていく。

ここは砂海。どこまでも砂漠が続く、砂の海だ。

「……重てー」

あたしは砂上で一人、引きずっている獲物を振り返った。

魚だ。でも、海の魚じゃない。

砂海に適応した、二メートルくらいある化け物みたいな砂海魚だった。

砂に潜《もぐ》って自由に泳ぎ回っていたそいつを、あたしは見事に銛《もり》で仕留めた。たぶんあとで、漁師のおっちゃんたちが悪くない値段で引き取ってくれるだろう。

それはいい。いいんだけど、そうじゃない。

「……おぉーい。おねえちゃー……ぁぁ……ん」

遠くからあたしを呼ぶ声がする。妹のシノだ。

停止した砂海船の上から、小さな体を一生懸命のばして手を振っている。シノがジャンプするたび、金髪が太陽を反射した。

大物に銛を打ちこんだあたしは、油断した。魚はまだ生きていたのだ。銛にくくりつけたロープは、あたしの腰のハーネスとつながっている。危なそうな時はすぐ切り離して逃げるのに、さっきのあたしは、つい欲張った。

つまり、ロープに引っ張られて船から落っこち、死にかけの魚に五キロほど砂海を引きずり回されたのだった。

今のあたしは口の中からつま先まで砂まみれだ。

砂海の砂はきめが細かく、沼のようによく沈む。歩いて歩けないことはないけれど、一歩でも踏み出せば、ブーツはもう靴底まで砂でぎっしりだ。

歩くというより泳ぐように、ようやく船にもどったあたしは、埃《ほこり》ひとつついていないシノをさすがにちょっとジト目で見ていた。

「おかえり！　レイメイおねえちゃん」

「ただいまー……あーあ、いいよなぁシノは。頭脳労働担当で。汗ひとつかいてねーじゃん。あと金髪だし。肌の色きれいだし。世界一かわいいし……あー、おねえちゃんやってらんねえなー！　かわいい妹にねぎらってもらわなきゃ、すみっこで体育座りして、しばらく自分の殻にとじこもっちゃうなぁ！」

「ちょっと、すねないでよー」

シノは青い目を糸のように細くして、くすくす笑った。

ただそれだけで、そこに光が差したように錯覚する。

妹のシノは、一言でいえば美少女だ。ガサツなあたしとは似ても似つかない、小柄で華奢《きゃしゃ》な体。白い肌にはシミも日焼けもまったくない。何気ない仕草にもどことなく品がある。

シノは見ているこっちがつい守ってやらなきゃと思ってしまう、生まれついてのお姫さまなのだ。

「そんなに卑屈《ひくつ》にならなくていいのに。おねえちゃんだってかっこいいじゃん。黒い髪も日焼けしてる肌も、強そうだし。わたし好きだよ。あと、お誕生日のチョコみたいだし」

「食べ物といっしょにすんじゃねー！　あたしだって女の子だぞ!?」

甲板《かんぱん》にのぼったあたしは、背負っていた砂海魚を足元に放り出した。鱗《うろこ》が剝《は》がれて、ちょっとばかり傷ものになったが、構いやしない。あたしはそもそも漁師じゃないのだ。

シノはあいかわらず、憎たらしいくらいかわいい顔で、にやにやにこにこ笑っている。

「でもチョコすきでしょ？　めったに食べられないもんね」

「あったりまえよ！　女の子だからなっ。そしてさりげなく話題をそらすんじゃねえ」

「はいはい、知ってますよ。ほしいものはもらうんじゃなくて、奪わなきゃね。おねえちゃんは女の子で——海賊なんだから」

「そーともよ！」

投げ捨てた魚のかわりに、あたしは帽子を拾った。黒くて角がふたつあって、大昔の海賊がかぶっている、イメージ通りの二角帽というやつだ。

「バイトは終わりだ。本業の方の獲物も来てるじゃねえか。十時方向、敵影よっつ、いつつ……むっつ！」

のぞきこんだ望遠鏡のなかに、砂塵《さじん》をまきあげて近づく黒い影が見える。

それらの船はいずれも側面に巨大な外輪をそなえていた。外輪が砂を掻《か》きだすことによって前進する、砂海船だ。

ママがそうしていたように、あたしはにぃっと歯茎を剥《む》いて笑った。

「大漁、大漁ッ。シノぉ、持ち場につけ！　ストランド・フリート——ママの仇《かたき》だッ。全速前進！　ヨーソローォ！」

＊

異世界。それはかつて、突如《とつじょ》として空に現れた。

質量はなく、半透明で光をとおし、日光をさえぎることもない球体。

浮遊する原理は不明だが、何かの力を発しているわけでもなければ、月のように潮の満干《みちひ》に影響することもない。古い映画のネガフィルムを透かして空を見上げたように、ただそこに見えている。

一万メートル下方の、地上から見上げた場合の話だ。

航空機を飛ばし、空中の異世界へ接近すると様子は変わる。

近づくほどに徐々に重力が生じ、天と地は入れ替わった。せまり来る大地はもはや透過せず、反対に、後にしてきた地上こそ透けて見えることに気づく。

そして異世界の地表には、たしかな文明の痕跡《こんせき》が見られるのだった。

そんな異世界が七つ、この地域の空に浮かんでいる。

かつてそれらは希望だった。人口の爆発的増加と資源の枯渇が進む時代にもたらされた、新たなフロンティアだと思われていた。

異世界が砕けて、砂を降りそそがせるようになるまでは。

逆巻く砂塵《さじん》。その中に、ときおり走る雷光。

南方はるかに生じた砂嵐は、遠目にも恐ろしい。

「荒れるな」

艦隊長アイオワは空調のきいた艦橋から嵐を一瞥《いちべつ》すると、すぐまた手元へ視線をもどした。

それが合図だ。しなだれかかる美女が空いたグラスに酒をそそぐ。反対側に立つ別の女が皮をむいたブドウをさし出した。

アイオワは肥えた首をほとんど自ら動かすことなく、これを咀嚼《そしゃく》する。艦を動かすために働く士官たちは、誰一人とがめようとはしない。船の持ち主がハーレムの女を連れこむことは、当然の権利とされていた。

座礁艦隊《ストランド・フリート》第三艦隊。旗艦〈エイプリル〉。

両舷側《りょうげんそく》に砂を掻《か》く巨大な外輪をとりつけ、砂漠を航行できるよう改修された陸上空母は、後方左右に五隻《せき》の外輪船を従え、砂の海を征《ゆ》く。

「先行する哨戒艦《しょうかいかん》より通信！　進路上に『異物』を発見した模様。すでに地元のスカベンジャーが群がっているようです。ボスから指令が下っていた我が艦隊の当初の目標はすでにコンテナに収容済みで、あとは母港まで輸送するだけですが……あちらの異物も牽引《けんいん》していきますか？」

「当然だ。任務ついでの手土産《てみやげ》にちょうどいい。漁《あさ》り屋どもを蹴散《けち》らし、奪いとれ」

士官の提案に尊大にかえす。アイオワの巨体は低い笑いに揺れた。

「砂海の主人が誰か、思い出させてやれ」

荒涼とした砂漠に、ややかたむいて、巨大な金属塊が突き立っている。無骨で、直線的なシルエット。異質な存在感を放つ。

それもそのはず。事実それは、この世のものではないのだから。

巨大な異物へとりつき、工業カッターで鋼材を切り出す者たちがいた。

スカベンジャー、あるいは漁《あさ》り屋と呼ばれ蔑《さげす》まれる集団だ。

廃材を張り合わせたような船体に、はためく大漁旗。不ぞろいな装備で武装したこのような愚連隊など、所詮《しょせん》ストランド・フリートの敵ではない。

上空の音と光に、作業中のスカベンジャーたちは顔を上げた。ストランド・フリートの空母を飛び立った先遣隊、武装ヘリの襲来だ。

ヘリによる空からの銃撃に、スカベンジャー船はクモの子を散らすように逃げていく。だが中には踏みとどまり、上空へ向けて銃を乱射する者もいた。

その抵抗は長く続かなかった。轟音《ごうおん》のもと、抵抗船が巨大な砂しぶきに消えた。ストランド艦の艦砲射撃がはじまったのだ。

ぼっ。ぼっ。……ぼすん。

船が砕け、人体が宙を飛ぶ。

その音は、防音処理がなされたブリッジからは、場違いにのどかにも聞こえる。

艦隊長アイオワは、快適なリクライニングシートに深く身を沈め、乾杯した。

「恵みの砂海だ。力ある者のもとに、砂はすべてを運んでくる」

見上げる空には太陽の輝き。

そして途方もなく巨大な質量、半透明の星が浮かぶ。

異世界。かつてそう呼ばれた球状の物体が、ここから見える範囲でも三つ浮かんでいる。

これこそが世界を覆う砂の元凶だ。

結局のところ異世界は、都合の良いフロンティアなどではなかった。

今、空の異世界は砕け、そこから降りそそぐ砂が地上を砂漠に変えている。

だが、そうして落下する砂の中には、わずかながら利用可能な資源が含まれていた。それが新たな争いの火種となっている。

ストランド・フリートとスカベンジャーの戦闘は続いていたが、圧倒的に優勢なストランド艦隊の一部はすでに異物の回収をはじめていた。

異世界から落ちてきた、ばかばかしいほど巨大な金属塊に、ストランド艦の砲塔が照準を向ける。人型をしたそれに砲撃を繰り返し、こぼれおちた破片に船尾のアンカーを打ちこみ引きずっていく。

装備で劣るスカベンジャーの漁船では、先に見つけたこの獲物を守ることもままならない。

ストランド・フリートは空に浮かぶ異世界のひとつ、《ウォーズ》の直下地域において最大最強の勢力を誇る。国家が崩壊し、強者の暴力が法となる砂海では、逆らえる者など誰もいない——。

……きゅるるるるる……。

はずだった。

ギュルッ。ギャルルルルルルッッ!

「ごッ、護衛艦〈フェブラリ〉に異変……傾いていきます! 後部スクリュー破損を確認!

スカベンジャー船の攻撃ではありません。あれは……ドリルだと!?」

「あぁ!?」

士官の意味不明な報告に、艦隊長アイオワは立ち上がった。

窓に駆け寄ったアイオワが見たものは、しかり。ドリルである。

銀色に輝く螺旋《らせん》が砂の下から突き出し、スカベンジャーと交戦中の護衛艦を貫いている。ドリルはなおも回転し、護衛艦〈フェブラリ〉の船尾を削りながら、円筒形の本体を垂直に浮上させた。

「潜水艦……?」

新任士官がつぶやいたのは、とうに死語となったはずの言葉だった。

肥満して皺《しわ》のついたアイオワの顎《あご》を、ねばつく汗が流れ落ちた。

「ドリルに……潜航艦だと? ありえんぞ。あれはたしかに仕留めたはず!」

異世界が落とす砂の粒子がいかにきめ細かく、地表付近で流水に似た性質を示そうとも、砂は砂。水の中を潜《もぐ》るようには潜航することはできない。異世界からの落下物に由来する強力なエンジンで外輪を回し、強引に砂海を漕《こ》ぎ進む砂海船よりもさらに高度。そのような技術は存在しない――。

たったひとつの例外をのぞいては！

砂海の乾いた空気に、拡声器越しのざらついた音声が響いた。

『武装船団ストランド・フリートへ告ぐッ！　こちら潜航艦〈モノケロース〉号艦長、テンドウ海賊団二代目団長のレイメイである！』

凛《りん》として力強い、少女の声だった。

海賊。それは弱者から力で富を奪い取るストランド・フリートや、強者の目を盗みおこぼれを拾い集めるスカベンジャー、そのどちらとも違う。

海賊は強者に逆らい、強者からこそ富を奪う。ストランド・フリート不倶戴天《ふぐたいてん》の敵だ。

放送に聞き入り手を止めていた士官たちを叱《しか》りつけ、アイオワは命令した。

「何をぼんやりしておるかッ。全艦に通達。〈フェブラリ〉足元の敵艦に照準せい！　誤射しても構わん。叩《たた》けるうちに叩くのだ！　――撃《て》ぇい！」

砲塔が回転し、空中のヘリも機首を返してドリル付き潜航艦に狙いをつける。

潜航艦の放送は続いている。

『この攻撃は報復行動である！　てめぇらストランド・フリートには一年前、母テンドウを……って、狙われてるじゃん!?　最後までハナシ聞けよッ！　……どわあああっ!?』

潜航艦の両側面についた外輪が逆回転し、垂直に浮上していた〈モノケロース〉号は砂中へ後退した。

船体が完全に沈み、放送もとぎれる。〈モノケロース〉が消えた地点へとストランド艦が砲撃を続けるが、手ごたえはない。

アイオワは次なる指示を発した。

「陣形を変更！　複縦陣《ふくじゅうじん》に切り替えて、隣の艦の足元を相互に狙え！　ヘリは陣形外部に配置し、ペア艦の死角を狙えるよう待機させい！」

外輪を回し、艦隊が陣形を変えていく。アイオワは爪《つめ》を嚙《か》んで毒づいた。

「忌々《いまいま》しいイッカクめ！　まだ生きのびておったか。ストランド・フリートの支配に弓引く女、テンドウ……！　その娘とは！」

「報告！　敵艦が護衛艦〈セプテンバー〉側面に浮上！　〈セプテンバー〉左外輪、破損しています！」

「追撃はほどほどでいい。どうせすぐまた潜《もぐ》る！　それより次の照準を〈オウガスタ〉に向けろ。〈セプテンバー〉の破損で開いた陣形の穴をつつきに来るぞ！」

「敵艦浮上！　こッ、この艦の目の前です！」

「馬鹿なァーッ!?」

ギャララッ。ギュララララララッッ！！！

アイオワは正面ガラスに駆け寄った。たしかにそこにストランド・フリートを脅《おびや》かした悪名高きイッカク、ドリル衝角船《しょうかくせん》〈モノケロース〉号の姿がある。

輝くドリルの先端は、アイオワがいる艦橋をまっすぐ狙っていた。

少女の啖呵《たんか》がふたたび響く。

『さっきの続きだ！　耳の穴かっぽじってよおく聞きやがれ！　あたしらは宣戦布告をやりに来た。これから毎日〈モノケロース〉号はお前たちを襲《おそ》う！　ママを殺された落とし前に、たッッぷりお返ししてやるから、覚悟しろ！』

「全艦砲撃！　照準、旗艦〈エイプリル〉前方！　わしごと沈める気で放てェいッ！」

アイオワの決死の号令で、艦隊が一斉射を放つ。潜航艦の姿は爆轟《ばくごう》と砂塵《さじん》の中に消えた。

味方の砲撃に座乗艦を激しく揺さぶられ、アイオワはたたらを踏む。

「どうだ……やったかッ!?」

巻き上がった砂塵が落ちつきはじめ――――その時だった。

ギュアアア……ララララララララッッ！

『――――だが、殺しはやらねえ！』

ドリルが吠《ほ》え、少女の声がみたび響いた。後方からだった。

『奪うのは命じゃねえ。お宝だ！〈モノケロース〉で拾いきれない分は、漁師のおっちゃんたちにおすそわけな！』

「敵、我が艦隊の後方に出現！　輸送艦の牽引《けんいん》アンカーが断ち切られています。まずい……

ボスに引き渡す発掘品を収めたコンテナが⁉　敵潜航艦のアンカーで曳航《えいこう》されていきます！」

アイオワが青ざめた。

「それだけはならん！　とりもどせ！　でなくばボスは……」

「報告！　先ほど逃げたスカベンジャー船が再集結している模様。狙いはこちらが落とした他の積み荷と推定！　妨害が激しく、〈モノケロース〉を追跡できません！」

「ザコに構うなアァーッ！」

『そんじゃみなさん、おっ疲れさまでした～♪』

アイオワの怒号もむなしい。煽《あお》る少女の声を最後に、〈モノケロース〉号はアンカーを打ちこんだコンテナごと、素早く砂中へ潜航した。

「終わった」

慌ただしく士官が駆けまわり、ハーレムの女たちがとほうにくれるブリッジで、アイオワは力なく座り込んだ。

「ボスに……殺される」

＊

戦闘終了から一時間。

あたしは鼻歌を口ずさみながら〈モノケロース〉を浮上させていた。

周辺に敵影なし。速度を落とし〈モノケロース〉を停船させると、あたしはハッチの下に移動した。

「お宝、たのしみだね。おねえちゃん」

見送りにきたシノも、あたしと同じでご機嫌だ。かかとでリズムをとりながら、シノは歌うようにそらんじた。

「燃料代、装備費、修繕費、港の賃貸料、その他もろもろの出航費用、回収できるといいね」

「うぐっ。急に現実にもどすんじゃねぇよう……ロマンがなくなっちゃうだろ！」

海賊業は投資と同じだ。船を出すにも費用がかかる。そして、利益が費用を上回るかは、結局のところ運しだいなのだ。

「おねえちゃんがそんなこと言ったって、現実は見なきゃ。海賊はおとぎ話じゃなくて、現実の事業なんだよ。もしも奪ってきたコンテナの中身がお金にならないようなものだったら、さっきやった襲撃《しゅうげき》、もう一回だからね」

「ええっ。でももう燃料半分しかないぞ？　さっきだって正直、死ぬかと思ったのに……」

「じゃあ帰って出資者のみなさまに土下座《どげざ》かな。それからもちろん、次の航海の資金が貯まるまで、また半年間漁師のバイトだよ。……おねえちゃん、もうそっち本業にする？」

「きッ、金銀財宝に決まってらぁ！　四の五の言ってもはじまらねえ。行ってくる！」

あたしはハシゴをのぼり、〈モノケロース〉のてっぺんから頭を出した。

乾いた風が吹きつける。かぎなれた、砂海の空気だ。うんざりするこの埃《ほこり》っぽさも、湿った潜航艦の中から這《は》い出てきた、この一瞬だけは気持ちがいい。

船体をつたい降りて、あたしは船尾につながれたコンテナへ向かった。

ストランド・フリートの輸送船が山ほど積んでいたコンテナのなかで、ただひとつ、このコンテナだけが他と分けて固定されていた。シノはああ言ったが、あたしはアタリの可能性が高いと見ている。

砂をかきわけてコンテナに近づいたあたしは、鍵のかかった扉に手をかけた。

チェーンカッターで鎖を切断して、扉を開けたあたしの目に飛びこんできたのは、期待通りの金銀財宝！　――では、なかった。

中では雑然と機械の山が積み上げられている。どれもうす汚く、錆《さ》びついていた。かなり古いもののようだ。

「空の異世界から降ってきたわけじゃなさそうだな。ってことは……下かな？」

砂海の下には、かつて太平洋と呼ばれていた地域が眠っている。

空から砂と一緒に落ちてくる異物だけではなく、砂にうもれた旧文明の遺物もまた、この時代では貴重な財宝だ。

コンテナに収納された機械類は、あたしには価値がわからないけど……中央に鎮座《ちんざ》するふたつの機械は、目をひいた。

それは〈モノケロース〉がコンテナにアンカーを打ちこんだことで空いた穴からの光で、スポットライトを浴びたように照らされていた。

ふたつ並べて置かれた卵型の装置は、浴槽ほどの大きさがある。ふたつの機械の卵からはコードが無数に伸び、周りの機械とつながっていた。

「ふっふぅーん。なぁんか、お金になりそうじゃん！」

あたしは期待を込めて手をのばし、卵の表面に積もる埃を払った。

それが何かの引き金になったらしい。

ぷしゅう、と空気が抜けるような音がして、あたしが触れた方の卵の表面がスライドした。

中に入っていたのは、死体だった。

「へ？　……こわ」

素の声が出た。

シノがいたら絶対にからかわれていた。

あたしは今、ちょっと泣いている。

卵の内側はベッドのような素材になっていて、死体はそこに横たわっていた。

髪も肌もろうそくみたいに白く、血が通っているようには思えない。腐敗していないのは、卵から漏《も》れてくる冷気のせいだろう。周りの機械は、この死体を冷凍保存しておくためのものらしかった。

当然だけど、死体はぴくりとも動かない。見たところ十五歳くらい。あたしよりすこし年下の、男の子だった。

あたしは唾《つば》を飲み干して、両手をあわせた。

「なんまいだぶなんまいだぶ……成仏《じょうぶつ》しろよぉ。あたしは善良な海賊で、バチ当たりな墓荒らしじゃないんだからな。……化けて、出るなよ？」

それからもう一度、コンテナのなかを見渡した。

結局ここにあったのは、氷づけの死体と、それを保存するための装置だ。金になるかどうかは、正直あやしい。旧文明の遺物には、もっと役立つ兵器とか精密機械なんかがいくらでもある。そういうものがアタリだ。

いくら砂海の技術が旧文明より退化しているとはいえ、冷蔵庫くらいは作れる。つまり……。

「はずれ、かぁ」

ため息をついて踵《きびす》を返し、コンテナを出ていこうとした、その瞬間。

頭痛がして、あたしは立ち止まった。

「どこから参った。秋津《あきつ》か、伊予《いよ》か」

背後から、年寄りが使うみたいな、やけに時代がかった言葉をかけられる。

そのわりに高くてきれいな、男の子の声だった。

「どちらにせよ生きては帰さん」

あたしは振り返り、ハーネスから吊《つ》るした鞘《さや》に収めた短剣、カトラスでうしろを斬《き》り払おうとしたが——すでに剣の柄《つか》に白い手が置かれ、引き抜けなくなっていた。

死体が、動いている。

男の子の左手は、華奢《きゃしゃ》な見た目に反してしっかりとあたしの剣を封じている。腕力には自信があるのに、振りほどけない。

「やばッ——」

そして、男の子のもう一方の手は、あたしの首を目がけて伸びていた。

つかまる。喉《のど》をつぶされる。

「——く、ないッ！」

あたしは体を弛緩《しかん》させ、一瞬その場にかがみこんだ。男の子の右手が空を切る。まつ毛に霜を張りつかせた目が、驚きに見開かれた。

身をかがめたあたしは、そのまま相手の足を刈りにいく。床に半円を描く蹴《け》り。足払いだ！

男の子は跳び上がってこれをかわした。

でも、それは悪手だ。あたしは立ち上がり、追撃する。自由になった短剣、カトラスの柄での殴打《おうだ》。空中に逃げ場はない！

甲高い音が響く。あたしの攻撃は受け止められた。男の子が腰の鞘から引き抜いた、二本の刀によって。

着地した男の子は、その反動で床を蹴《け》り、斬《き》りかかってくる。しかし。

「あたしの勝ちだ」

胸元につっこんだ手を引き抜き、拳銃を構えた。

銃口の先には男の子の額がある。あたしは叫んだ。

「バアアン！　ハイっ、お前今死んだーっ！　あきらめて降参――」

「ふざけているのか」

男の子は銃の射線を、首を傾けかわしていた。

同時にあたしの腹部に蹴りが突き刺さる。体格に反し、重い。あたしはコンテナの端まで吹き飛んだ。

空砲とカトラスが床を滑ってすっ飛んでいく。首すじに冷たい感触がした。

男の子はこちらに刀を突きつけている。

「てッ……てめええ⁉　いま見逃してやったじゃん！　ひどくない？　ねぇひどくない⁉」

喚《わめ》くあたしを、男の子は冷たく見下ろしている。

その髪や眉の色はやっぱり、雪のように真っ白だ。

はじめあたしは、それが冷凍装置の霜のせいだと思っていた。でも、ちがう。男の子の毛髪は、明らかにそれ自体が白い。

その異様さに気がつくと、いつの間にかあたしは、騒ぐのをやめていた。

「なぜ撃たなかった」

男の子がつぶやく。あたしに話しかけるというより、ひとりごとみたいに。

「撃ったところでかわしていたが……理解できない。日向《ひゅうが》さまを人質にとるつもりならまだしも、護衛のおれなど生かしても……」

「てめぇら男は殺しすぎる」

あたしは両手を上げて降参しながら、男の子を睨《にら》みつけて言った。

男の子は一瞬だけ、困惑したような顔をしたが、すぐにまた氷みたいな無表情にもどる。

「殺すのがおれの任務だ。日向さまを狙う賊は排除する……いや、待て」

男の子は頭を動かさず、視線だけで背後を振り返った。

例の卵みたいな装置を気にしている。

「日向さまをどこへやった？」

「はぁ？　知らねぇよそんなヤツ。お前が入ってた棺桶《かんおけ》、もう一個は最初から空っぽだったぞ」

男の子は数秒、言葉を失う。

「おい女。今は皇紀《こうき》……いや、西暦でいい。何年だ」

「おい女、じゃねえ。あたしはレイメイだ！　失礼しちゃうなあ、もう……」

「西暦何年だ!」

剣幕に驚いて、あたしはしぶしぶ答えた。

「えっとたしか、二一二〇年、くらいだっけ。最後の戦争から百年、異世界が砂を降らせるようになってだいたい八十年だよ。……こんなこと聞くなんてお前、タイムスリップでもしたみたいだな?」

冗談のつもりで言ったのに、男の子はにこりともしなかった。あたしを無視して、卵型装置へと駆け寄っていく。

「プログラムが起動していない。最初から、コールドスリープを、していない……? では、日向《ひゅうが》さまは。たとえご存命だとして、今のお年はすでに……百……」

男の子は崩れ落ちた。

あたしがいくら声をかけても、もう何も反応しなかった。

*

西暦二〇十七年。

今からおよそ百年前、太平洋に浮かぶ島国《筑紫《つくし》ノ国《くに》》皇紀《こうき》二十五年。

夕闇に沈むその塔は、小さな帝国の繁栄を象徴していた。

昇降塔。

天高く浮遊する異世界とこの地上を結ぶ高速垂直エレベーターの建設に、筑紫は世界に先駆けて着手した。未完成ながら、その高さはすでに海抜三千メートルを超える。異世界の産物を安価に運ぶことができる昇降塔は、完成すれば巨万の富をもたらすだろう。

だからこそ、塔の建設は争いの引き金になった。

産出する異物の性質からのちに《ウォーズ》と呼ばれるこの異世界は、旧日本から分裂した三国のうち、筑紫の領空に属する。

面白くないのは残りの二国だ。

「――筑紫の第一皇子、日向親王《しんのう》と見受ける。我々と来てもらおうか」

港湾の倉庫街に足音を響かせて、鎧武者《よろいむしゃ》風の強化外骨格を着用した兵士がにじり寄る。

後ずさりした少年の背中が、薄汚れた壁をこすった。

顔色の青白い、はかなげな少年である。古代貴族を再現した狩衣《かりぎぬ》はまったくのオーバーサイズで、権威を強調するというよりはむしろ、少年の手首の細さを際立たせるばかりだ。

追い詰められた少年、日向は冷静さをつくろって答えた。

「その装備、《伊予之二名《イヨノフタナ》》の手の者だね。包囲の手並み、見事です。しかしほんとうに良いのかな。わたしには――」

「我々は同意を求めていない。時間稼ぎにもつきあわない。運べ」

機動武者《むしゃ》は背後の部下へ合図する。装甲の隙間《すきま》から覗《のぞ》く目は、若き皇子を見すえたままだ。

が、部下が反応しない。武者は怪しみ、振り返った。

「——わたしの足元には、『影』が潜《ひそ》んでいるんだよ」

機動武者は見た。部下のジェット足軽《あしがる》二名が、喉《のど》から血を噴いて崩れゆく様を。

「何奴《なにやつ》ッ！」

武者の鞘《さや》が起爆し、加速した刀が超音速の居合《いあい》を放つ。

その行動が武者の命を救った。

高く躍りあがり、二刀で斬《き》りかかっていた小柄な影が停止した。

武者の首、それも装甲の隙間を狙う精密な太刀筋《たちすじ》。防がねば斬られていた。足元で息絶える足軽たちのように。

「影、ここに」

はじき返された少年は空中で後方宙返りを打ち、着地した。這《は》うように低く前傾した姿勢。

両手の小太刀《こだち》はすでに二重に差した腰の鞘に納刀されている。居合の構えだ。

「忍者まがいの護衛、それも小僧とは！　おもしろい」

武者もまた居合の体勢にある。

機械仕掛けの鞘の底には火薬が詰め込まれ、抜刀の瞬間に起爆、居合の速度を高めるという仕組みだ。科学的に保証された剣速。不意打ちならともかく、伊予《いよ》の機動武者が正面切っての決闘で負ける道理はない。

少年が仕掛ける、その瞬間。

迎え撃とうとした武者の腰で、鞘が暴発した。

刀は砕け、破片が宙に散ってきらきらと輝く。武者は目を剝《む》いた。

「何が――起こったァ⁉」

答えは跳躍した少年にあった。

右手に小太刀を握り、左手には何もない。ただ手を伸ばし、指し示している。武者の腰の鞘を目がけ、何事か命じるように！

「ナノマシン適合者の、サイキックかッ」

武者は脇差《わきざし》の高電熱刀を抜き、なおも戦おうとした。できなかった。

空中にあり、月光を背負う少年はすでに斬撃《ざんげき》を放ち終えていた。

「お待たせいたしました。日向《ひゅうが》さま」

少年は主君日向のもとに着地し、ひざまずく。

背後で武者の首がずるりと落ちた。

少年の右目は、念動力の反動で充血し赤く染まっている。血中ナノマシンを酷使《こくし》した代償だ。

これこそが《筑紫《つくし》ノ国《くに》》の真髄《しんずい》。伊予の戦士が機械じかけの武者鎧《よろい》をまとうように、筑紫の戦士は体内に極微細な機械を受け入れて、超人となる。

この少年、月兎《げっと》もまた、成功率五割の手術をくぐりぬけたナノマシン適合者の一人だ。

「日向《ひゅうが》さま。船の用意、すでに。脱出いたしましょう」

「そうだね、月兎……」

近衛《このえ》の少年、月兎の案内で立ち去ろうとしかけた日向が、足を止める。

憂《うれ》いを帯びた日向の目は、足元の死者たちへ向けられていた。

「首都の港にまで刺客《しかく》が現れるなんて……戦《いくさ》は泥沼だね。伊予《いよ》、秋津《あきつ》、そして筑紫《つくし》。三国の力は拮抗《きっこう》している。このままじゃいたずらに互いの国力をすり減らすだけだ。元は同じ民だろうに……」

かつて日本と呼ばれた国が三つに割れたのは、そう昔のことではない。

上空に出現した異世界なる存在は、いわば資源の塊だ。富をめぐった骨肉の争いは、いつ終わるとも知れない。日向が逃げなければならないのは、このためだ。

月兎の先導で、停泊していたクルーザーへと乗りこみ、発進する。洋上に追手の気配はない。

夕闇は東の空より迫り、月はいよいよ高い。

前方。クルーザーの進行方向には昇降塔が見える。

来たるべき時代、地球と宇宙を結ぶはずだった軌道エレベーターの技術は、宇宙よりもはるか手前に出現した異世界への往還手段として縮小された。ある意味で異世界の出現が、より大きな可能性をつぶしてしまったともいえる。

「ときどき、思うんだ。異世界なんか現れなければ良かったのにって」

甲板《かんぱん》に立つ日向の声は、エンジンの音にかき消されてしまいそうなほど小さく、頼りない。

「異世界がなければ、争いは起こらなかったかもしれない。国は分裂せず、筑紫という小さな国も生まれなかった。わたしは皇子じゃなくて、月兎とはもっとふつうの……せめて、友達みたいな関係で、いられたかもしれない」

「そしておれも、これほどまでの親しみを、日向さまに覚えなかったやもしれません」

クルーザーを自動運転に切り替えた月兎が、甲板に出て日向の前に膝《ひざ》をつく。その唇は、笑っていた。

一方、日向はうろたえた様子だ。

「でも、知っているだろう、月兎。わたしはきみの忠誠に値する主《あるじ》ではないよ。ただ平和を願うだけで、そのために何ができるわけでもない、無力な皇子だ……」

言葉の途中で、日向はとつぜん咳《せ》きこみはじめた。

すべて心得た月兎は、日向を支えながら水筒と錠剤をさし出した。薬を飲み干させると、持病の咳《せき》の発作も収まっていく。

「自分の弱さが、いらだたしくなるよ」

日向はふたたび咳きこむことを恐れるように、慎重に言葉をかさねた。

「どうして、月兎《げっと》みたいに走り回れないんだろう。足を引っ張らなくて済むのに。どうして、父上みたいに政治ができないんだろう。わたしは皇子だけど、それだけだ。この称号に、すこしもふさわしくない。……ねえ、いっそわたしなんかより、月兎の方が」

「僭越《せんえつ》ながら、それはちがう」

月兎がさえぎる。

真剣な顔で主《あるじ》を見つめて、穏やかだが厳しい口調でさとしていた。

「すくなくとも、おれにとってはちがう。体が弱くとも懸命に務めを果たそうとするあなたをこそ、おれは支えたいと思った。あなたは弱い。なら守ればいい。そのためにおれがいます。日向《ひゅうが》さまのためならば、この命惜しくはありません」

「でも、月兎。きみにだって、きみの人生があるじゃないか……」

「仕えるべき主に仕え、これに尽くす。それが不幸とお思いか」

険しかった月兎の表情が、ゆるんだ。

「日向さまは父君のような、強き王になれずともいい。あなたは弱く、それゆえにやさしい。弱者を庇護《ひご》する、やさしき王になられよ。影がその露払《つゆはら》いをいたす」

日向はしばらく沈黙したあと、つぶやいた。

「ありがとう、月兎。……わかったよ。きみに見合う、立派な王になってみせる」

日向の声はしかし、いまだ迷いをふくむ、どこか煮え切らないものだった。

やがて二人は目的の離島についた。

地図に記されていない、存在しないはずの入江。その地下に、秘密の施設がある。

そこにはふたつの、卵型の装置が置かれていた。外国より入手した新技術、コールドスリープのための装置である。これより日向は戦乱を避け、安全なはるか未来へと疎開《そかい》する。

忠臣と二人、日向は装置のなかへ入った。

そして、一時間後。

一方の装置の蓋《ふた》が、開いた。

「わたしのために、平気で命を捨ててしまうようなきみだからこそ……やっぱり、つれていけないよ」

＊

月兎はコンテナを飛び出してすぐ、砂に足をすくわれた。

わけもわからず、息を乱して砂漠を這《は》い進む。

前方には巨大な潜水艦――しかしなぜか両側面に外輪をつけている――が停泊し、視界をさえぎっている。座礁《ざしょう》しているのだろうか。あたりは見渡す限り砂漠で、水辺などどこにも見当たらないのだが。

「あっ、おい待てよ！　あたしの話聞いてんのか……」

うしろから追いかけてくる、海賊のコスプレをした少女など気にもとめず、月兎《げっと》は泳ぐように砂をかきわけ、潜水艦を回りこんだ。

光の反射に目がくらむ。潜水艦の前面にそなわる、巨大なドリルのせいだ。

すぐに目は慣れた。東の方角に、求めていたものの姿がある。

月兎の頬にぬるい涙が流れた。

「そうか。ここが、筑紫《つくし》か」

月兎はじっと見上げていた。

無数につらなる砂丘の向こう。地平線にそびえ立つ、未完成の昇降塔。

そしてその上空に浮かぶ異世界の、ひびわれ砕けた無残な姿を。

「これが、百年の歳月か」

月兎は砂を摑《つか》んだ。指の隙間《すきま》からさらさらこぼれ、風に吹かれて散っていく。

「日向《ひゅうが》さまは、おれとともには眠らず……すでに、亡くなられたのだな」

つたい落ちる涙さえ、砂塵《さじん》が乾かし、消し去ってしまう。

月兎は腰の鞘《さや》から刀を抜き、それを逆手に構えた。

気がつけばかつての名刀は、百年の時をへて錆《さび》におおわれている。これが本来、月兎がたどるべきだった運命なのだ。

「日向さま。影が今、そちらへ参ります」

「ダメだ」

ごつーん。

海賊の少女レイメイが、背後から月兎の後頭部を引っぱたいた。とてもいい音がした。

月兎は思わず刀をとり落とした。

「女……きさまッ、なぜ邪魔を……!?」

「だァから、あたしはレイメイだ！　新しいご主人さまの名前くらい覚えろよなー？」

白目を剝《む》きかけた月兎は、信じられないという顔でレイメイを振り返っている。

期待通りの反応だったのだろう。レイメイはふんぞり返って笑みを深めた。

「お前はあたしが拾ったんだ。もうあたしのものだ。勝手に死なれちゃ困るだろうが」

「ふざけるな……！」

「もいっちょ」

ごちーん。

ふらつきながら立ち上がり、反撃しようとする月兎の頭を、レイメイはもう一度ぶん殴った。

月兎は今度こそ白目を剝いて、気絶した。

暗闇の中ではじめに感じたのは、不快な湿度の高さだった。

月兎《げつと》が目を開くと、そこはもう砂漠ではなかった。うす暗い屋内だ。月兎は縛《しば》られ、イスの上に座らされている。

周囲には窓がひとつもない。天井が低く、剥《む》き出しの配管も見えて、いかにも狭苦しかった。部屋というより、通路の途中にできた半端な空間にテーブルを持ちこみ、部屋のように見せかけているだけ、といった風情《ふぜい》だ。

「あの潜水艦のなか、なのか」

月兎のつぶやきは反響する。ほかの物音はしない。

――否《いな》。近づいてくる足音と、鼻歌が聞こえた。現れたのはやはり、あの海賊姿の少女だ。

「あ。起きてるじゃん」

日に焼けた褐色《かつしよく》の肌に、黒い髪。ハーネスで締めつけられた剥き出しの腿《もも》には、しなやかな筋肉が浮かぶ。そして頭には、まるで冗談のような海賊の帽子、二角帽が、堂々と鎮座《ちんざ》していた。ご丁寧《ていねい》に髑髏《どくろ》まで描かれている。

いかにも粗暴そうな女だが、そのわりに黒目がちで大きな瞳が、不釣り合いに幼くも見えた。月兎が生きた時代に照らし合わせれば、高校生くらいの年頃だろうか。こんなちぐはぐなコスプレをした女子高生がいるとすればだが。

「たしか、レイメイといったか。拘束をとけ。自決の邪魔をするな」

月兎の命令に、レイメイは笑う。後半の要求は完全に無視していた。

「おっ。あたしの名前、覚えてくれたな。感心感心っ、くるしゅうないぞ！」

「……縄をとけ」

月兎は声を低くしたが、レイメイはますます意地悪く笑うだけだ。

「いやだね。あたしはお前の新しいご主人さまだ。命令すんのはあたしだ。お前じゃねえ！

これからあたしは尋問をはじめる。言っとくけど、素直に答えるのが身のためだぞ？　さもなきゃ……ふふ。ぐふふふ」

両手の指をわきわき動かし、にじりよってくるレイメイに、さすがの月兎も身震いした。

「ご、拷問《ごうもん》に耐える訓練は受けている」

「へえ？　そうなの？　役に立つといいなぁ、それ。……じゃあまず、血液型から教えてもらおっかな！」

「……は？」

意味がわからず、月兎はききかえした。

「そんなものに、何の意味が。……よもや、血を抜いて売りさばくつもりか。実利をかねた拷問ということか。外道《げどう》め……」

「いや、ちげーし!?　何その発想、こわッ」

「ならば、なぜ」

「ふつーに血液型占いだけど？　だって気になるじゃん。性格とか運勢とか……あと、あ、相性とかさっ！」

「なるほど……きさまアホだな」

「いやアホじゃねえし⁉」

「血液型占いなど迷信だ。百年たってもまだ廃《すた》れていないのか」

「めッ、迷信じゃないやい！　縁起ものっていえッ。船乗りは願かけを大事にするのだ！」

「くだらん」

月兎《げっと》はふいと横を向いて、顔をそらした。

レイメイはぶつぶつとつぶやき、不服げだ。ふてくされている、というより、落ち込んでいるようなそぶりだった。

「なんだよ……占い、好きじゃ悪いかよ。せっかく血液型からハナシ広げて、仲良くなろうと思ったのに」

「どんな拷問《ごうもん》だ。まじめにやれ」

「じゃあさ、名前っ。おまえの名前おしえろよ。名前なまえなまえッ」

レイメイはぱっと顔を上げ、こどものように連呼する。

答える義理もなかったが、うるさく感じた月兎は、答えてしまった。

「……月兎だ。月に、兎と書く」

「月兎、かぁ……月兎、ゲット。ゲット！」

繰り返すたびに目を輝かせ、レイメイは身をのりだした。

黒髪の隙間《すきま》から、どこか懐《なつ》かしい、石鹸《せっけん》のかおりがした。

「あたしはレイメイ。夜明けの黎明《れいめい》だ！　よろしくな、ゲット！　この調子でゲットのこと、もっとたくさん教えてくれよっ」

名前を教えてしまったことを、さっそく月兎は後悔した。

あちらのペースに乗せられている。こんな茶番につきあうつもりはないのだ。今はただ、主君日向《ひゅうが》の死を悼《いた》みたかった。

「尋問ごっこなどくだらん。さっさとおれを解放しろ、レイメイ。でなければ殺せ」

「ダメなものはダメだ。こんなところで死ぬのは、このあたしが許さん」

レイメイの顔から笑顔が消えた。腕を組み、真剣な表情で月兎を見下ろしている。

月兎は当然、反発した。

「なぜおまえの許しがいる。おれの主《あるじ》は日向さまだ。日向さまは死んだ。おれにもう生きている理由はない」

「それでも、生きろよ。もったいねえだろ」

「……もったいない、だと？　いい加減にしろ。おまえがおれの何を知る!?」

月兎はとうとう怒鳴り声を上げた。

だがその瞬間、レイメイは待っていたかのように白い歯を剝《む》いた。獲物を追い詰めた獣《けもの》のような、獰猛《どうもう》な笑みだった。

「知ってるとも。ゲットにはいいところがたくさんある！　だから死ぬのはもったいねえ。そいつを今から教えてやろう」

睨《にら》みつける月兎《げっと》の目の前で、レイメイはもったいつけて数歩、ゆきつもどりつした。それからびっと指でひとさし。

「まずその身のこなしだ！　さっきの戦闘、あたしが手加減してやったとはいえ、ゲットの動きはとんでもなかった。本気で殺し合ったとしても、あたしは負けてたかもしれねえ。それを素直に認めてやる。まっ、あたしにはまだまだ隠し持った切り札があるけどな！」

「……そんなものは、おれにもある」

「次ッ。顔もいい！　冷たくて、ちょっと気品のある感じが、最高にあたし好みだ。あたしのことを見下してる、生意気な目つきも気に入った！　……ところでゲット、まつ毛なっがいよなぁ。何センチあんの？　あとで定規ではかっていい？」

矢継ぎ早の褒《ほ》め殺しに、月兎はとまどいながらも反論した。

「知るか。やめろ、うっとうしい……それに、きさまはさっきから、人の見てくればかりだな。うわべしか見ていない、浅薄な女め」

レイメイはこの罵倒《ばとう》を、むしろ喜ぶ。

「ようし。だったら中身も褒めてやろう。お前、プライド高いだろ。そういうやつには向上心と自制心がある。つまり、これからどんどん成長する将来性があるってことだ！　こういうことだって、目つきや態度からわかるんだぞ？ でも、まっ、こんなのだってまだまだ上《うわ》っ面《つら》だよな。あたしが一番気に入ったのはな、ゲット——」

話しながら歩き回っていたレイメイは、突然くるりと身をひるがえした。

黒髪がぶわりと広がる。振り返ったレイメイの勝ち気な笑みが、月兎の視界に鮮烈《せんれつ》に焼きついた。

「お前の、ヒューガさまってやつへの、忠誠心だ」

「……それこそ、きさまに何がわかる」

「わかるよ。後追って死のうとするくらい、大事だったんだろ？ あたしは賛成できねえけど、それでもゲットがその人のこと、どれだけ大切にしてたか、命がけで守ってたのかは、わかるよ」

「だから、なんだというのだ」

「もう何度も言ってるだろ。あたしが、ゲットを、好きになったってことだ」

「なんなのだ、レイメイ。おまえは、一体……」

日向親王《ひゅうがしんのう》の影として生きてきた月兎は、褒められることに慣れていない。

気がつけばレイメイは、驚くほど近く月兎に迫っている。

「や、やめろ！ おれに近寄るな……うわっ」

いつしか紅潮していた頰を、見られまいとして月兎《げっと》は身をよじり、顔をそむけた——その結果。縛《しば》られていたイスごとひっくり返った。

「だ、大丈夫かぁ!? ……ていうか、そこまで嫌がることなくない? あたしだって勇気出して、真剣に……あっ」

倒れた月兎の頭上を、レイメイは助け起こすつもりなのか、大胆にも足でまたいだ。真上からのぞきこまれ、赤面はもう隠しようもない。

だが、月兎も気づいた。見上げるレイメイの頰もまた、赤いのだ。

恥じらっているのか。自分で言った、その言葉に。

月兎は同じ問いを繰り返した。

「なんなのだ……お前は」

すうと、レイメイは息を吸った。震える喉《のど》から、緊張をはらんだ真剣な言葉を、しぼりだす。

「あたしのものになれ、ゲット。おまえをあたしの夫にしてやる」

「断る」

レイメイはずっこけた。

「うおおおいッ!? 即答かよっ。この流れで……!?」

「知らん。それよりいつまで人の上をまたいでいる。その見苦しい脚をどけろ」

「み、見苦しくないやい!」

レイメイはそんなことすら忘れていたのか、とっさに跳び下がって両膝《りようひざ》を閉じた。

——そこで恥じらうくらいなら、初めからつつましくしていればいいものを。

月兎はため息をついた。

「だいたい、出会って間もない女と、なぜいきなり結婚しなければならん」

「いや、そうだけど！　そうなんだけどさっ。だとしてもこう、もっと悩めよ。驚けよ。興味持てよ、このあたしに！　なんでいきなり求婚してくんだコイツ、ってきき返すとか！　あとちょっとくらい迷ってもいいじゃん。これでも一応美少女じゃん、あたし！」

「自称するな。おれの好みは、ひかえめな大和《やまと》なでしこだ。きさまとは対極だな」

「ぐぎぎ……！　たッ、たしかにあたしはガサツだって、シノによく言われるけどなぁ！　あたしにはあたしのいいとこがたくさんあるって、ママはそう言ってくれたぞ！」

「知るか。とにかくおれの好みではない」

「ああもうつれねえなぁーッ!?　……でも正直なのはいいことだよな。結婚しよう！」

「……おれの話をきいているのか？」

「聞いてないし聞く気もない！　ゲットはあたしの戦利品だ。よって拒否権はない！　よし。そんじゃまずは誓いのちゅーだ」

「なぜこうも話が通じない!?　やめろ、こっちに来るな！　おッ、おれは、震えているのか？」

イスに縛られ倒れたまま、身動きできない月兎に未知の怖気《おぞけ》が走った。その前に、目を閉じ、唇をタコのように突き出したレイメイが迫る。この表情はかなりブサイクだ！

「やめろ……はなせ！　おれの主《あるじ》は日向《ひゅうが》さまただ一人だッ。おまえのことなど……」

「なんで大事なひとが一人でなくちゃいけないんだ？」

レイメイが止まった。思いがけず、真剣な表情である。

「一緒にいて幸せになれる人なら、一人より二人、十人、百人だって！　いればいるほど、もっと幸せになれるに決まってる！　あたしには夢があるんだ。世界中の強い男たちを集めて、もう誰にも奪われない、最強で無敵のハーレムを作るのだ！　ゲット、お前はその最初の一員になれっ」

レイメイは腰に手を当て、呵々《かか》と笑う。豪快な、気持ちの良い笑いだ。

「そういうことか」

反対に、月兎《げつと》の声は冷めていた。

「きさまのくだらん野心の正体がつかめたぞ。要するに、都合のいい取り巻きがほしいのだろう。何度でも言うが、おれはおまえになど仕えない。レイメイ、おまえが王の器ではないからだ。底の浅い野望しか語れないおまえに、ついていく者などいない」

レイメイはむっとしたようだ。

「なんだよそれ。ゲットこそ、あたしのこと知ったような口ききやがって。……だったらさ、ゲットが大好きなヒューガさまはどうなんだ？　王の器とやらがあったのかよ」

「日向《ひゅうが》さまは」

月兎《げっと》は一瞬、思案した。

「こころやさしく……無力な御方《おかた》だった」

「はあ？　言ってること矛盾してるじゃん」

「……真の忠誠に理由はいらん。おれは日向さまに死ねと言われれば死ぬ覚悟だった。生きて新たな主君に仕えるよりも、おれは死を選ぶ。この心はひるがえらない」

「ふうん……まっ、いいや。その意志の強さ、ますます気に入った！　もしもゲットをあたしのものにできれば、絶対にあたしの傍《そば》からいなくならない、最高の仲間になってくれるってわけだもんな」

レイメイは腰に手を当て、胸を張る。

黒い瞳の輝きはあまりにまっすぐで、かえってどこか危なっかしい。

「ようしっ、それならまずは胃袋からつかんでやろう！　こう見えてあたしは料理がうまい。あたしを好きになるために、ゲットもあたしのことを知れ！」

「勝手なことを……」

月兎のぼやきを、レイメイは聞いていない。

「おなかすかせて待ってろよ！　メシの時にはその縄ほどいてやるからなっ」

大げさに手を振り、厨房《ちゅうぼう》があると思われる方へ去っていった。

足音が完全に遠ざかると、月兎はため息をついて、立ち上がった。

焼き切れた縄が足元に散らばる。

「いらん世話だ」

月兎の右目が赤く充血していた。発火能力《パイロキネシス》の反動だ。

血中のナノマシンは月兎の運動能力を底上げし、さらには炎を生み出しもするが、制約もある。発火の力は今夜あと一度限り。焼身自殺をするには、それで充分だが。

月兎が拘束されていたこの場所は、部屋と呼ぶべきか、通路と呼んだものか。潜水艦の長い通路を、カーテンの仕切りで部屋に見立てただけといったところだ。近くには通路の壁沿いに、やはりカーテンを引かれた二段ベッドが続いていた。これが船員の個室なのだろう。

月兎はレイメイに気づかれないよう、潜水艦を出ていこうと歩きはじめて……ふと気がつく。

辺りが静かすぎる。

この潜水艦を動かすためのクルーは、どこにいる？

月兎は手近なカーテンを開けた。上段のベッドにクマのぬいぐるみと、カラフルな表紙の絵本が積まれている。レイメイのものだとすれば、幼すぎるようにも思う。

下段のベッドは打って変わり、かび臭いにおいが漂う、付箋《ふせん》のはみ出た難解な本が見える。

隣の二段ベッドもあらためた。上段に擦《す》り切れるほど読み返された少年マンガ、下段の壁にはいくつものモデルガンが掛けられている。

隣と、その隣のカーテンも開けた。それぞれ私物が見つかった。だがどう考えても、共通する一人の人物の持ち物ではない。ましてレイメイのものとは思えなかった。誰かがいたのだ。レイメイ以外の、複数の誰かが。

その誰かは、どこへ消えた？

厨房《ちゅうぼう》を見つけた。煮炊きの音に交じって、レイメイが談笑する声が聞こえる。

——レイメイの声だけが。

*

「——それでなっ、ゲットのやつ、うしろからあたしに斬《き》りかかってきたんだ！　いやぁー、ヤバかったね。気配とかぜんぜんしないんだもん。あたしのカンがなかったら、あのまま首をもってかれてたかもしれねえな。……そんなすっごいヤツが仲間になるなんて、わくわくするよなっ⁉」

『もう。おねえちゃん、さっきからそればっかり。そんなにゲットって人、気に入ったんだ？』

「うん！　しかもゲットは王子さまみたいに顔がいいからなっ。あとはスバルにいくらい、あたしより背が高かったらよかったんだけど……まっ、身長はそのうちあたしを追い越すだろ」

『そうだね。きっとそうなるよ』

あたしの話に相づちを打って、シノが笑う。

『おねえちゃん、よかったね。久しぶりにうちの船が賑《にぎ》やかになって』

姉のあたしが言うのもなんだけど、シノは美人だ。

ママよりも三番目の父ちゃんに似ていて、金髪で色が白い。あたしは二番目の父ちゃんのことも好きだけど、どうせならシノと同じ、三番目の父ちゃんのこどもだったら良かったのにって、思うことはある。

「とにかくこれでウチの戦力は倍増だ！　ゲットの戦闘力とあたしのカリスマ、それからシノの完璧な作戦があれば、テンドウ海賊団は完全復活だな！」

『おねえちゃんがわたしの作戦どおりに動いてくれなかったら、意味ないんだけどねー。今日だって、敵の目の前に浮上してスピーカーで宣戦布告なんてしなければ、もっと楽にたくさん積み荷を奪えてたんだよ。損失を試算するなら、だいたい……』

「いッ、言うなやい！　海賊には海賊の流儀があるんだっ。まず名乗る！　相手が降伏するなら良し。ケガはさせずにおいてやる。でももし立ち向かってくるなら、ぶっ倒してから奪う！……だが、殺しはやらねえ！　それじゃヤツらと——ストランド・フリートと同じだからな」

忘れはしない。

一年前のあの日、あたしたち家族は海賊艦隊ストランド・フリートと戦い、敗北した。

被害者ヅラをするつもりはない。あたしたち海賊なんて、しょせんはごろつきだ。ハタ迷惑な、殺されたって文句の言えない人種なのかもしれない。

でも、だからこそあたしたちには美学がある。

積み荷は奪っても、命は奪わない。

それがママのやり方だった。最後の、あの時だって……。

あの時？

こめかみがずきりと痛んで、あたしは思わず顔をしかめた。

『おねえちゃん、大丈夫？』

シノが心配そうにこちらを見ている。

頭の良さと顔の良さに自覚があって、いつもこっちを小馬鹿にしてるくせに、ときどき心細そうな顔してあたしを気づかう。さびしがり屋で憎めない、あたしの大事な妹だ。

あたしは頭を振ってシノに答えた。

「ん。なんでもない。……とにかく、ストランド・フリートのやつらは許さねえ。あいつら、あたしたちを追い詰めた時、笑ってやがった。殺しを楽しんでやがるんだ。あたしたちを倒したって、金になるものなんか何もないのに、どこまでもしつこく追いかけてきやがって。自分たちは金も食べ物も、財宝だって、あまるほど持ってるくせに」

『そうだね。あの時は、悔しかったよね』

「ああ。だから復讐《ふくしゅう》するんだ。命は奪わず宝を奪う、あたしたち海賊の流儀でな」

『そのために、一年かけて準備してきたもんね』

「そのとォーり！　ふたたび〈モノケロース〉を砂海に出すため、漁師のおっちゃんたちに漁を教わり、ちまちま小遣いを貯め、それを元手に楽して稼ごうと思って賭場《とば》で負けて素寒貧《すかんぴん》となり……また漁で金を貯め……そしてなんやかんやあって今日、ついにテンドウ海賊団は復活したのであるッ！」

あたしはどんと胸を張った。ちなみに、手にはナベをかき回すおたまを持ったままだ。

シノがいまいちやる気のない拍手をする音が、せまい厨房《ちゅうぼう》に響いた。

『さっすがおねえちゃん。あきらめの悪さとなりふり構わなさが天下一品だよ。今日の戦果はおねえちゃんのずぶとさのたまものだね』

「……それ、褒《ほ》めてんの？　褒めてるよな？　じゃないとおねえちゃん、泣いちゃうぞ……」

『褒めてるよー。だって、おねえちゃんは――』

「おい」

別の声が、あたしとシノの間に割りこんだ。

百年間眠っていたという、あのニンジャの男の子、ゲットだ。イスに縛《しば》りつけておいたはずなのに、抜け出している。

あたしは指をさして叫んだ。

「あぁーッ！　ゲットおまえ、縄抜けしてんじゃん！　逃げられたのは困るけど、そういうのすげえマンガのニンジャっぽいな！　……でもなんで片方だけ目、充血してんの？　大丈夫？」

「そんなことはどうでもいい」

　ゲットがこちらに向かってくる。こころなしか顔色がさっきより青白い。

「レイメイ、きさま——さっきから誰としゃべっている？」

「は？　なに言ってんの、おまえ。そんなの……」

　あたしはうしろを振り向き——思い出した。

「あ、そうだ」

　ついさっきまで、あたしが料理をしながら話していたシノは。

　かわいくて生意気で、白い肌と金髪がきれいな、あたしの自慢の妹は。

「シノも、死んだんだった」

　もうこの世界のどこにも、いなかった。

*

　砂海上空にたたずむ半透明の球体、異世界が不定期に落とす砂は、地表に近づくとやがて巨大な砂嵐に変わる。

　異世界《ウォーズ》直下地域、最大都市ストランド・シティ。

昼間に発生した嵐は夜になってついにこの街へ至り、建物の間に張り巡らされた電線を不穏《ふおん》にゆすっていた。

風にちぎれた電線が火花を散らす。ふぞろいなバラック小屋は固く扉をとざしているが、その沈黙はどこかよそよそしい。

目を凝《こ》らせば、トタン板の隙間《すきま》から、外をうかがう住人の目が見えたかもしれない。

嵐に見舞われたストランド・シティの路上には、にもかかわらず、無数の影がうごめいていた。

街路をよこぎる、影、また影。歩くたびに吊《つ》り下げた長銃をがちゃつかせ、強風に悪態をつく。がらの悪い兵士たちは、街に接岸した砂海船から続々と吐き出されていた。

また一隻《せき》、外輪を回した船がやってきて、体当たりすれすれの乱暴な停船を果たす。船は錨《いかり》をおろしはせず、もっと確実な方法で舫《もや》いした。甲板《かんぱん》を直接、岸のくぼみに鉤《かぎ》をかけて連結するのだ。岸の側にも、これを見越した手頃な穴がうがたれている。

そしてさらに後から現れた船が、この岸の一部となった船にまた連結していくのだった。

ストランド・シティは陸上の街ではない。無数の砂海船が連結し、その甲板の上に築かれた人工の都市だ。

街の中心、もはや連結する鉤も錆《さ》び果てて、船どうし癒着《ゆちゃく》してしまった区画に、宮殿がある。

宮殿空母〈エンピレオ〉。

ストランド・フリートの艦隊長たちが今、一堂に会している。

だだっ広い会議室では、アイオワの肥満体も小さく見えた。

第三艦隊艦隊長アイオワはひざまずき、屈辱《くつじょく》と恐怖に震えていた。

この部屋に置かれたイスの数は十二。出席者の数も同じだ。十一人の艦隊長。それを束ねる一人の総督。

ストランド・フリートの王が、アイオワの目の前にいる。

「まず前提として、アイオワ、貴様は処刑する」

円形に置かれた十一のイスの中央、一段高い位置から、その男は口を開いた。

「そして、これからの受け答え次第で、連帯責任で処刑する血縁の数を決める」

ひざまずくアイオワの顔から血の気が引いた。

玉座とはとうてい呼びがたい、この場の誰のものより簡素なパイプ椅子に腰かけた男が、アイオワを冷たく見下ろしている。

「おッ、お待ちください、キング・ダンテ！　あまりにも、それは……」

「お前の長男を殺す」

「なッ……!?」

息子の死を宣告され、アイオワは絶句した。

指示された遺物の回収任務に失敗した時点で、己の死は覚悟していた。諮問《しもん》の内容で家族に累が及ぶということも。ストランド・フリート総督、ダンテとはそういう男だ。

だが、これほどまでに理不尽《りふじん》に、軽々と。

十一人の艦隊長のなかでは古参にあたるアイオワにとってさえ、ダンテの冷酷《れいこく》さは異質で、歴代総督のなかでも群を抜いて苛烈《かれつ》に思えた。

「アイオワ。お前はただ、俺の質問に答えればいい」

「……はい。なんなりと」

かろうじて絞り出したアイオワの声は、かすれていた。

ダンテは長身の、痩《や》せた男だ。

裸の上半身に、じかにフードつきの白衣をはおっている。その姿はギャングや海賊らしくもなければ、軍人らしいというわけでもない。むしろ旧世紀の修道僧のような、禁欲的な気配すらただよう。

腰かけるパイプ椅子からして、ダンテが富に執着していないことは明らかだ。収奪の利益は惜しげもなく構成員にばらまかれた。富のあるところに人は集まる。ダンテの総督就任からわずか一年で、ストランド・フリートの規模は二倍近くにまで膨《ふく》れ上がった。

反面、失敗した者への処罰は残虐《ざんぎやく》を極める。欲望と恐怖、ふたつの手綱《たづな》でダンテはストランド・フリートを支配していた。

「遺物は、あったのか」

ダンテの短い質問に、アイオワの肝がちぢんだ。

「……は。指定された通りの座標から、たしかにサルベージされました」

「状態は」

「良好です。コールドスリープの機能に障害はなく、現在も稼働中とのこと。恐るべき技術ですな。百年前の旧文明の機械が、砂の下でいまだに——」

「長女を殺す」

ダンテがつぶやき、アイオワは凍りついた。

「俺は言った。お前はただ、質問に答えればいいと」

「……は」

最小限の言葉で応じるしかない。

アイオワの考えは見透かされていた。会話のなかで有能さをアピールし、生き延びる糸口を摑《つか》もうとする努力は、無駄だった。

「遺物の中身は、見たか」

「申し訳ありません。僭越《せんえつ》にあたると思い、目視での確認まではしておらず……」

「構わない。覗《のぞ》いていれば、第三艦隊は全員処刑していた。あれの重要性は、俺のみが知ればいい」

あまりの理不尽《りふじん》に、アイオワはめまいを覚えた。

ダンテの質問は続く。

「遺物を奪った賊についてきく。賊の砂海船は、テンドウ海賊団の潜航艦〈モノケロース〉号で間違いないか」

「は。昨年の掃討戦では、私もじかに〈モノケロース〉を見ております。あの時破損した船体の、同じ箇所に修復跡がありました」

「だが、乗り手はテンドウではなかった」

「テンドウの娘を自称する、若い女のようでした」

ダンテは顎《あご》に手をやり、沈黙した。

アイオワも黙るしかない。他の艦隊長たちも、何も発さない。みなダンテの怒りが飛び火することを恐れている。

「獅子《しし》は狩りに全力を尽くす」

パイプ椅子が軋《きし》み、ダンテが立ち上がった。

長身とはいえ、痩《や》せたその体の、なんと威圧的なことだろう。

立ち上がったダンテの姿は、確信と力に満ちている。うつむきがちでフードの陰に隠れていた、眉のない顔があらわとなった。

削《そ》げた頬。鋭い眼光。その瞳の色は、紅《あか》い。

「ストランド・フリート全艦隊へ通達する。俺の敵を殺せ」

一年前と同じ命令に、艦隊長たちが息を呑《の》んだ。

一年前のある日。七つの砂海にその名をとどろかせた女海賊、テンドウは死んだ。

《ウォーズ》直下地域で最大の勢力を誇る軍閥ストランド・フリートは、たった一隻《せき》の船を沈めるため、総力を結集した。

船首のドリル衝角《しょうかく》で自在に地中へもぐる〈モノケロース〉号と、ストランド・フリートを構成する十一の大船団の間で繰り広げられた戦いは、一昼夜にもおよんだ。ストランド側がイッカクと呼んで恐れ、手を焼いてきた〈モノケロース〉の地中潜航戦術は、この世界に唯一無二、有効な対策も確立されていないままであった。

ストランド・フリート新総督ダンテは、それをただ力で、圧倒的な物量で押しつぶしたのだ。犠牲《ぎせい》をいとわず、次々に軍艦を使いつぶしながら敵を追い詰めていく冷酷《れいこく》無情の戦術は、ついに大海賊テンドウが駆る〈モノケロース〉号をも中破させ、敗走させたのである。

その〈モノケロース〉号が、ふたたび現れた。

そして今、ダンテによって再度、総力戦が宣言されたのだ。

艦隊長たちはみな、一年前の戦いで痛手を負っている。

無論、ダンテは恐ろしい。だがこの命令に従えば、一年前と同じ痛手を負いかねない……。

〈モノケロース〉のドリルは縦横無尽に陣形を貫き、女海賊テンドウの怒りは戦艦を焼き払った。その名は今もなお、敵対した者の心胆を寒からしめる。

「お言葉ですが、キング・ダンテ」

若い男の声が上がった。

部屋の者すべての視線が、その一点へと集中した。黒い衣の青年は、波打つ金髪がかかる頬に甘ったるい笑みを浮かべ、平然としている。

「全艦隊の出撃は不要じゃないですかね」

ダンテの紅《あか》い目が、じろりとこの青年を睨《にら》んだ。

「お前は今、この俺の話をさえぎったのか。第十一艦隊艦隊長、ザファル」

閉め切られたはずの会議室に、風が吹いた。

ダンテを取り巻く周囲の景色が、歪《ゆが》む。何らかのナノマシン能力発動の予兆だ。

しかし、この実体ある殺意を向けられた当の本人は動じていない。中東風の黒いローブに、金の長髪をターバンでまとめた青年、ザファルは微笑《ほほえ》んでいる。

「よければ例の海賊、オレの艦隊だけで潰《つぶ》してきますよ。その方が他の艦隊の燃料、節約できるでしょう？　それに、実力の証明にもなるんでね。一年前からここにいた無能な艦隊長たちより、オレの方がずっと役に立つ」

恐れを知らぬ新人艦隊長の発言に、ダンテは答えなかった。

重苦しい沈黙と、まばたきひとつない凝視《ぎょうし》が黒衣の青年にそそがれた。

ザファルは微笑《ほほえ》み続けている。

「最初の任務を与える」

ようやくダンテが口を開いた。

「アイオワを処刑しろ」

「喜んで」

ザファルの黒いローブが揺れ、風鳴りがした。

ひざまずくアイオワが、太い首を回して周囲をうかがった瞬間——その首すじに赤い線が浮かんだ。

暴君ダンテは淡々と告げる。

「第二の任務だ。テンドウ海賊団残党をつぶし、奴《やつ》らの船〈モノケロース〉号をうばい、首謀者を捕らえて、盗まれた俺の遺物を回収しろ。ひとつとしてしくじるな。ストランド・フリートは砂海の王者だ。王はすべてを手に入れる」

切断されたアイオワの首が床にころがる。

ザファルは芝居がかったおおげさな礼をして、立ち去った。

CHARACTER

レイメイ

海賊の少女。
テンドウ海賊団二代目団長。
十七歳。
愛用の剣カトラスと
ピッケル付きロープを
駆使して戦う。

Sunano Umino
Reimei

CHARACTER

GET

ゲット

百年前に存在した国家
《筑紫ノ国》の少年。
十五歳。
コールドスリープで百年の間
眠っていた。
二刀流と炎を操る
ナノマシン能力で戦う。

Sunano Umino
Reimei

2 奪還！ モノケロース

嵐の夜が明けた。

月兎《げっと》は窮屈《きゅうくつ》なベッドの上で目を覚ました。潜航艦〈モノケロース〉の、誰のものともわからない二段ベッドのひとつだ。

壁には大家族の集合写真が貼られている。……痛ましく思えて、月兎は顔をそむけた。

昨日の夜、海賊少女レイメイは妹の幻覚を指摘されると、顔を覆って船のどこかへ姿をくらませてしまった。

取り残された月兎は途方にくれたが、生きている以上、腹も減れば眠気も覚える。レイメイが厨房《ちゅうぼう》に残していった作りかけの料理の一部を食べると、ベッドを借りて眠りにつくことにしたのだった。

主君日向《ひゅうが》の後を追って自殺するという考えは、一時的にせよすっかり抜け落ちてしまった。

漠然とだが、レイメイの事情に察しはつく。その答え合わせをすることになると思うと、食堂へ向かう足取りは重くなった。

「あっ」

昨日と同じ煮炊きの音。月兎《げっと》に気がつき振り返ったレイメイは、海賊帽のかわりに三角巾をかぶり、それがなかなか似合ってもいた。

「あー……お、おはよう……ございます?」

「なぜ敬語になる」

レイメイは料理の手を止め、気まずそうにはにかんだ。

「だよ、な。えっと……昨日、びっくりさせて、ごめん」

「かまわん」

「あと、ありがとな。あたしがほったらかしにしちゃった晩ご飯、しまっておいてくれただろ」

「それもかまわん。ついでにおれもいただいた。……悪くは、なかった」

気まずいのは月兎も同じだ。ぶっきらぼうな返事も、歯切れが悪い。

レイメイは苦笑した。ほんとうに、ごく普通の少女の顔だった。

「そっか。よかった。あーっと……とりあえず、食べる?」

二人きりの朝食がはじまった。

はす向かいにテーブルをはさんで座り、しばらく無言で咀嚼《そしゃく》したあと、レイメイはおもむろに切り出した。

「……最初は、ごっこ遊びだったんだ」

何の話かは、言われずともわかる。昨日目撃した、幻と話すレイメイについてだ。

「ただの独り言でさ。なんていうか、ほら、鼻歌みたいなもんだよ。だれだって一人の時はそれくらいするだろ？　だって、そうじゃなきゃ……」

レイメイは気まずそうに辺りを見回す。

「こんな静かな船のなかで、あたし一人、息がつまっちゃうよ……」

また沈黙が降りる。やり場のない意識は味覚に集中した。

レイメイが作る料理は意外にも質素な一汁一菜で、味も月兎の時代とそう変わらないものだ。美味ですらある。

だが、月兎の箸《はし》の進みは遅い。

「……やはり、船員はきさま一人か。だとしても解《げ》せんな。一体どうやって、たった一人でこんな珍妙な船を動かしている？」

「そいつは企業秘密だ。あたしはそう簡単に手の内は明かさねぇ」

レイメイが得意げに笑った。

しかし調子を取りもどしたのは、その一瞬だけだった。

「……で、さ。聞きたいんだけど……あたしのこと、やっぱり、引いた？」

「引く？」

月兎はおうむ返しにたずねた。レイメイは苦い顔で説明する。

「気持ちわるいと思っただろ、って意味だよ！　……でも、しょうがないよな、こんな独り言女。自分でもやばいって思うもん。最初はほんの冗談みたいなつもりで、頭の中のシノと話してただけなのに、最近だんだん、ほんとにシノが生きてるみたいに感じはじめちゃって……変だよな、あたし。キモいよな……」

「いや。キモくはない」

月兎《げっと》はきっぱりと言い切った。

レイメイは、しばしあぜんとしたあと、力なく唇をゆるめた。

「なんだよ。ちゃんと意味わかってるじゃん、若者言葉」

「当然だ。むしろおれの方が若い。おまえより百年早く生まれただけだ。つけ加えると、引いてもいない。レイメイ、おまえは気持ち悪くなどない」

「お、おぉう……？　うれしいけど、急にどした？」

「おれも同じだからだ。……おれは昨日、日向《ひゅうが》さまを失ったばかりだ。もっとも、実際に日向さまが亡くなられたのは、何十年も前のことだろうが」

月兎の共感の理由に、レイメイも納得したようだ。

「あー……そっか……」

「死者をいたむ気持ちを恥じる必要はない。その悲しみの深さは、おまえの死者に対する誠実さのあらわれだ。……同じようなことを、昨日のおまえも言っていたな」

「だからって切腹すんなよ」

「おいレイメイ。おれは今、真剣に……」

茶化されたと思った月兎は、ずずという洟《はな》をすする音に気がつき、押し黙った。

「でも、ありがとな、ゲット」

レイメイは、笑いながら泣いていた。

まるで別人のような態度の変化と、レイメイのしおらしさに、月兎は一瞬、思わず頬を赤くした。

月兎の好みは、ひかえめな大和《やまと》なでしこだ。

「ゲットが来てくれて、あたしほんとにうれしいんだ。だってこんな出会い、もう奇跡じゃんか……やっぱりゲットは、あたしの宝物だなっ！」

「いや。だからおれは、おまえのものになったわけでは……」

月兎は戦士である。

他人から寄せられる好意を振り払うすべを、月兎は知らない。


船の外は快晴の空だった。

嵐が去った砂海の上空には、今日も半透明の惑星、異世界が浮かんでいる。

乾いた砂海の風を浴びながら、月兎は〈モノケロース〉の甲板《かんぱん》に立った。

潜航艦〈モノケロース〉号は、常に地中を移動するわけではない。戦闘時以外には浮上して、通常の砂海船と同じように甲板《かんぱん》を露出《ろしゅつ》させて航行している。

三百六十度、どこまでも砂ばかりの景色である。見張りを買って出てはみたが、変化がなく、退屈だった。人工物も、生物の姿も、何もない。あったとしても、砂丘にさえぎられてしまうのかもしれない。

砂の海とはよく言ったものだ。砂丘は停止した波で、頭上の異世界はさしずめ沈まぬ太陽か。時が止まったかのようなこの世界で、月兎《げっと》はまだ、生きている。仕えるべき主《あるじ》、日向親王《ひゅうがしんのう》を失いながら……のうのうと。

「おっ。ゲットくぅん、マジメに見張りやってんじゃねえか。感心感心っ」

艦橋のはしごをのぼって、レイメイが現れた。皿洗いを終えてエプロンをほどき、今はふたたび出会った時の海賊衣装だ。

やはり〈モノケロース〉号には、自動運転のような機能でもあるのだろう。船内は無人のはずだが、船は変わらず外輪を回して、前へと進み続けていく。

レイメイが伸びをする。艦内の湿気と汗に蒸れた剝《む》き出しの太ももから、月兎は目をそらした。

「どーよ。あたしたちの時代の眺めは」

「……砂、砂、砂。見渡すかぎり、何もない」

「だろっ？　退屈すぎて笑っちゃうよな！　逆に！」

月兎のうしろに立ったレイメイは、何がそんなにおかしいのか、月兎の背中をばしばし叩《たた》いてうれしそうだ。

月兎はこれをうるさそうに払いのけ、つけ加えた。

「だがまぎれもなくここは、おれと日向さまが生きた《筑紫《つくし》ノ国《くに》》だ。たとえもう、おれと日向さまをつなぐものが残っていないとしても……」

つぶやきながら月兎は、伏し目がちに東の方角を見やった。

そこには百年前の筑紫で建築中だった軌道エレベーター、昇降塔が、未完のままの姿で立ち尽くしている。今となっては月兎に故郷をしのばせる、唯一のおもかげだ。

「まっ、何もないってのは、そう悪いことばっかりでもねえ」

ふさぎこむ月兎の正面に、レイメイが回りこんできた。腰に両手を当て、なぜか得意げだ。

「砂海に何もないからこそ、あたしたちは持ってるものをとことん大切にする。ゲット！　せっかく出会えたお前を、あたしは放っておかないぞ。ゲットにどれだけ嫌がられても、あたしが構いまくって、死なせてなんかやらねえからなっ。覚悟しろよ？」

「……好きにしろ」

ふいと横へ向けた月兎の顔は、レイメイに肩を揺すられ　すぐまた正面へもどされた。

「おぉっ。ゲット、見ろよ！　街が見えてきたぞ」

そう言われて、月兎はいくらか疑わしそうに目を凝《こ》らした。

砂丘のつらなりの向こう、かげろうが躍る地平線に、たしかに何か黒々としたものが見える。だがまだ、月兎《げつと》の視力では要領を得ない。昨日のナノマシン能力の使用による目の充血は、すでに引いているのだが。

「あれは……山、か?」

「いいや、山じゃねえ。《ウォーズ》直下地域、第二の都市ポート・サムだ」

山形のそれは、天然の地形ではなかった。

鉄材を継ぎ合わせた、人工の足場の集積物。

それが島を形成するようにいくつも砂の上に浮かべられている。人工島どうしは橋が架《か》け渡され、あるいは小型の砂海ボートが行き来することで連絡しているようだ。

島にそびえる建物の高さは、群島の中央に近づくほど増していき、これが遠目には山のように映ったらしい。中心部にはドーム状の、宮殿のような屋根が見えた。

「船が多いな。その名のとおり、港町か」

ポート・サムの周辺には、大小無数の砂海船が停泊している。いずれも側面に外輪をそなえていることをのぞけば、月兎が知る時代の船とそう変わらない外見だ。ドリルで砂のなかにもぐる〈モノケロース〉号はやはり、この時代の基準でも異質なのだろう。

島が近づくにつれて、また別の異質なものも目につくようになった。

鉄でできた巨大な、塔のような構造物だ。ポート・サム周辺の砂海にいくつか、不規則に突

き立っている。

「あれは異物だな。地中から掘り出された遺物じゃなくて、上から来たんだ」

月兎《げっと》の視線から察したレイメイが、指を立てて示す。上空、砕けた半透明の、異世界を。

「……ヒトの形を、しているように見えるが」

「だな。たぶん異世界の兵器なんじゃないかって言われてるけど、ほんとのところは誰にもわかんね。動かし方も謎だし、そもそもコックピットとかもないらしーぜ？　まぁ、よく知らねぇけど。でもせっかくぜんぶ鉄でできてるから、バラして船や建物の材料にしてるんだ」

「ならば資源の塊だな。おまえの仇《かたき》の、ストランド・フリートとやらに接収されないのか？」

「ポート・サムは中立都市だからな」

行きかう船は、所属をあらわすさまざまな旗を掲げている。

〈モノケロース〉の進路が横へと逸《そ》れた。

「ポート・サムの本島まで、いきなり〈モノケロース〉で乗りこんだりはしねーぞ。中立だからストランド・フリートのやつらも駐留してるんだ。知り合いのおっちゃんが店をやってる離島があるから、そこに一旦〈モノケロース〉を預けて、それからポート・サムをまわろーぜっ」

目当てのジャンク屋は、離島の岸にあった。

「未来の大海賊レイメイさまの、最初の戦利品だ！　しっかりばっちり公平に、でもちょっとだけおまけして査定してくれよなっ。あたしの伝説は、ここから始まる!(予定)」

「小声でつけ加えるな。……ご主人、邪魔をする」

月兎の手伝いもあって、コールドスリープ装置の運び入れは終わった。

レイメイの馴染《なじ》みだという店主の男は、査定に半日ばかりかかると言った。

店の中には、砂の下から掘り出されたのであろう、古い機械に値札が張られ陳列《ちんれつ》されている。月兎には見慣れた家電や、ガラクタ同然の機械部品にすら、高い値がついていた。

この時代にはもう、あまり複雑な機械を作る技術がないのかもしれない。考えてみれば、砂に潜《もぐ》る〈モノケロース〉号もその機能こそ奇抜だが、外輪とドリル以外の外見は月兎の時代の潜水艦とそう変わらない。

きっと砂海の人々は、こうして砂の下の遺物や、空から落ちてくる異物を拾い集めて生きているのだろう。コールドスリープ装置に高値がつくという期待は充分に持てた。

「きみ、見かけない顔だね。レイメイちゃんのお友達? 白い髪なんて珍しいねぇ」

店主が月兎に話しかけてきた。頭の禿《は》げあがった、人の良さそうな中年男だ。

月兎は食い気味に否定した。

「いや友人ではない。ゆえあって一時的に同行しているだけで、おれは……」

「そうだ! ゲットはあたしの戦利品で、新しい仲間で、ハーレムの最初の夫にするんだ!」

「レイメイきさま、人前で誤解を招くたわごとをぬかすな! おれの好みは奥ゆかしい大和《やまと》なでしこだと言っている……！」

話に割りこみながら抱き着いてきたレイメイに、月兎《げっと》は懸命に抵抗している。

その姿を、店主は微笑《ほほえ》ましげに見守っていた。

「そっかそっか。よかったねえ、レイメイちゃん」

それから店主はどういうわけか、月兎の前に深々と頭を下げて、言った。

「どんな関係でもかまわないけど、できればこれからも、レイメイちゃんのことをよろしくね、ゲットくん」

月兎とレイメイは、もみあうのをやめて、しばし黙りこんだ。

レイメイは気恥ずかしそうだ。

「やめろよおっちゃん！　あたしの方は、まあ……なんとかやってけるからさ。そんなことより、またボート貸してくれよ。ゲットに本島の方も案内してやりたいんだ！　いいだろ？」

そうして砂上ボートを借りる許可をとりつけると、レイメイは逃げるように店の外へと行ってしまった。

月兎は店主に一礼してから、すぐにレイメイの後を追った。

「おいレイメイ。おれの予定を勝手に決めるな」

「ん？　行きたくねーの、ポート・サムのショッピングモール。なんか他に見たいものでもあった？」

「ない。だからといって、おまえに従う道理もない」

「なんだよ今さら、つれないなぁ。店に遺物運ぶのは手伝ってくれたくせに」

「一宿一飯の恩を返しただけだ。これでもう借りはなくなった」

レイメイはにやりと笑った。

「いいやあるね。お前はあたしの戦利品だ。ゲットがこれからどうするかは、今後あたしが決める」

「きさま……！　この期《ご》におよんで、まだ世迷言《よまいごと》を」

「それに、一宿一飯の恩だぁ？　寝ぼけたこと言ってんじゃねぇぞ、ゲット。今朝だってあたしの愛情たっぷり真心ごはん、うまそうに食ってたじゃねえか。少なくともお前は、まだあたしにメシ一食分の借りがある！　そういうわけで、ほらっ、買い出し行くぞ」

月兎はうなったが、不承不承に従った。朝食ぶんの働きを返していないという言葉が決め手だった。

月兎は義理堅い。レイメイもそこに気がつき、うまく利用しはじめている。

「……あっ、やっべ。さっき店のなかに財布忘れてきちゃった。遺物運ぶのに邪魔だったから……ゲット、わりぃんだけど、とってきてくんね？　あたしはボートのエンジンあったためとくからさ」

「人をアゴで使うな。自分で行け」

「朝メシの恩は？」

「行ってくる」

月兎《げっと》が引き返すと、店には先客がいた。どうやら若い男の客らしく、棚の向こうで店主と話す声が聞こえる。

「……あッそ。ないならいいや。中古のエンジン、いいの入ったら教えてよ」

商売を邪魔するつもりはない。月兎はレイメイの財布をとってすぐにその場を立ち去ろうとしたが——ふと、会話の内容に足を止めた。

「それにしてもさァ、なにこのガラクタ？　売れんの？」

「散らかっててすみませんねえ。ついさっき持ちこまれたばかりなもんで。夕方には片付きますから」

「そうなの？　こんなゴミ置かないで、もっとボートのパーツ増やしてよ。そっちの方が需要あるでしょ」

「そうなんですけどねぇ、ちょっと断りづらいお客さんからの持ちこみで。うちはリサイクルショップで、何でも屋でもごみ捨て場でもないって、やんわり言ってるんですけどねぇ」

店主の口調から、ぺこぺこと客に頭を下げている姿が目に浮かぶ。

こきおろされているのだ。レイメイが財宝と信じて持ちこんだ遺物が。店主のあの悪意のない、善良そのものの顔で。

「あぁ！　それってもしかしてあの、親が海賊だったっていう子？　あんた、この間もぼやいてたじゃん。ガラクタばっかり持ってきて、金までせびられて迷惑だって。いい加減追い払えばいいのに」

「いやぁ、それでも先代にはお世話になりましたから……テンドウさんといえば気前が良くって、私ら弱い者の味方でした。ストランド・フリートとか監獄都市の船から奪った高価な積み荷でも、タダ同然で卸《おろ》してくれましたよ。おかげでウチも独立して店を構えられるようになったくらいで。あの子もきっと、お母さんと同じようなことがしたいんでしょうけど……」

小さなため息が、やけに大きく聞こえた。

「思えばあの子も不憫《ふびん》ですよ。家族に死なれてから様子がおかしくて、ときどき独り言みたいに死んだ妹と話してるらしくて。おまけに亡くなったお母さんみたいな口のきき方まで……もともと引っ込み思案で、人の背中に隠れてるようなタイプだったのに。なんだか憑《と》りつかれてるみたいで、気味が悪いでしょう。あれじゃ誰も寄りつきませんよ。せめて私くらいは親切にしてあげなくちゃ……」

これ以上聞いていられなくなって、月兎は気配を殺したまま、店を離れようとした。

振り返った。レイメイがいた。

たっぷり一秒、月兎と見つめ合うと、レイメイは身をひるがえして逃げ出した。

「待て！」

月兎《げっと》はレイメイを追った。

レイメイは店の外に停《と》めていたアイドリング状態の砂海ボートに飛び乗ると、すぐさまそれを発進させたが――追いつかれた。

「待てと言っている」

動き出したボートの上で、月兎はレイメイの背中に呼びかけた。

だが、次の言葉を発するまでに、月兎は迷った。月兎は武人だ。幼少から戦闘にかかわることばかり叩《たた》きこまれてきた。こういう時に、しかも異性にかけるべき言葉など、何も浮かばない。

選んだ言葉は、どうしても詰問《きつもん》調の、とげとげしいものになってしまう。

「なぜ、ついてきた。……おれが財布ひとつ見つけられないとでも思ったか」

レイメイはすぐには答えなかったが、苦笑する気配は伝わった。洟《はな》をすする音のあと、ボートのエンジンにかき消されそうなほどの小さな声が返った。

「財布拾ってこさせるくらいで、ゲットに恩を返させたら、もったいないと思って。だって、財布持ってきたら、ゲットどっか行っちゃうかもしれないし」

「まだ食費ほどの働きはしていない……」

「だったら、もうすこし付き合って……くれる?」

おそるおそるという調子で、レイメイが振り返る。

「そのつもりだ」

あんなことを聞かされたあとで、今さら突き放せるはずがない。

レイメイの境遇は、あらためて店の主人という第三者から聞かされたことで、いっそうやるせなく思えた。それを誤魔化《ごまか》すようなレイメイの空元気が、かえってその印象を強くする。

「それで、どこへ行く。さっさと決めろ。……おれの気が変わらんうちに」

レイメイの顔はぱっと明るくなった。

「ショッピングだ！　ポート・サムにはキラキラしたお店がいッッぱいあるんだ！」

レイメイの頬は、涙の跡で湿っている。

「おすすめの店をぜんぶ回ろう！　今日はデートだ。貸し借りなんかじゃなくって、ゲットが一生あたしから離れたくなくなるくらい、楽しい思い出をたくさん作ってやるッ！　……そうすりゃずっと、ゲットはあたしのものだよな？」

月兎の主人はあくまで日向《ひゅうが》だ。主《あるじ》亡き今、せめて喪に服したい。レイメイは騒々しく、こんな女と一緒にいては、月兎が望むおごそかな時間はすごせそうもない。

だからといって、虚勢を張って気丈に振舞うレイメイを見捨てられるほど、月兎は非情になれなかった。

「おれは影だ。色恋に興味はないが、護衛と荷物持ちくらいはやってやる。案内しろ」

「おうっ、任せとけ！」

砂海ボートは後方に砂煙を立てて進む。

目標はポート・サム本島。文明が衰退《すいたい》した砂海には珍しい、にぎやかな商業都市だ。

月兎《げつと》とレイメイ、二人は気づかなかった。ポート・サムを取り巻く機械巨人の異物の陰、軍旗をはためかせて近づく、ストランド・フリートの軍艦に。

＊

ポート・サム本島。その中心にそびえ立つドーム、サマセット・パレス。

一代にして巨万の富を築いた豪商にしてポート・サムの市長、サマセットの豪邸は、黒ずくめの一団によって占拠《せんきよ》されていた。

「……そうか、やはり現れたか。ま、この辺で例の積み荷を金に換えるには、ストランド・シティかポート・サムくらいでしか買い手がつかないだろうしな。海賊の生き残りがバカで助かったよ。それじゃあ予定通り、〈シェヘラザード〉で駐屯地《ちゆうとんち》まで牽引《けんいん》してくれ。これで潜航艦はオレたちのものだ」

無線機で話す青年のターバンからは、波打つような金髪がいく房か無造作に垂れている。

ストランド・フリート第十一艦隊、艦隊長ザファル。

配下の黒ずくめの男たちが見張る室内を、ザファルは甘い微笑《ほほえ》みを浮かべたまま、我が物顔で闊歩《かっぽ》する。

「手はずは任せる。心配するなよ、イフラース。お前は美しいオレの、美しい妹だ。必ずうまくやれるさ。……おっと」

何かにつまずき、ザファルはわざとらしく驚いた顔をした。

蹴《け》りつけられた老人が床の上でうめく。すでに重度の暴行を受けており、高価なガウンが血まみれだ。

「ストランド・フリートの若造めぇ……！　わかっているのか、私の街は永世中立だ。これは協定違反だぞ⁉」

老人の抗議をザファルは鼻で笑うと、通信相手に断りを入れた。

「こっちも仕事だ。またかける。――さてさてそれでは、市長サマセット殿」

通話を切ると、甘くささやくようだったザファルの声が、がらりと変わる。

「お待たせして悪かったな。こちらの要件を言おう。まずあんたのところの放送設備をお借りしたい。ポート・サム全島に放送できるのは、おたくの設備だけなんだろう？」

老人サマセットはザファルの要求に応じず、抗議を続けた。

「ストランド・フリート以外の勢力にも、私は街に敷地を与えている。なればこそ、諸勢力どうしの牽制《けんせい》で中立都市ポート・サムの平和は保たれてきた。出る杭《くい》は打たれる仕組みなのだ！　こんなマネをして、やつらが黙っちゃおらんぞ⁉」

「やつら？　やつらとは誰だ。《ウォーズ》直下地域で第二位の監獄都市か？　しょせん万年二位の負け犬じゃないか。それとも別の砂海に本拠地を構える、カンパニーや騎士団の出張所？　連中のホームはここじゃない。利権を守るにしても本気じゃないさ」

ザファルはターバンから落ちる金髪を指先でもてあそびながら、酷薄《こくはく》に笑う。

「ここで一番強いのはストランド・フリートだ。だからオレはキング・ダンテについた。そしてオレは、艦隊の中で今の地位に満足しちゃいない。協定だの中立だの、くだらない建前で手をこまねいてきたポート・サムを献上すれば、ダンテはオレを取り立ててくれると思わないか？」

「総督ダンテの命令ではないのか……ならば恐れるに足らず！　暴走の代償は高いぞ、若造！」

サマセットが起き上がり、片手を振りかざした。

突然の奇行にザファルが目を剝《む》いた、次の瞬間――サマセットの手のひらから放たれた衝撃波に、ザファルは吹き飛び、壁に叩《たた》きつけられた。

見張りのストランド兵が色めきたつ。正体不明の攻撃を繰り出したサマセットへと、銃口を向けようとする兵士たちを、ザファルは一喝《いっかつ》した。

「よせッ！　そのジジイは適合者だ」

よろめきつつも立ち上がる。

切れた額から血を垂らしながらも、ザファルはうす笑いを絶やさなかった。

「地下から稀《まれ》に掘り出される、旧世紀のナノマシン。とりこめば超人になれる貴重な遺物も、おまえほどの金持ちなら手に入れるのはたやすいんだろう？　いいよなぁ、うらやましいなあ！　何のリスクもなく、力を手にできるって、どんな気分だぁッ⁉」

「知ったことか！　爆《は》ぜて死ね、貧乏人！」

力んだサマセットの両目から血の涙があふれ出る。体内のナノマシンを酷使《こくし》したことによる脳へのフィードバックだ。

ふたたび放たれた衝撃波の合間を、ザファルは超人的な脚力で駆け抜けた。

「バカな⁉　亜音速の念動波だぞ……適合者なのか、貴様も⁉」

かすめた衝撃波がザファルの黒い衣を剝《は》がしとる。波打つ金髪から血の玉を散らせて、ザファルは哄笑《こうしょう》した。

「奪ってやるよ！　お前の街も、ダンテのストランド・フリートも！　オレの名はザファル！その名の意味は、勝利だ！」


市場は物であふれている。

街の外が砂漠にとり囲まれているなどと、信じられなくなるような活況を呈していた。

むしろ、だからこそ、なのかもしれない。

レイメイの買い物の荷物持ちをしながら、月兎《げっと》は通りすぎていく家族を目で追い、思いをはせた。

砂海が過酷で、困難な環境であるほど、人々は身を寄せあい、互いを守ろうとする。筑紫《つくし》という国が滅びても、同じ場所に人の営みは続いている。

月兎《げっと》の前を横切った家族は、一人の夫に三人の妻、そして八人のこどもたちがいた。同じような一夫多妻の構成が、市場には他にいくらでも見られる。彼らはみな幸せそうだ。すくなくとも、月兎の時代の平均的な家族ほどには。

ハーレムとは、あながちレイメイの妄言《もうげん》ではなかったか。

良い悪いという話ではない。常識が——世界が変わったのだと、認めざるをえなかった。

レイメイは昨日、たくさんの夫がほしいと宣言したが、あれで案外平凡な望みなのかもしれない。

それでも月兎には、どうにも受け入れがたい話だが。

「おぉーいゲットっ！　抽選会おわったぞ。でさでさッ、何等だったと思う？」

「知らん。ハワイ旅行でも当たったか」

駆けもどってきたレイメイが、月兎の言葉に首をかしげる。

「ん？　ハワイって、あんな砂しかないとこ行ってどーすんの。……まぁいいや。それじゃ発表しまぁす！　レイメイさまのくじ運は……どぅるるるるっ」

「自分で効果音を入れてむなしくならないのか」

「どぅんッ！　残念、ビリのティッシュでしたぁーっ！」

レイメイはポケットティッシュをほうり投げた。月兎が抱える荷物の山に着地して、また一段、高くなる。すでに頭の位置より高いのだが、月兎は特に不満もない。

代わりに深くため息をついた。

「やけにはしゃぐ。特等でも当ててきたかと思えば……こんな普通の買い物の、一体何がそんなにおもしろい？」

月兎の問いかけに、レイメイはほのかに顔を赤らめた。

「だってさ、なんかこういうフツーの買い物って……ふ、夫婦みたいだと、思わねぇか？」

「思わん」

「また即答ッ⁉」

「せいぜい犬の散歩だろう」

「夫婦どころか人間扱いすらされてねーの、あたし⁉」

涙目のレイメイは、月兎に預けたティッシュを奪って豪快に洟《はな》をかんだ。早速役に立ったようで何よりだった。

「ふう。そんじゃ次に行くのは……」

すでにけろりとした顔で歩き出したレイメイは、月兎を振り返った。

「ゲット。お前、どっか行きたいとこある？」

ない、と答えかけて、月兎は思いとどまった。

なくは、ない。

ささやかで、ほとんど無意味にひとしいが、月兎《げつと》にはやるべきことがある。

「ち、ちなみにあたしのおすすめはな！　有名なアイスクリーム屋があるんだけど、カップル限定のアイスセットを注文してさ、おッ、お互いにあーんするっていう、憧れの……」

「花屋」

「……へ？」

自分の言葉に赤面して、両手で顔を隠していたレイメイが、真顔にもどる。

「この時代でも花が買えるなら、おれは花屋に行きたい。日向《ひゅうが》さまをとむらうための、花がほしい」

「ゲット。おまえ……」

レイメイの頬に、じわりと微笑《ほほえ》みが広がった。

「いいな、そういうの。自分のために必要なものじゃなくて、人のために欲しがるところ、あたしはすきだぞ」

「いちいち他人を褒《ほ》めないと気が済まないのか」

紅潮した顔を隠す月兎をよそに、レイメイは空高くこぶしを突き上げた。

「行こう、花屋！　ちょっと高いけど、奮発してやる！　その代わり、あと三日はあたしに付き合えよッ」

「この時代の花は食費三日分も値が張るのか……！　それほど高価なら、無理には」

「ごちゃごちゃうるせえ！　あたしが買うと決めたんだ。海賊に二言はねぇっ。がっぽり稼いで、景気よく使い切る！　それが海賊の流儀なのだッ。……と、ママが言っていた！」

「ばかな。刹那的《せつなてき》すぎる。命がけで手に入れた金を、そうもたやすく浪費するなど……」

「でもこうすりゃ、ストランド・フリートが独り占めした金がみんなのところに流れるだろ？」

レイメイの言葉に、月兎は意表を突かれた。

「なるほど。富の再分配ということか。海賊行為にはそんな側面も……」

正直に言って、感心していた。

ハーレムや海賊業と聞いて、レイメイを頭から侮《あなど》っていたが、思い違いだったのかもしれない。レイメイの行動は決して浅はかでなどない。男性社会のハーレムや軍閥による富の独占への反抗という、れっきとした大義を備えている……。

「えっ？　……おう、そうだな！」

ちがったらしい。月兎は脱力し、ため息をついた。

「……了解した。財布は今後おれが管理する」

ともかく目的地は決まった。レイメイは機嫌よく両手を振って歩き、荷物をかかえた月兎が追いかける。

気がつけばそれは、月兎がかたくなに否定した、ひとつの主従の形に見えた。

しかし、その時だった。

『あぁー、テステス。マイクのテスト中。ポート・サムの諸君、オレの美声は届いているかな?』

街中のあちこちに設置されたスピーカーが、若い男の声を響かせた。

『こちらはストランド・フリート第十一艦隊艦隊長、ザファルという者だ。この放送は現在、ポート・サム全島へと流れている』

「ストランド・フリートぉ?」

レイメイの顔つきが変わった。

月兎《げっと》も買い物袋を足元におろし、警戒に移る。今のところ、周囲に怪しげな者は見当たらない。広場の人々は、みな困惑した様子だ。

男の声は続ける。

『ポート・サムにお住まいの、人口二十万の皆さまには、先にお詫《わ》び申し上げておく。この放送はポート・サムに潜伏中の、ある海賊に向けたものであり、その他の諸君には一切関係がない。聞き流してくれたまえ』

ぱしんと、こぶしを手のひらに打ちつける快音が響いた。レイメイだ。

「なんだか知らねえが、宣戦布告か! 上等だ、ゲットっ。〈モノケロース〉にもどるぞ。無敵の浮上戦法で、もう一回悪夢を見せてやろーぜ――」

『テンドウ海賊団残党に告げる。そちらの所属艦〈モノケロース〉号は我々が拿捕《だほ》した。取り返したければポート・サム、ストランド・フリート駐屯地《ちゅうとんち》まで出頭せよ』

「……え」

レイメイが凍りついた。

『放送は以上だが、そういえばもうひとつ、市民諸君に謝らなければいけないことがあったなぁ。諸君の友人、ポート・サムの市長サマセットだが、ついうっかり……くっ、くく。殺してしまったよ！　オレは少々手荒でね。〈モノケロース〉という船も早く取りもどしにこないと、無事は保証しかねるよ？』

ぶつりと音を立てて、放送がとぎれた。

「どうしよう」

レイメイが振り返る。

「ママの〈モノケロース〉が……あたしの最後の家族が……とられちゃった……！」

今にも泣き出しそうな顔のレイメイに、ずいと、ティッシュがさし出された。

「使え」

月兎にそう言われても、レイメイはほうけたように見つめ返すばかりだ。

「ほんとうに、手間のかかる女だ」

月兎は一歩近寄り、自分よりも背の高いレイメイの頬を、残念賞のティッシュでぬぐいはじめた。

月兎《げつと》の手は武人の手だ。涙を拭きとるその仕草は、不慣れでぎこちなかったが、乱暴ではない。心のこもった、丁寧《ていねい》な所作だった。

レイメイの頬をぬぐいおえると、月兎はその場に膝《ひざ》をついた。

「《筑紫《つくし》ノ国《くに》》御庭番衆筆頭、太陰の月兎。一宿一飯の恩義に報《むく》いるため、助太刀《すけだち》いたす」

何を言われているのか、レイメイは呑《の》みこめない。

月兎は辛抱《しんぼう》強く言葉を重ねた。

「レイメイ。おれを使え」


ストランド・フリートのポート・サム駐屯地《ちゆうとんち》は、頭上にトタン屋根がかけられた軍港だった。

たかがトタン板でも、その下でおこなわれていることを覆い隠す役には立つ。放送通り実際に、駐屯地へ〈モノケロース〉が運びこまれたか否《いな》か、遠くから確かめるすべはない。

ゆえに月兎は、躊躇《ちゆうちよ》なく乗りこむことを決めた。

駐屯地の警備は手薄だった。知る由《よし》もないことだが、兵の多くは市長サマセットの邸宅を占拠《せんきよ》するため出払っている。隠密《おんみつ》行動を得意とする月兎にとって、侵入は造作もなかった。

「……あった。間違いねえ、あれが燃料保管庫だ。ゆっくり回転してるタンクのなかに、《サーマル》っていう別の砂海でとれる油の原料が詰まってる。引火させれば駐屯地をまるごと吹き飛ばせるかもしれねーな」

「そう上手《うま》くはいくまい。施設の弱点は敵も先刻承知のはずだ。延焼を防止する工夫はあると見ていい」

「だったら、なんでわざわざここ来たんだよ？　早く〈モノケロース〉を取り返さなきゃいけないのに……」

「そうだ。そのためにまず、陽動をする。……下がっていろ」

レイメイを物陰に残し、月兎は燃料の貯蔵タンクへと近づいていく。

コンクリートミキサーに似たタンク群は、ゆっくりと絶えず回転し、異世界《サーマル》が産出した粗製の油燃料が凝固することを防いでいる。

ストランド・フリートはこの駐屯地で、燃料の希釈《きしやく》もおこなっているようだ。不純物をとりのぞき、より燃えやすく加工された燃料が、貯蔵プールを満たしている。砂海船の外輪を回転させ、強引に砂の上を走らせることを可能にした、高純度燃料である。この距離で引火させれば月兎自身も巻きこまれ、ひとたまりもあるまい。

「おい、ゲット。ほんとに大丈夫かよ……」

「下がっていろと言ったはずだ」

様子を見に顔をのぞかせたレイメイを、月兎が振り返る。その右の目が、充血し赤く染まっていた。

「ゲット。おまえ、それ」

「おれの体には、かつて筑紫《つくし》で製造されたナノマシンが宿っている。血中にふくまれる極小の機械は、おれの身体能力を飛躍させ、さらに異能の力を与えもした。……日に、二度かぎりだが」

月兎《げっと》の手のひらに、赤く燃える火の玉が浮かんでいた。

「この火球は時限式だ。たいした威力はないが、燃料に引火させるには充分だろう」

月兎が手を払う仕草をすると、その方向へ向けて火の玉がふわりと漂い流れていく。

野球ボールほどの大きさの炎は、燃料プールの上空で明滅している。引き返してきた月兎はレイメイの手をとり、走り出した。

「呆《ほう》けるな。しっかりしろ。家族のかたみを取り返すのだろう」

「お、おうっ。でもそれにしたって、ここまで全力で走らなくても……」

「発動から発火までの最長時間は、十五秒だ」

「すぐじゃん!?」

「だから下がっていろと言った」

背後でカッと光があふれ、音が、そして爆風が、二人のもとへ押し寄せた。

退避は間に合わなかった。これはレイメイがもたついたせいというよりも、異世界に由来する燃料の可燃性が月兎の想定を上回ったためだ。

衝撃の瞬間、月兎はレイメイの背中を摑《つか》み、地面に押し伏せた。

耳を聾《ろう》する轟音《ごうおん》と熱風。レイメイに覆いかぶさり身を伏せた月兎の頭上を、炎が吹き抜ける。衝撃が通過したことを確かめると、月兎は立ち上がった。

「よし。行くぞ」

「し、死ぬかと思った……」

「おれがいる限り、おまえは死なない」

月兎は平然と言い切ると、レイメイの前を歩きはじめた。

「どっちかっていうと、いきなりくっつくから、どっ、ドキドキして心臓止まるかと思ったって、意味だったんだけど……ヘッ」

レイメイは熱をさますように頭を振ると、歯を剝《む》いて笑った。

「なんだよ、ゲット。かっこいいじゃねーか。よォし、あたしも負けてらんねーなッ。こっちの能力も見せてやる」

レイメイはすぐに月兎に追いつき、追い抜いた。爆発を聞きつけたストランド兵たちとの遭遇に警戒していた月兎は、レイメイの無謀《むぼう》に驚く。

「レイメイ、先走るな！　まず様子を見にきた敵兵をとらえて、〈モノケロース〉の位置を聞き出せばいい」

「船の位置ならもうわかる。時間がもったいねぇ。あたしを信じろッ」

燃料保管庫を出て、駐屯地《ちゅうとんち》の中を走りはじめたレイメイの足取りに、迷いはない。

『――おねえちゃん。こっちだよ』

レイメイは今、彼女にしか聞こえない声に導かれていた。

『――こっち。迎えにきて』

「ああ。待ってろ、シノ！」

レイメイを追う月兎《げっと》の表情が、疑わしげなものに変わる。

また幻覚を見ているのか。ここは敵地だ。暴走は命にかかわる。

そんな心配は無用だった。

「よしッ、みっけ！」

「……ばかな」

そこにたしかに〈モノケロース〉号があった。

駆けこんだ先は船のドックだった。〈モノケロース〉はストランド・フリートの軍艦と太い鎖でつながれた状態で、砂を満たしたドックに格納されている。自力での航行ができなくなるように、〈モノケロース〉の外輪には鉄材のストッパーがさしこまれていた。

「うわっ、これじゃ鎖だけ切っても逃げられねーな……つーかあたしは海賊だ。逃げるだけなんてごめんだぞ」

「いたぞ！　海賊だッ」

ドックに声が響き渡る。

目の周囲だけが切り抜かれた、黒い目出し帽の男たちがなだれこむ。手にはアサルトライフル！　ストランド・フリートの黒ずくめたちは、ためらいなく引き金を引いた。

月兎が危険を知らせるまでもなく、レイメイは床を蹴《け》って回避。身を隠す物陰を求めて、〈モノケロース〉とつながれた軍艦へひた走る！

「いいこと考えたっ。〈モノケロース〉をつないでる軍艦ごと奪って逃げるぞ、ゲット！」

「承知した」

銃撃を散らすため、月兎は一時的にレイメイと反対方向へ逃走する。狙い通り、銃口の半分が月兎へ向かった。

不規則なステップで踊るように射撃をさばきながら、月兎はちらりとレイメイを見た。

レイメイは腰のハーネスとつながったロープを引き出し、手に構えている。先端部分には登山道具の鉄鎌《てつがま》、ピッケルが付属する。ロープが投げられ、先端のピッケルが甲板《かんぱん》の手すりにかかった。ロープづたいに軍艦をよじのぼろうとでもいうのか。

月兎は舌打ちした。あれでは的になる。撃ってくれと言っているようなものだ。

月兎には飛び道具がない。一日に二度かぎりの発火能力《パイロキネシス》の、最後の一回を消費して銃撃手を攻撃しようとしたが——その必要はなかった。

「そんな弾ァ、あたしには当たらねぇよお！」

ピッケルロープをたぐりながら、レイメイは舷側《げんそく》をほぼ垂直に駆けあがっていく。驚くべき身体能力だ。

浴びせられた銃弾も、まるで背中に目がついているかのような勘の良さで左右にかわし、とうとう無傷で軍艦の甲板《かんぱん》までのぼりおおせた。

「ゲット！　もたもたすんな、ついてこいッ」

船の上からレイメイが叱咤《しった》する。

ここにきてようやく、月兎《げっと》は悟った。

レイメイは日向《ひゅうが》ではない。日向を守るようには、レイメイを守る必要はないのだと。

レイメイもまた戦士だ。そう認めた瞬間、月兎の心に生まれたのは、炎のような対抗心だった。

「もたもたするな、だと。だれに向かって言っている」

レイメイが狙撃できない船の上にのぼったことで、目出し帽たちの銃撃は月兎に集中する。

月兎は一瞬その場で身をかがめると、溜《た》めこんだ力を解放した。

ナノマシンが血流に乗って体内を循環する。踏み出す月兎は風のように速い。銃声が間延びして聞こえる。フェイントのステップは足元に稲妻状の擦《す》り跡《あと》を刻んだ。すでにもう、目の前に軍艦がある。

壁のように立ちはだかる舷側《げんそく》を、月兎は足をゆるめず、垂直に駆けのぼった。

レイメイの真似《まね》ではない。月兎はロープを使っていない。正真正銘《しょうしんしょうめい》、脚力だけで壁面をのぼりきったのだ。ナノマシンによる身体強化のなせるわざだった。

「ゲット、来たなっ。手伝え！」

レイメイはすでに、甲板でストランド兵と戦っていた。

やはり、目出し帽をかぶった黒ずくめの男たちである。反りのつよい中東風の剣を振り回して、レイメイの舶刀《はくとう》カトラスと斬《き》り合っていた。

レイメイは正面の男と、一瞬つばぜり合いに持ちこみながら、次の瞬間にはぱっと体を引いていた。相手は勢いあまって転倒する。見事な身体コントロールだ。倒れた敵の後頭部をカトラスの柄《つか》で殴り、気絶させる手際までこなれている。

しかし。

「甘い。とどめは確実にさしておけ」

レイメイがすでに倒していた別の敵が、うめき声を上げながら起き上がろうとしている。月兎はそちらに歩み寄り、腰の鞘《さや》から抜いた錆《さ》びた刀を振りかぶった。

「ダメだッ！」

月兎の刀は止められた。他ならぬレイメイによってだ。

「はなせ。何の真似だ」

「言っただろ。殺しはやらねぇ」

「親兄弟、一族郎党の仇《かたき》であってもか」

「そうだ。家族を殺されたからって、あたしはストランド・フリートと同じ外道《げどう》になり下がるつもりはねぇ」

「戦《いくさ》を舐《な》めているのか。殺せ！　敵はこちらに情けをかけんぞ」

「殺さんったら殺さん！　殺しちまったら、もう奪えねえッ」

月兎《げっと》とレイメイの足元で、この言い合いを好機と見た男が、逃げ出そうと腰を浮かせた。月兎の赤く染まった目が、ぎょろりと動き、睨《にら》みつける。ストランド兵は悲鳴を上げた。

その声をかき消すように、レイメイが声を張り上げた。

「殺さなくても、これで充分だろォーがッ」

どすんとにぶい音がして、男の悲鳴がとぎれた。

腹にレイメイの蹴《け》りが突き刺さっている。あれはかなり深く入った。

月兎は困惑した顔でレイメイを見る。

「……死んだのでは？」

「そッ、そそそんなわけねーだろぉ!?　おいおっさん、しっかりしろ！　あきらめんなまだ助かる！」

レイメイは冷や汗をかきながら、ストランド兵の頬を叩《たた》いて正気づかせようとしている。

そうしている間にも、船の中から慌ただしい足音が迫ってきた。

「いたぞッ。仲間がやられた！」

「しかもあれは、盾にしているのか!?　おのれ海賊！」

「コッ、殺す気じゃなかったんだよおおッ!?」

「安心しろ。息はあった。逃げるぞ」

かがんで男の生死をたしかめていた月兎が立ち上がった。

銃撃が来る。二人は甲板《かんぱん》から、射線の通らない船の内部へと逃れた。レイメイはやはり、あの奇妙な勘の良さで銃弾をかわしきっていた。

「その力。レイメイもナノマシン適合者なのか？」

艦内通路の途中にある耐圧扉を閉めながら、月兎はたずねた。その場しのぎだが、一時的に後方からの銃撃を遮断できる。

「おう。なんかそんな風に呼ぶらしいな。あたしは体のなかの、なんとかましん？　ってやつのおかげで、ちょっとした魔法が使えるのだ！」

「魔法ではない。念動力だ。超能力やサイキックと言い換えてもいい。おれもそれだ。ナノマシンによる能力向上は、物理的な身体機能にとどまらず、脳の未知な領域にも働きかける」

「うん。まあ名前とか理屈はどうでもいいや。ていうかあたしは、ゲットにもあたしと同じ力があって驚いてんだぞ？」

「同じではない。系統がちがう。おれは発火能力《パイロキネシス》。レイメイの力は、おそらく――」

「右のドア、待ち伏せくるぞ」

レイメイが低く、素早くささやいた。

そしてその通りになった。前方右側の船室から、曲刀を持った覆面の男が現れ、斬《き》りかかってくる。

レイメイによる鞘《さや》におさめたカトラスの殴打《おうだ》と、月兎《げっと》の蹴《け》りが同時に命中し、襲撃者《しゅうげきしゃ》はひっくり返った。

「精神感応《テレパス》か」

レイメイの勘の良さの正体は、これだ。レイメイは認める。

「くわしいじゃねえか！　次ッ、前から三人！」

さらに前方から現れた新手へと、まず月兎が切りこんだ。数は三。レイメイが予告した通りである。

月兎は極度に身を低く沈めた突進で銃弾をかいくぐり、錆《さ》びた刀をおさめた鞘でストランド兵二人の膝《ひざ》を叩《たた》き割った。残る一人が銃口を下げて月兎を狙ったが、そちらはレイメイが投じたピッケル付きロープに肩を噛《か》まれて、引き倒された。

転倒した黒ずくめの兵士へと、月兎は手刀を構えて当て身した。延髄《えんずい》に強い衝撃を受けた兵は、がくりと頭を垂れて気を失う。

「殺生《せっしょう》はせず。これで望みどおりだろう」

「でかしたッ。ご褒美《ほうび》にあとでなでなでしてやる！」

「いらん」

先の二人の敵は、レイメイが殴って気絶させたようだ。月兎よりもよほど荒々しいが、もとより月兎に敵の身を案じるつもりはない。艦内を進みつつ話題をもどした。

「軍事用ナノマシンの開発は、筑紫《つくし》の基幹産業のひとつだ。おれも日向《ひゅうが》さまの護衛として、当時の最先端技術を提供されていた。大方おまえは、砂の下から掘り返したナノマシンを使っているのだろう」

「んー……まぁ、そんなとこかな」

「……奇妙な感覚だ」

一度の眠りで百年をすごし、その間に月兎の故郷、筑紫は滅びた。

《筑紫ノ国》と日向親王《しんのう》に忠誠を誓う月兎にとって、国が滅びるということは、世界の終わりに等しい。

だが、そうではなかった。世界は続いている。かつて名前すら存在しなかった勢力が砂海に現れ、しのぎを削りながら、こうして筑紫の遺産といえるものを使い続けている……。

「この船も、そうだったか」

目の前に現れた階段を駆け上がると、そこは船のブリッジだった。

追いついてきたレイメイが怪訝《けげん》にしている。月兎は振り返らず、説明した。

「指揮所の形状に見覚えがある。この砂海船の原型はおそらく、筑紫の制式採用巡洋艦〈サワラビ〉型だ。例によって、砂の下から掘り出したものを改修したのだろうな」

話しながらも、月兎《げっと》は立ち止まってはいない。

「動かし方ならわかる。舵《かじ》は、この席だな。つながれている〈モノケロース〉ごと、この船を奪って逃げるのだろう？　操船はおれがする。船が港を出るまでの間、守りをたのむ。敵は躍起になってここをとりもどしに来るぞ」

「おぉっ。やっぱ頼もしいな、ゲットは！　わかった。戦闘はあたしに任せとけ。レイメイさまにはまだまだ、隠し持った切り札が……」

勝ち気な言葉が不意にとぎれた。

レイメイはこめかみを押さえ、痛みをこらえている。それはテレパシーがもたらす、予知能力にも似た危機察知の瞬間だった。

月兎もレイメイの異変に気づいていた。それが月兎の命を救った。

「ちがう。この子は〈サワラビ〉なんて名前じゃない」

月兎の背後に、女が立っていた。

「この子は〈シェヘラザード〉。兄さんがダンテからもらった船。わたしたち血族の、新しいおうち」

言葉の途中で、月兎はすでに襲撃《しゅうげき》されていた。

刀による、鋭い居合斬《いあいぎ》りだ。

火花の尾を引く太刀筋《たちすじ》。鞘《さや》が発する火薬のにおいと、床に排出される薬莢《やっきょう》の音。科学的に保証された剣速。

見覚えがなければ、回避は間に合わなかっただろう。

跳び下がった月兎は、ブリッジの士官席の上に立っていた。

「筑紫《つくし》の隣国、《伊予之二名《いよのふたな》》の機動武者《むしゃ》……その、からくり刀か」

だが襲撃者は、月兎が知る伊予の戦士とはかけ離れた姿をしていた。

まず、男ではない。喪服《もふく》のような黒い衣をまとった、女性だった。

一見すると中東の回教徒のよそおいだが、それにしてはヴェールから垂れ落ちる金髪が見えていることにこだわっていない。丈の長い衣の裾にも、動きやすいよう大胆なスリットが刻まれて、白い腿《もも》があらわだ。

「ここ、入っちゃだめ」

女が口を開いた。二十歳前後に見えるが、やけに口調が幼い。目を伏せて視線を合わせようとしないところも、どこか奇妙だ。

月兎は誰何《すいか》した。

「きさまもストランド・フリートなのか？」

「ここは兄さんのハーレムだから。あなたたちは、出ていって」

月兎の問いに女は答えず、ふたたび居合の姿勢に入った。

中東風の装束《しょうぞく》で刀を構えている。ちぐはぐな姿だが、先ほどの奇襲と、洗練された構えから、手練《てだ》れと見て間違いない。レイメイに任せるには荷が勝ちすぎるか。

「レイメイ。この女はおれが対処する」

「いーけど、殺すなよっ。美人はあたしのハーレム候補だから、殴るのもナシ！」

「男女の見境もなしか。ごうつくばりめ」

あきれる月兎《げっと》と、不遜《ふそん》に笑うレイメイをよそに、黒衣の女は頬を染めていた。そうしながらも、居合《いあい》の姿勢はたもったままだ。

「美人って、言われちゃった……兄さん以外のひとに」

「イフラース！　無事か」

扉からストランド兵がなだれこむ。彼らの装束はやはり、このイフラースと呼ばれた女と同様に、中東風の黒ずくめだ。

ストランド兵に取り囲まれ、月兎とレイメイは背中合わせに立つ。

遠くで爆発音が鳴った。

その音を合図に、二人は動き出した。

＊

目の前で起きた誘爆で、貯蔵庫の屋根が吹き飛んだ。

風圧を踏みとどまる。ターバンから漏《も》れた金髪が暴れた。

「どういうことだよ、これは」

黒衣の青年、第十一艦隊艦隊長ザファルのつぶやきに、答える者はいない。

周りの部下は消火のために駆け回っていた。ポート・サム市長サマセットの邸宅から帰還して早々、これである。街の管理権限を奪い、上機嫌になっていたのも台無しだ。

ザファルは舌打ちして、身を翻《ひるがえ》す。

「消火は任せる！　敵の狙いはどうせ潜航艦だ。オレが殺す！」

部下を残し、ザファルは一人、第十一艦隊の旗艦〈シェヘラザード〉へ向かう。〈シェヘラザード〉は手に入れて間もない大切な船だ。貯蔵庫のように破壊されてはたまらない。〈シェヘラザード〉を守る妹のイフラースも気がかりだった。

「軍艦も、駐屯《ちゅうとん》基地も、この街も、すべてオレのものだ。何ひとつくれてやるものか。奪うのはオレだ。オレから何ひとつ奪わせはしない……！」

足早に進む中、ザファルは視線をふところへ落とした。多数の暗器を仕込んだロープのなかに、ひもで吊《つ》るされた球状のものがある。

切り取られた、市長の生首だ。

「そうだろう、サム？」

ザファルは冷たく笑い、なお先を急いだ。

潜航艦〈モノケロース〉を拿捕、係留した〈シェヘラザード〉はもう、目と鼻の先だ。

音速の居合《いあい》を受け止めた衝撃で、錆《さ》びた刀がまた欠けた。

黒衣の女イフラースの腕前は本物だった。月兎《げっと》ははじき飛ばされ、着地点のストランド兵を蹴《け》って立て直し、再度イフラースを襲《おそ》った。

イフラースは納刀して待ち受けている。

からん。鞘《さや》から排出された薬莢《やっきょう》がころがる。居合はすでに放たれていた。

月兎は空中で二刀を十字に重ねると、今度の斬撃《ざんげき》も受け止めた。さらに刃が欠ける。刀の限界が近い。だが、月兎は落ち着いていた。

「五度。すでにおまえの居合を受けた」

着地した月兎は、ゆったりとした歩みでイフラースの周囲に円を描いて迫る。

イフラースは居合の構えで、体の正面を月兎へ向け続けた。微笑《ほほえ》みを張りつけた無表情。彼女もまたポーカーフェイスだ。

「鞘で加速させた居合が撃てるのは、あと一度だ。それをさばいたのち、おまえを討ちとる」

「ふしぎだわ。わたしの武器にくわしいのね」

「年の功とでもいっておく」

月兎《げつと》は足を止め、踏みこみの姿勢をとる。イフラースは笑った。

「おかしい。わたしより年下なのに」

イフラースの受け答えは常にどこかずれている。月兎が暗に示した要求も、理解していないように思えた。

「降伏を推奨《すいしよう》する。おれは二刀流だ。一太刀《ひとたち》目で次のおまえの居合《いあい》をふせぎ、二の太刀で首をはねる。おまえに勝ち目はない」

「そう。でもわたしがんばるわ。兄さんの役にたたなきゃ」

「……死ぬぞ。おれはレイメイほど甘くない」

周囲のストランド兵は、先ほどからレイメイに翻弄《ほんろう》されている。

テレパスが可能にしているのだろう、思い切りの良い大立ち回りは、銃弾をかわし、敵兵の同士討ちを誘いながら、一向に足を止める気配がない。月兎がイフラースに集中できているのも、少なからずそのおかげだ。

だが、一方でストランド兵たちは、はじめからイフラースに加勢する気がないようにも見える。下手に発砲し、あるいは彼女の間合いに入ることで、その動きを妨《さまた》げないようあえて距離をとっている——そう思えた。

イフラースはうすいヴェールの下で、夢見るような微笑《ほほえ》みを絶やさない。対話が成立しないことは明らかだ。

「了解した。……斬《き》り捨て、御免」

月兎は二重に差した腰の鞘《さや》から抜刀し、飛びこんだ。

イフラースの笑みが消えた。銃声に似た音を響かせて、鞘が起爆。瞬間的に生じた内圧の高まりによって射出された刀身は、音速の居合を放つ。

だが、すでに五度、月兎はそれを見ている。本日残り一度かぎりとなった発火能力《パイロキネシス》を使うまでもない——。

月兎は、目を剝《む》いた。

居合はこなかった。刀はイフラースの腰に添えられたままだ。代わりに、まったく予想しない角度から、鞘による殴打《おうだ》が来た。

刀ではなく、鞘の方を射出したのか！

こめかみに強打を受け、吹き飛びながら月兎は悟った。

イフラースは意表を突くため、刀をこそ腰に固定して発射台とした。鞘を持つ左手で逆回転、月兎が警戒する反対方向から奇襲せしめたのだ。

背中にブリッジ前方のガラスが触れる。クモの巣状にヒビが広がり、千々に砕けて、月兎を外へ吐き出そうとしている。レイメイが叫び、こちらに手を伸ばすのを見た。驚くほど近い。

テレパスでこの状況を予見し、先回りしたのか。

「ぜってぇー、死なせねェッ！」

レイメイの手が、とどく。二人はひとかたまりになって、船外へ落下した。

手と手が触れた瞬間、月兎《げつと》の脳に、イメージの奔流《ほんりゆう》が駆け巡った。

それは極限状況で最大まで活性化された、テレパスの逆流現象だ。

レイメイはピッケル付きロープを投げ、艦橋のどこかに食いこませて落下を阻止しようとしている。それがわかる。

だが同時に、月兎はそれが不可能であると判断した。

この〈シェヘラザード〉の原型となった〈サワラビ〉は、被弾時の衝撃を軽減するため、継ぎ目のないつややかな曲面装甲を採用している。甲板《かんぱん》へよじのぼる時に、ピッケルを手すりに引っかけたのはともかく、この状況で刃を食いこませることができる場所はない。

月兎のこの思考は、レイメイにも伝わっているはずだ。だが、レイメイはあきらめようとしない。落下にあらがい、生き延びるため、万にひとつの可能性にかけてピッケルを投げようとしている。

なぜ、そうまでして生きようとする。

レイメイも月兎と同じく、大切な人を失って、この世界に取り残された身だろうに。

つないだ手から、テレパスに乗って答えは返った。

――あたしはゲットを死なせない。

――もう二度と、大切な人を失わない！

目が覚めるような思いがした。

レイメイは自分の心配などしていない。他人のため、月兎のために行動している。月兎と同じでなどない。絶望し、生きることをあきらめてはいない。

それはかつて、日向《ひゅうが》を守るため奔走《ほんそう》していた時の月兎と、同じ信念だ。

「おれを蹴《け》り上げろ」

月兎はレイメイの手からピッケルを奪いとり、目配せした。

「信じろ。おれもおまえを死なせない」

実際にそう口にできたのか、月兎自身さだかではない。落下の時間は数秒にも満たなかったはずだ。おそらくはテレパスで、思考の速度で会話していたのだろう。

レイメイは行動で応えた。

ピッケルを月兎にたくし、自らは膝《ひざ》を曲げて月兎の靴底に足裏を合わせる。そして、膝を伸ばして蹴り上げた。月兎は一人、上空へ打ち上がる。二人の間を、ピッケルから伸びるロープがつないでいる。

上昇した月兎は、鎌状《かまじょう》のピッケルを目いっぱい振りかぶった。その刃は赤熱している。同様に、月兎の残る左目が、充血し赤く染まっていた。ナノマシンによるパイロキネシス。一日二度かぎりの切り札を、ここで切る！

戦艦の装甲は、加熱された刃をたやすく受け入れた。壁面を縦に溶断しながら、月兎の体は徐々に減速。ロープでつながるレイメイも落下を止めた。

「できたぞ」

月兎《げっと》の喉《のど》から、こらえがたい笑いがあふれた。

「レイメイ。おまえとなら、こんな無茶ができるのか！」

痛快だった。思い描いたイメージがテレパスで共有されて、どれほど多くの言葉を費やすよりも正しくつたわり、実行される。まるで二つの体を得たような感覚。二倍の、いや、それよりはるかに多くの可能性が引き出された。このレイメイによって！

「どォーだ。あたしといると楽しいだろっ？」

ぶら下がりながら、レイメイは月兎を見上げ笑っている。

そうして初めて月兎は自分が笑っていたことに気づき、顔を引き締めようとして、やめた。

「ああ！　こんなに愉快なことはない！」

一人ではなく二人。

主君日向《ひゅうが》を守るため、最後の防衛線となるべく孤独な戦いを続けてきた月兎には、この感覚は新しい。

頭上の破れ窓から身を乗り出してこちらをのぞく、イフラースたちストランド兵が見える。月兎は冷静に行動した。突き立てたピッケルを引き抜き、壁を蹴《け》って落下を再開する。この運動により落下地点は船外ではなく、甲板《かんぱん》の上へと修正された。

直前まで月兎がいた空間を、ストランド兵の銃撃が襲《おそ》った。

まずレイメイが、次に月兎が着地する。テレパスにより、二人はいわば視界を共有した状態だ。銃撃が追いすがる。月兎は着地と同時に横へ跳ね、降りそそぐ銃弾をかわした。口元の笑いがおさまりそうにない。

自由だ。もっと試したい。

月兎の赤い双眸《そうぼう》に積極的な戦意が輝いた、その時だった。

『――ゲット。あぶない』

目の前に、見知らぬ金髪の少女が現れた。

どこからともなく出現した少女は、月兎のうしろを指さしている。

月兎は振り返るより先に、その場で緊急回避の側宙を打った。風切り音を響かせて、円形の刃物が元の位置を通過した。

チャクラム。輪の形をした、珍しい武器だ。だが、月兎の注意は別へ向いていた。

「おれも亡霊に救われたか」

髪も瞳も、肌の色すら違うというのに、それでもどこかレイメイに似た、あの金髪の少女はもういない。

ときおりレイメイが見せる、予知能力にも似た勘の良さの正体は、これか。

「海賊ふぜいが、何をしている」

月兎《げっと》を襲《おそ》った回転する刃は、長い弧を描いて飛び続け、ようやく持ち主の手におさまる。

ローブの裾から伸びる、籠手《こて》に包まれた腕。新たに現れた黒ずくめの男は、ブリッジで戦った女、イフラースとよく似ていた。

「〈シェヘラザード〉はオレの船だ。乗船を許可した覚えはないが？」

「そりゃそうだ。あたしらは海賊だからな。勝手に乗りこんで、勝手に奪う！　誰の指図も受けつけねー」

男から漂う殺気を前に、レイメイはひるまず啖呵《たんか》を切った。

「ていうか、あたしたちをここに呼んだの、お前だろ？　その声、放送で聞いたぞ。名前はたしか、ザファルだっけ？　休みの日とか何してんの？　血液型何型？」

「敵を口説《くど》くな」

咎《とが》めながら月兎は半歩前に出て、レイメイを守る構えをとる。

ターバンから波打つ金髪を垂らした男、ザファルは鼻で笑った。

「敵に取り入り、命乞《いのちご》いか？　殊勝な心掛けだが、許す気はないよ。こちらも燃料庫を爆破されている。それに――」

男はゆっくりと首をめぐらせ、まず甲板《かんぱん》で気絶する数人のストランド兵を、次に艦橋を縦に溶断する傷跡を見た。そして、さらに。

「ザファル兄さん！」

ブリッジから降りてきた、イフラースの声だった。背後に続く黒ずくめの兵士たちも合流する。

ザファルは金髪をかき上げた。星座のように散った、五つの泣きぼくろがあらわになる。

「妹と、オレの血族が世話になったらしいな。改めて名乗る。オレはストランド・フリート第十一艦隊艦隊長、ザファルだ。ストランド・フリートの総督ダンテから、お前のすべてを奪うよう言いつかっている。まずはその首、もらい受けようか」

ザファルは懐から何者かの――市長サマセットの生首を取り出し、これみよがしに投げ捨てた。

だが、この程度でひるむレイメイではない。

「ご丁寧《ていねい》にどォーも！　あたしはレイメイ。テンドウ海賊団、二代目団長のレイメイさまだ。ストランド・フリートは、あたしから大事な家族を奪った。海賊の流儀にのっとって百倍にして奪い返すから、よろしくな」

ザファルは哄笑《こうしょう》を返した。

「おいおい、わかってるのか!?　簒奪者《さんだつしゃ》はオレだ。ストランド・フリートに盾つくバカを殺し、白髪のガキを捕まえて、潜航艦も献上する。組織の地位をのぼりつめるのに必要なんだ。だから、なぁ？　いいだろ。オレの踏み台になってくれよ！」

「いやだね。踏み台になるのはお前だ、ザファル！　お前をぶっ飛ばして、どっちが上かわからせてから、あたしの二番目の夫にしてやろう！　そして幸せな家庭を築くがいいっ」

「おいレイメイ。おまえが誰と婚約しようがかまわんが、一番目はまさかおれでは……」

月兎《げっと》の抗議は聞き流された。

「行くぞゲット！　あたしはあいつが気に入った。ザファルも、美人の妹も、部下も戦艦もこの基地も！　ぜんぶ手に入れてあたしたちのものにするぞ！」

「なんという、強欲な女だ」

月兎はため息をつきつつ、笑った。

「だが、それもある意味、王の資質かもしれん。ばかげた理想を貫いてみせろ。おれが露払《つゆはら》いをする」

「決まりだなッ」

月兎の体が前傾し、転倒すれすれの低い姿勢で突進をはじめる。

そして、低くかがめた月兎の頭上を、レイメイが振り回すピッケルロープが追い越し、周囲の敵を薙《な》ぎ払った！

テレパスで意思疎通《そつう》した、阿吽《あうん》の連携！　ピッケルの刃は包囲の輪を狭《せば》めるストランド兵の前列を一掃する軌道だ。だが、浅い。レイメイは加減をしている。目鼻の先を刃がかすめ、目出し帽を切り裂《さ》かれた男たちは、顔をかばって後退した。

包囲が乱れた。月兎は一直線に敵将ザファルへ突き進む。

音速の居合《いあい》がそれを阻《はば》んだ。

「だめ。兄さんは、わたしが守る」

垂れ落ちる金髪と黒いヴェールの隙間《すきま》から、焦点のおぼつかない目でイフラースが睨《にら》む。鞘《さや》から排出された薬莢《やっきょう》が足元に転がった。起爆する刀の鞘は、当然ふたたび装塡《そうてん》済みだ。

月兎とイフラースが激しく斬《き》り結ぶのをよそに、ザファルは無言でたたずんでいた。目の前では、レイメイのピッケルロープで顔を撫《な》で斬りにされた兵がうずくまっている。兵士たちは、艦隊長に見下ろされていることに気づいた。口々に上がる弁明に、ザファルは応じない。切り裂かれた目出し帽の残骸《ざんがい》が甲板《かんぱん》に落ちている。

ザファルはじっと、それを見ていた。

「使え」

おもむろにザファルはターバンをはずし、兵に与えた。長い金の髪がほどけ落ちる。続けて身に着けているローブも脱ぎ去り、別の兵に押しつけた。

すぐ近くでは月兎とイフラースの戦いが繰り広げられている。レイメイと健在のストランド兵たちの戦いの距離も、そう遠くないというのに。

「それで顔を隠せ」

そう言い残すと、半裸になったザファルはきびすを返し、レイメイへ向けて歩きはじめた。鍛《きた》え上げられ、引き締まった肉体。両腕には風変りな和製の籠手《こて》が装着されている。ただの籠手《こて》ではない。側面にガイドレールが備わる、戦闘用の遺物だ。

レイメイはザファルの接近に、警戒しつつ驚いた。

「うおぉっ!?　なんだお前いきなり脱ぎはじめて。そーいう趣味か？　たしかにいい体してんなぁ。眼福！」

「オレの兵を傷つけたな」

「はぁ？」

曲刀で斬《き》りかかってきた兵士を蹴《け》りつけ、よろめいた頭を摑《つか》んで床に叩《たた》きつける。ようやく一息ついたレイメイは、接近するザファルを前に、首をかしげた。

「そりゃ、ケガはさせてるけどさ……命まではとってねーぞ。こいつだって……」

たった今、床に打ちつけ気絶させた男の頭を、証拠のように引っぱり上げた、その拍子。男がかぶっていた目出し帽が、ずるりと脱げた。

レイメイは、はっと息を吞《の》んだ。

「こいつ、なんかの病気なのか？」

男の顔には、黒い斑点《はんてん》がいくつも散らばり、まるで腐った果実のようだ。

同じような斑点は、先ほどレイメイに目出し帽を切り裂《さ》かれ、今は代わりにザファルの衣服を巻きつけた男たちの、隙間《すきま》からのぞく顔や首にも浮かんでいる。

ぎりりと、石をこするような音がした。ザファルの歯ぎしりだった。

「よくも辱《はずかし》めてくれたな。オレの血族たちを」

ザファルが両腕をかかげた。両手の籠手から激しいモーターのうなりが上がる。

「目撃者を殺せば、見られていないのと同じことだ。死ね」

籠手から放たれた二枚の刃が、レイメイを襲《おそ》った。

＊

太平洋と呼ばれる地域に、半透明の惑星——異世界が出現して、百余年。

異世界が崩れ、降り積もる砂が砂海を形成するようになって、数十年。

砂海の外にも世界は広がっている。ザファルはヨーロッパという、外の地域からやってきた難民の一人だ。

もともと住んでいた場所がヨーロッパのどこで、どうしてそこにいられなくなったのか、ザファルは知らない。それを語る前に、両親は死んでしまった。

砂海を目指して進む難民たちの一団は、旅の途中で多くの試練にさらされた。

協力し、乗り越えて、ときどき敗れて命を失う。百人ほどの寄り集まりは、いつしかひとつの家族のようになっていた。

そんなある日のこと。

遠い空に異世界の輪郭が見えはじめ、風には埃《ほこり》っぽい砂がまじるようになっていた。

一行は砂海からやってきたという、商人のキャラバンと出会った。補給のため交易をするうちに、彼らが砂海のひとつに拠点を置くカンパニーという勢力に属し、砂海からとれる異物や遺物に由来した、特別な品を扱っていることを知った。

ここだけの話——。

商隊の『部長』と名乗る男が、難民のリーダーに耳打ちする仕草のいやらしさを、ザファルは今でも思い出せる。

商隊は、ある試作品を運搬する途中なのだという。それはかつて砂海に存在した亡国の秘薬を、現代の科学力で再現したもので、商隊の任務はこの試作品を実験しデータを持ち帰ることにあるらしかった。こちらがもし望むなら、無償で提供しても構わないと『部長』は言うのだ。注射すればたちどころに超人になれるという妙薬。先日も野盗との戦いでメンバーを失ったばかりの難民たちには、魅力的な話ではあった。

だが、リーダーは賢明な男だった。『部長』の提案を辞退すると、その日はそのまま宴《うたげ》となった。

まさか飲み物に薬が混ぜられているとは、夢にも思わないまま。

——成功率二パーセントか。使い物にならないな。

昏睡《こんすい》させた難民たちに無理やり注射を打ち、拒絶反応に苦しむ彼らを観察し終えた『部長』

は、そう言い捨てて立ち去った。

難民の半分が死んだ。リーダーも死んだ。生き残った者たちも、ほとんどが全身に醜《みにく》い黒点が浮かび、生きながらにして腐っていった。超人的な力も得られなかった。

例外が、たった二人だけ、いた。

ザファルと、妹のイフラースだ。

ザファルには目元の五つの斑点《はんてん》のほか、黒点は見られなかった。

イフラースに至っては、その美しい外見にただひとつの傷もない。

そう、外見には。

イフラースは心を病んだ。家族同然の難民たちが大勢死に、生き残った者も醜く姿を歪《ゆが》められたことに、耐えられなかったのだ。

兄妹は約束された力を手に入れた。『部長』を追って殺してやりたかったが、仲間を置いて復讐《ふくしゅう》に走るわけにはいかず、諦《あきら》めた。ザファルはすでに彼らの新しいリーダーとなっていた。

家族を守り、無限の富が降りつもるという砂海へたどりつくために、ザファルは手に入れた力を有効に使うことにした。

奪われるより前に、こちらが先に奪ってしまえばいい。先代のリーダーに足りなかったのは、その覚悟だ。

ザファルたちの略奪行は、砂海にたどりつくまで続いた。

その入口で、《ウォーズ》直下地域を支配する覇者、ストランド・フリートに出会うまでは。

ザファルの籠手《こて》のガイドレールから、二枚の刃が射出される。回転する円盤、インドに伝わる投擲《とうてき》武器チャクラムだ。

月兎《げっと》の知識がレイメイに流れこむ。使い手を傷つけかねない諸刃《もろは》の武器。見た目は派手だが、実戦向きというにはほど遠い。

つまり、これはブラフだ。

二枚のチャクラムは楕円《だえん》軌道を描き、挟みこむようにレイメイの左右から接近している。

だが、遅い。レイメイはチャクラムにはほとんど意識を向けなかった。

ザファルの靴底が火を噴いた。次の瞬間、抜き身の短剣を構えたザファルが、レイメイの目の前に現れる。

レイメイのカトラスが、ザファルの短剣をはじく。二人の顔を火花が照らした。

「正直、驚く。頭がからっぽの女かと思えば、オレの必勝の型に対処した」

「優秀なアドバイザーのおかげでなッ」

至近距離で斬《き》り合いながら、レイメイは叫び返す。

たった今、ザファルが見せた急加速の正体はおそらく、《伊予之二名《いよのふたな》》のジェット足軽《あしがる》の装備、マニューバブーツによるものだ。ブーツに仕込まれた炸薬《さくやく》が起爆し、瞬間的な推進力を生み出す。原理は機動武者《むしゃ》の起爆鞘《さや》と同じだ。

テレパスで受信した月兎の知識に補足されつつ、レイメイは次にとるべき行動を決めた。

先ほど放たれたチャクラムは、もはやただのブラフではない。楕円を描いてゆっくりと飛来し、そして、今！

レイメイと接近戦を演じていたザファルが、唐突に身を引いた。左右から到着したチャクラムをかわし、レイメイを切り刻むための後退だ。

レイメイは、前進した！　カトラスを腰だめに構え、ザファルの腹部を突きにいく！

ザファルは舌打ちをして、さらに大きく跳び下がった。チャクラムは何ものにも当たることなく通過。回収もままならず、船外へと飛び去っていった。

ザファルが絶対の自信を抱く二段構えの攻撃は、ここに破られた。

「……さっきから何か妙だ。どうせお前もナノマシン適合者なんだろう？　こういう芸当ができるのは、他人の頭を覗《のぞ》き見《み》る、テレパス系の能力か」

「さァて、どーかな？　お前こそ、あたしと打ち合えるその馬鹿力！　適合者なんだろッ」

ザファルは冷笑し、鼻を鳴らした。

「それを読み合うのが、適合者どうしの戦いだろ。――だが」

ひときわ強い力でレイメイに斬りかかり、受け止められるも、反動を利用してザファルは大きく跳び下がった。

「隠す必要もないから教えてやる。オレにナノマシン固有の能力はないよ。妹のイフラースにもな。不完全なナノマシンがオレたちに与えたのは、基本機能としてのささやかな身体強化と、皮膚《ひふ》の醜《みにく》い斑点《はんてん》。そして」

甲板《かんぱん》に集まる黒衣のストランド兵たちが、ザファルを目がけて何かを放った。

「力は与えられるものではなく、奪いとるものだという真理だ！」

ザファルが受けとったのは、鞘《さや》に収まる日本刀だ。イフラースと同型の、起爆する刀！

爆音とともに、音速の居合《いあい》が来る。

レイメイの動体視力では、この攻撃を見て対処するのは難しい。テレパスでつながる月兎《げっと》の知識と経験で、攻撃が来たるべき位置にあらかじめ防御を置いておくことで、受け止めた。

「へえ。これもさばくのか。だが！」

ザファルは刀を捨て、背後へと手を伸ばした。別のストランド兵が投げよこした、新たな武器を摑《つか》みとる！

「オレが十一艦隊の前任者を殺して奪った遺物は、まだあるぞ！」

二股《ふたまた》の金属棒が、レイメイの頭に振り下ろされた。レイメイはこれをピッケルで受けた。

ザファルの笑みが不敵に深まる。

「海賊女。お前の得物は没収だ」

レイメイは武器の正体を知ったが、もう遅い。

伊予《いよ》のからくり武具、マグネ十手《じって》。通電し電磁石となる金属棒は、レイメイのピッケルに吸いついて、もはや離さなかった。

ザファルは強引に十手を引き寄せ、レイメイのピッケルを奪いとった。

電源を切り、磁石化を解かれたことで、ピッケルはザファルの後方はるかへ滑り去っていく。

レイメイはロープをたぐり、ピッケルを回収しようとした。だが――。

「そんなことをしている場合か？　なぁ！」

ザファルの腕が、レイメイの首を摑まえた。体格に秀《ひい》でるザファルは、そのままレイメイの体を吊《つ》るし上げる。

「レイメイッ！」

月兎が叫んだ。そこへ割りこむように、月兎と斬《き》り合うイフラースが叫ぶ。

「兄さん！　邪魔は、させないから！」

ザファルは一瞬、妹へと神妙に目配せをした。そしてすぐレイメイへ向き直る。その表情は嘲笑《ちょうしょう》に変わっている。

「ボスのダンテは、なるべくお前を殺さず連れ帰ることをご所望だ。オレの時と同じように、反逆者には服従する機会を与えるつもりなんじゃないか？　降参しろよ。運が良ければ、あの何考えてるかわからない化け物に気に入られて、ハーレムにでも入れてもらえるかもな――」

ばしりと快音を立てて、レイメイの蹴《け》りのつま先が、ザファルの横顔にめりこんだ。

衝撃で拘束がゆるむ。レイメイはザファルの手を逃れ、咳《せ》き込みながら着地した。

「ごめんだね。あたしは誰の女にもなるもんか。お前があたしの男になるんだ」

「……貴様ッ。オレの顔を……蹴《け》ったな!?」

「おう。その顔、見た目だけじゃなくて蹴り心地もよかったぜっ。お前こそ降参して、あたしの物になれ！」

「この顔は……我が血族の顔だ。傷つけられたオレの同胞を代表し象徴する、旗印だ！　オレが美しい限り、同胞たちも美しい！　その、美しくあるべき顔を、蹴ったなッ」

「いィーいねぇ！　ザファル、お前、リーダーのメンツってもんがわかってる！」

「殺すッ！」

「婿《むこ》にするッ」

振り下ろされた電磁石の十手《じって》を……ぴんと張ったレイメイのロープが、受け止める！

月兎《げっと》は驚いていた。自身もイフラースとの戦いの最中でありながら、レイメイから目が離せない。

レイメイの機転はすばらしい。今も磁石化するザファルの十手を、金属ではないロープで受け止めることで、いなしている。

やはり、この女は面白い。

月兎の心ははやった。レイメイを守りたい、ではなく、もっと近くで見ていたい。そう思った。護衛ではなく、戦士としての本能が、月兎の目をレイメイに引きつけている。

だが、レイメイのもとへ馳《は》せ参じるには、目の前の敵が邪魔だ。

イフラースはストランド兵と協力し、決して月兎をレイメイのもとへ行かせない。テレパスで相通じた月兎とレイメイが連携すれば、状況を打開するのはたやすいものを——敵の采配《さいはい》もまた、天晴《あっぱ》れと認めざるをえない。

錆《さ》びた刀でつばぜり合いを演じながら、月兎は凄《すご》んだ。

「早く鞘《さや》の薬莢《やっきょう》を使いきれ。おれが引導を渡してやる」

血中ナノマシンの酷使《こくし》で両目を炯々《けいけい》と光らせた月兎は、こどもながらに恐ろしい。現実離れした白い髪も、異相に拍車をかけていた。

イフラースは懸命に刀を支えながら、あくまで踏みとどまった。

「わたしは負けない。兄さんがきっと来てくれるから。それまでは、絶対——」

瞬間、不吉なにぶい音がした。

「ほら、やっぱり……！」

月兎は振り返った。船の艦橋に、レイメイが体を打ちつけられている。

「手こずらせてくれたよ、本当に」

ザファルは十手を捨てて、代わりにまた兵から刀を受け取った。そうして肩で息をしながら、レイメイのもとへ油断なくにじり寄っていく。

「認めよう、海賊女。お前はそこそこ強い。こういう敵を殺さず捕まえようとして、返り討ちにあうような愚をオレは犯さない。お前は殺す。遠距離から、確実にな」

抜き身の刀を、ザファルは腕の側面に沿わせて、固定した。

腕には旧世界の遺物《伊予之二名《いよのふたな》》の籠手《こて》が装着されている。伊予の工作員や榴弾兵《りゅうだんへい》のために製造された、さまざまな物体を射出可能なガイドレール付きの籠手だ。

まずい。ザファルは刀を射出し、レイメイにとどめを刺すつもりだ。

月兎《げっと》は跳び出し、レイメイに加勢しようとしたが――できなかった。

手負いのイフラースとストランド兵たちが、最後の足止めを総出で果たす。人垣にはばまれて、レイメイの姿すら月兎の視界から消えてしまう。

日向親王《ひゅうがしんのう》の姿が、脳裏をよぎった。月兎は叫んでいた。

「やめろおおおッ！」

「死ね、海賊。オレの糧《かて》になれ！」

ザファルの声と、籠手が発する射出音が聞こえた。

その時だった。

月兎の体に、ぶわりと、鳥肌が立った。

眼前に立ちふさがるストランド兵たちが、燃えながら吹き飛んだ。熱風が肌を焦がす。顔をかばっていた腕をおろすと、月兎は驚愕《きょうがく》した。

「おまえは……レイメイ、なのか？」

折り重なって倒れる敵の向こう。炎がくすぶる甲板《かんぱん》に立つ女は、生きながらにして燃えていた。

両目が赤い――否《いな》、紅《あか》い。

月兎と同じく、ナノマシンの過負荷によるものと思われるが、あれはもはや充血というより、発光してはいないか。

本来黒いはずの髪の色も妙だ。周囲に燐光《りんこう》を漂わせながら、髪は炭火のように赤熱して見える。軍艦後方、〈モノケロース〉の銀のドリルに反射して、まるで太陽を直視したように目が痛んだ。

「どういうことだ……貴様、何をしたッ」

わめいたのは、床に膝《ひざ》をつくザファルだ。

「テレパスでこんなことができるはずがない！　ナノマシンが与える異能は、一人一能力！

だが、これは……」

レイメイはおもむろに、手に突き刺さった刀を捨てた。

いや、違う。刀の方にレイメイの手が突き刺さっているのだ。

ザファルが射出した刀は、レイメイがかざした手のひらに触れ、そして、溶かされた。なか

ば融解《ゆうかい》した刀が、べちゃりと粘性の音を立てて甲板《かんぱん》に落ちる。

ザファルは思わず後ずさりした。――遠く見守る、月兎《げっと》でさえも。

「家族を、殺された」

その声は低くかすれて、あの快活なレイメイのものとは思えない。

「三人の夫と、十一人のこどもたち。生き残ったのは……ただ一人！」

風を切る音がして、ロープでつながれたピッケルがレイメイの手元に引きもどされた。本来は登山用の鎌《かま》の、その刃は、今や熾《おき》のように赤く輝く！

「ストランド・フリートに、奪われた！」

もう一方の手に持つカトラスも、ピッケル同様、赤熱している。

ストランド側で立ち上がり、戦うことができるのはザファルのみ。

瞳を、髪を、武器を赤く燃え輝かせた復讐鬼《ふくしゅうき》が、襲《おそ》いかかった。

＊

あの日、起きたこと。

右耳が聞こえない。

さっきの至近弾で鼓膜が片方破れていて、まっすぐ歩くことも難しかった。

きゅら……ギュルルッルル……ガッ、ギギギラララ……ッ。

あたしたちの船〈モノケロース〉は、ひどく揺れている。いつもは力強くて頼もしいドリルの振動が、今は乱れてうめきのようだった。

「ママ……兄ちゃんたち。どこ……」

あたしは一人、船内をさまよっていた。

あたしたちテンドウ海賊団は、ストランド・フリートとの戦いに負けた。〈モノケロース〉は大艦隊に追い詰められ、数えきれないくらいの砲弾を浴びて、ぼろぼろになっていた。

今は一か八か、生き残るため砂のなかに潜《もぐ》っている。傷ついた船体が、この潜航に耐えられる保証は、ない。

「シノは……どこ……？」

料理上手のハレねえは、甲板《かんぱん》に出て勇敢に戦い、死んだ。その隙《すき》に船内に連れ戻すことができたナギは、お気に入りのモデルガンを抱かせてやると、安心したように息を引き取った。末っ子のサツキは、砲撃で空いた穴の向こうに消えた。

あたしは持ち場で生き残った、最後の一人になってしまった。

ママや他のきょうだいも心配だった。でも、一番心配なのは、シノだ。

さっきシノはママと一緒だったはず。だからまだ生きている。大丈夫。大丈夫だ。

シノはあたしの特別だった。

きれいで、頭が良くて、生意気で、そのせいで家族ではちょっと孤立してたけど……ほんとうは寂しがりやで。

そういうことをぜんぶ、あたしはシノとの喧嘩《けんか》のあとの仲直りで知った。みんなは知らない。しつこくて諦《あきら》めの悪い、あたしだけが知っている。シノの悪いところと、もっとたくさんのいいところ。

あたしはシノほど賢くないし、きれいじゃない。だけどねえさんたちと喧嘩して泣いているシノに近づいて、ウザがられても、あっち行けって言われても、辛抱《しんぼう》強く傍《そば》にいて、手を握っていてやることはできる。

そのあとのシノのごめんなさいと、素直な気持ちの告白は、あたしにとってご褒美《ほうび》だった。

どんくさいあたしでも、誰かの役に立つことができるんだ。

それを教えてくれたのは、シノだ。

他人より下手で、時間がかかってもいい。諦めずにやり遂げること。それがお前の才能だ。

そう言ってくれたのは、スバルにいだ。

――レイメイ。シノを頼むよ。

短く、あっけらかんと、肩を叩《たた》いてそう言ったのは、ママだ。

あたしは家族みんなが大好きだった。

「みんな、みんな……！　どこ？　会いたいよぉ。ママぁ……シノは……あっ」

シノは、いた。

ママとお兄ちゃんも一緒だった。

でも、みんな死にかけていた。

「スバル、もう蘇生《そせい》はいい。シノは助からない。それよりデータの消去をやっとくれ。このままストランド・フリートの奴《やつ》らに、旅の記録を奪われるよりは……」

「ママ？　スバルにい？　何を、してるの」

「……レイメイ。あんた、生きてたかい」

あたしたちの無敵で最強のママは、見たことがないくらい憔悴《しょうすい》した顔で、脇腹の深い傷を押さえてうずくまっていた。

あたしは目の前の光景が信じられなくて、緊張するといつもそうなってしまうように、わかりきったバカみたいな質問をした。

「シノは……どうして、ぐったりしたまま、動かないの？　あたっ、あたしやだよ！　父ちゃんたちも死んだ。ハレねえも。なのに、もうこれ以上……いやだよおおっ」

「ママも死ぬさ。スバルもね。……生き残りそうなのは、あんただけとは」

ママの言葉に、あたしは絶句した。

「スバル。注射器を持ってきな」

ママの命令に、いつもはすぐに従うスバルにいが、反対する。

「母さん!?　レイメイにすべて背負わせる気か。まだ何も知らされてないのに」

「やると言ったらやるんだよッ。さあ、早く！　グズグズしてたら、アタシもスバルも死んじまうだろう。あんたはこの子に何ひとつ残してやれないまま、あの世へ行こうってのかい？」

ママとスバルにいは、あたしにはわけのわからないことで言い争っている。

強くて勇敢で、やさしくて、家族みんなの太陽だったママ。

一番上の兄さんで、あたしたち妹の憧れだったスバルにい。

スバルにいの腕にもたれかかって、死んでいるシノ。あたしの、最高の妹。

これ以上、見ていられなかった。

「……あたしはいいよ。ママ、スバルにい」

「レイメイ!?　自分が何を言っているかわかってるのか。考えなおせ。お前はまだ……」

「な、なんのことか、ぜんぜんわかんないけどさ！　あたし、やるよ。それで喧嘩《けんか》しなくて良くなるなら、いいよ……」

「よく言った」

そう言うと、ママは床を這《は》ってあたしのところまでやってきて、肩に手を置いた。

その時はじめて、ママを怖いと思った。

だって、摑《つか》む力が強すぎる。ママはあたしを見ているようで、見ていない。ママの黒い瞳は、見たことがない光り方をしていた。

「アタシは間違っていた。殺しはやらない、殺したらもう奪えない——そんなきれいごとのためにに見逃してきた連中に、家族を奪われた！　殺しておくべきだった。アタシは間違っていた！　この恨み晴らさでおくべきか……！　レイメイ、あんたにアタシのすべてを与える。これから先、ママはずうっとお前と一緒さ。この力も、憎悪《ぞうお》も、ひとつ残らず受け継ぐがいい……！」

それ以来、ママはずっとあたしの傍《そば》にいる。

奴《やつ》らに復讐《ふくしゅう》しろと、ママの声がささやく。あたしを止めるシノの声も聞こえたような気がした。

だけどあたしは、ママの言う通りにした。

振り下ろしたカトラスは、ストランド・フリートの兵士の十手《じって》を溶かして、焼き切った。敵は驚いて跳び下がり、足元に落ちていた曲刀を蹴《け》り上げて拾うと、また斬《き》りかかってきた。

——殺せ。

あたしはロープを振り回した。ママの力で炎を滴《したた》らせるようになった、燃える縄だ。先端のピッケルが敵の曲刀をからめとる。巻きとられた曲刀は溶けながら二つに折れて、ずっと遠くへ飛んでいく。

——ストランド・フリートを許すな。

あたしが一歩踏み出すと、ストランド・フリートの男は二歩下がった。

あたしは走りながら、手の中で回転させたピッケルを、まず投げた。ピッケルの刃は敵の籠《こ》手《て》をかすめて削り取ると、そのまま足元に刺さり、甲板《かんぱん》を溶かして深く突き立つ。

不完全な防御をした敵は今、体勢を乱している。あたしはピッケルロープを手繰《たぐ》りよせて、跳躍。加速して一気に敵の目の前まで距離をつめた。

――復讐しろ！

ママの声が命じるままに、燃えるカトラスを振り下ろした。

錆《さ》びた二本の刀が、受け止めた。

あたしと敵の間に割りこんだ、小柄な影。白い髪の男の子。新手の、敵！

「目を覚ませ、レイメイ！　敵は殺さん、ストランド・フリートと同じにはなり下がらんと、おまえ自身がそう言ったッ」

小柄な敵は、錆びた刀であたしの攻撃に耐えた。ママの炎を宿したピッケルとカトラスは、鉄をも溶かすはずなのに。

「錆びたといえど、おれのパイロキネシスに耐えうるよう鍛《きた》えられた耐熱刀だ。その程度の火力で、おれを焼き殺すことはできんぞ、レイメイ……！」

「スバル。ハレ。リュウセイ……」

あたしの口から、あたしのものじゃない言葉がほとばしる。

「アカツキ。コユキ。シデン。ナギ！　シグレ！　シノ！　サツキ！　……腹を痛めて産んだ、アタシの可愛《かわい》いこどもたちッ」

あたしの頰を焦がして、燃える涙が流れ落ちた。

「みな、死んだ！　ストランド・フリートの手でッ」

「おれはストランド・フリートではない」

小柄な敵は、あたしの前から消えていた。

ナノマシンが与える超能力か——そうじゃない。もっと単純で、だけど洗練された歩法によって、敵はあたしの背後に滑りこんでいた。

「おれは影だ」

振り向きざまのカトラスの一閃《いっせん》で、あたしはうしろを薙《な》ぎ払った。

赤く炎の軌跡を引いて、あたしの攻撃は空振りする。足元に低くかがみこんでいた男の子の、赤い両目が、まっすぐあたしを射すくめた。

「まったく。世話が焼ける」

言葉のわりに、ゲットの口調は温かかった。

そうだ……ゲットだ。

返す刀で斬《き》りつけようとしていたあたしの動作が、一瞬遅れる。

でもたぶん、そんなことは関係なく、ゲットは間に合っていた。ゲットの体はもうそこにない。かがみこむことで溜《た》めた足のバネを解放。あたしを目がけて、跳躍した。

ゲットの顔が目の前にある。霜のように白いまつ毛が近い。唇が触れそうな距離。心臓が一度、高く鳴る。

あたしの額に、ゲットの額が叩《たた》きこまれた。渾身《こんしん》のヘッドバット！

「いっ――ったあああぁッ!? なにすんだよぉッ。あたしは！ 女の子だぞッ!?」

「とうぜん加減した。でなければ頭蓋骨を粉砕している」

「そうじゃねーよ、ばかッ。キスかと思ったんだよ、キス！ 王子さまの！ お約束だろ？」

「レイメイには似合わん」

「そッ、そんなことないやい！ 試してみないとわかんないだろ!? くっそぉー、惜しかったあ……」

「おまえは自分で勝ちとり、奪いとる女だ。そうだろう」

「え？ う、うん」

落ち込んでいたあたしに、ゲットが詰め寄る。

「先ほどの暴走、どういうことだ。おれには殺しを禁じたくせに、その信念と真っ向からちがっていたぞ」

ゲットは怒っているように見えた。

おでこを押さえて悶絶《もんぜつ》していたあたしも、さすがに涙が引っ込んで、真剣な顔になる。

「あれは……ママの幽霊だ。あたしに憑《と》りついて、復讐《ふくしゅう》したがってるんだ」

「幽霊だと？　ちがうな。血中ナノマシンが故人の感情を記録し、テレパスの逆流で人格を模《も》倣《ほう》、再現してしまっている……大方そんなところだろう。妹のシノとやらの幻も、同じだ」

説明しながら、ゲットはますます怒っていた。

「いずれにしても、ふざけるな。科学的だろうと非科学だろうと、そんな呪《のろ》いなど知ったことではない。レイメイ、きさまはどうしたいのだ。母親の亡霊の言いなりか。それとも馬鹿げたハーレムの理想を追うのか。はっきりさせろ。今、ここで」

「あたしは……」

あたしは口ごもる。テレパスの力で、ゲットの強い気持ちが流れ込んできた。

ゲットはあたしの煮え切らなさに腹を立てている。それから、ママがあたしを復讐の装置に変えたことにも。そしてそうした、この砂海ぜんぶの理不尽《りふじん》に。

「先ほどおれの心を高揚させたのは、そんなうす暗い怨念《おんねん》ではなかったはずだ」

ゲットの怒りは、火傷《やけど》しそうなくらい熱い。

でもその熱は……そうか。あたしがつけた炎なんだ。

長い長い辛抱《しんぼう》の果てに、ようやくシノが心を開いて、あたしに素直な気持ちを打ち明けてくれたみたいに。

――レイメイ。シノを頼むよ。

シノはもう、いないけど。あたしはまだ生きている。守りたいものがある。

「……そうだ。あたしはママの遺志を継ぐ。でもそれは、ママの恨みを晴らすってことじゃない」

あたしは振り返った。

黒ずくめの女、イフラースに助け起こされたザファルが、なりゆきを見守っている。

「あたしはママみたいな大海賊になって、もう一度たくさんの家族といっしょに冒険をする。あたしはママに証明したい。ママのやり方は間違ってなかった。それを後悔して、復讐なんか、憎しみなんかに、染まってほしくないって。だってあの頃、あたしは最ッッ高に楽しかったんだ！　殺しはやらねえ。明日の冒険で後味悪くなるようなことなんか、あたしは何ひとつやるもんか！　それがあたしのッ、砂漠海賊レイメイさまの生きざまだァ！」

「ならば、やってみせよ」

ゲットはうなずき、そうすることで背中を押してくれた。

あたしはザファルの前へ進み出る。ザファルはうめいて、舌打ちした。

「何が、殺しはしないだ……殺しなよ」

「兄さん!?　だめ！」

うつむくザファルを、妹のイフラースが揺する。

だけどもう、ザファルにさっきまでの覇気《はき》はなかった。

「ストランド・フリートの総督、ダンテは部下の失敗を許さない。どの道オレは殺されるだろうな。逃げたところで……お前の母親の海賊団のように、どこまでも追われて、見せしめに皆殺しにされるのがオチだ。オレ一人で済むなら、その方がいい」

「だからって、ザファル。お前なしで、お前の家族は生きていけるのかよ。お前は家族の顔なんだろ。そんな簡単に殺せだなんて……」

「――ならばその首、オレによこせッ！」

ザファルが勢いよく跳ね起き、靴から引き抜いた仕込みナイフを投げ放つ。

まっすぐに飛来した刃は、あたしの目の前ではじかれた。

「影、ここに」

ゲットは居合《いあい》で空中のナイフを斬《き》り払うと、道を開けるようにふたたびあたしのうしろへ下がった。そうなるのがテレパスでわかっていたから、あたしは避けようともしていない。

ゲットは、強い。たぶん、この時代のほとんど誰よりも。

「あたしの話を聞け、ザファル。お前はいいやつだ。あたしはお前が仲間にほしい」

「……いいヤツ？　オレがか」

奇襲に失敗し、絶句していたザファルは、嘲《あざけ》るような半笑いを浮かべた。

だけどあたしは本気だった。

「ああそうだ。ザファルはいいヤツだ。でなきゃお前の仲間や妹に、こんなに慕《した》われるはずがねえ。でも、お前は絶対そんなこと認めない。お前は一族の顔で、恐れられなきゃいけない存在だからだ。人の首を切り取ったり、派手な武器で暴力を見せつけるのは、そのためだ」

あたしの見透かすような口調のせいだろう。ザファルの顔に恐怖が浮かんだ。

ザファルはあたしを気味悪がっている。

「まさか、オレたちの過去を覗《のぞ》き見《み》たのか？　お前のテレパスで……!?」

「さあ。どーかな」

これはハッタリだ。あたしのテレパスはそこまで万能じゃない。

うしろからゲットの視線を感じる。試されているんだ。あたしが仕えるに値する、新しい主人かどうか。

やってやる。あたしは復讐《ふくしゅう》がしたいわけでも、恐怖で支配したいわけでもない。それをここにいる全員に向けて、証明する時だ。

あたしはママのように背筋を伸ばし、声を張った。

「ザファル！　お前にはいいところがたくさんあるッ」

あたしがびしっと指さすと、ザファルは反射でびくりと震えた。

そしてそれから、何言ってんだこいつ、という顔をする。

あたしは構わずまくし立てた。

「まず顔がいい。今のその間抜けづらすらいいッ。何やってもサマになるよな、お前！　目元のほくろもいい。なんかエロい！　あと、お肌の手入れも相当やってるだろ？　努力家だなぁ。あたしはそういうとこ見逃さねぇぞっ」

「な、なッ——何を言っている、貴様ッ!?　今さらオレに媚《こ》びを売って、何のつもりだ？　やめろ気色悪い。オレは……むもッ!?　ももーッ！」

「黙って聞け」

　わめくザファルの顎《あご》を、いつの間にか忍び寄っていたゲットが摑《つか》んで、黙らせた。

「おれも同じ洗礼を受けた。あきらめて歯の浮くセリフを聞き届けろ」

「むーッ！　むもぉおおぉ……ッ」

「ゲット、ナイス！」

　あたしは親指を立てて、続きにもどる。

「でッ！　次な。戦闘力、申し分なし！　指揮能力も上々だ。何よりお前は、部下からの人望がある！　まっ、とーぜんだよな。こんなに仲間思いのリーダーなんだ、ついてくる奴《やつ》らが見捨てるはずがねぇ。だろ、イフラース？」

　暴れるザファルと、押さえつけるゲットを眺めて、ぽかんとしていたイフラースへと、あたしは声をかけた。

「さっきからお前たちは、お互いを庇《かば》いあって戦ってた。兄妹だけじゃなくって、他の仲間全員でだ。こんなのもう、単なる上司と部下じゃねえ。本物の家族くらいの絆《きずな》がなくちゃ、絶対できない、すごいことだ」

イフラースは、少しの沈黙のあと、こくりとうなずく。

「うん。わたしも、血族のみんなも、兄さんがだいすき」

「だよな。やっぱりザファルは、いいヤツだ」

焦点のあわない目つきをしていたイフラースと、今ようやく、はっきり目があった。

イフラースはほつれた長い金髪を胸の前でかきよせて、そこに隠れるように顔をうずめながら、はにかんだ。

ザファルはうなり声を上げている。何かを訴えるような、真剣な響きだったからだろう。押さえつけていたゲットは拘束をゆるめた。

「……ッは！　あぁ、クソッ。イフラースから先に籠絡《ろうらく》するなど、卑怯《ひきょう》なマネを……」

「言いたいことはそれだけか？」

ゲットが睨《にら》みをきかせる。ザファルは首を振った。

「……いいや、違う。海賊女……レイメイ。お前はあくまで、オレがいいヤツだと言い張るつもりか？　そんなはずないだろ。オレがこれまで何人殺してきたか、甘ちゃんのお前に教えてやろうか？　たしかお前、殺しはしないっていうのが信条だったよなあ？　復讐《ふくしゅう》したいんだろ。いい子ぶってないで、やれよッ！　お前の母親を殺した、ストランド・フリートのゲスをさぁ！」

「悪さをしてきたって、自覚はあるんだな」

あたしは挑発に乗らなかった。露悪的《ろあくてき》ににやついていたザファルは、一転してばつが悪そうに顔をしかめた。

「そーいうとこが、いいヤツなんだよ」

「だが！　砂海は甘くない。砂海の法は力の法だ。殺しをためらう臆病者《おくびょうもの》に、ストランド・フリートは容赦《ようしゃ》しない。ああいう連中に、結局また奪われる。オレはもう、誰からも奪われるわけにはいかないんだよ。血族の仲間たちを……！」

「だったらあたしが、もっといいやり方を教えてやる。——海賊の流儀をな」

あたしは意識して歯を剝《む》いて、にっと笑った。ママがそうやって、いつもあたしたちを勇気づけてくれていたように。

「必要なものはさっさと奪って、逃げるんだ！　何も命まで奪うことはねえ。だってどうせ、一文の得にもならないだろ？　これまでのザファルの、わざと派手な殺しをしてビビらせるやり方は、結局恨みを買って敵を増やしちゃう。そんなの本末転倒だ。あたしと来い。これからはあたしがお前を守ってやる」

あたしはザファルに近づき、手を差し出す。

ザファルはじっと見つめるだけで、あたしの手をとろうとしない。代わりにゲットへ話しかけた。

「……たしか、ゲットとか言ったか。君はなぜこの女に従う？」

「一宿一飯の恩……いや、ちがうな。……おもしろいからだ。おれはもう少し見ていたい。レイメイのたわごとが、この砂の世界でどこまで通用するかを」

ザファルは額をおさえるように金髪をかき上げ、笑った。

「……単純だな。うらやましいよ。オレは血族全体の命運を預かる身だ。仲間の安全を保障しかねる、無責任な選択はできない」

「捕虜《ほりよ》。きさまは何か勘違いしているようだが――」

「ゲット！」

ゲットが刀を抜こうとするのを、あたしは止めた。

もうそんな必要はない。ザファルの表情は、とっくに観念している。両手をゆるく上げて、降参のポーズだ。

「勘違いしてるのは君の方だよ、忍者くん。オレに選択肢はないし、抵抗の意思もない。お前たちへの服従を拒み、仮にこの場を切り抜けたところで、結局ストランド・フリートに粛清《しゆくせい》されるだけだろ？　お望み通り、投降するよ。これより第十一艦隊はストランド・フリートを離脱、現時刻をもってテンドウ海賊団に合流する」

敵を倒し、仲間にする。あたしの目標は果たされた。

でも、誰の口からも歓声は上がらない。ザファルはただ、仕方がなく降参しただけだ。あたしのやり方に賛成してくれたわけでも、あたしを好きになったわけでもない。

上等だ。今はそれでいい。

あたしはもう一度、ザファルにずいと手を差し出した。

「おう。それじゃよろしくな、ザファル。でも覚えとけよ。あたしは必ずお前を夢中にさせてみせる。今みたいに仕方なくなんかじゃなくて、心の底から、あたしと一緒にいたいと思わせてやる！」

ザファルはあたしの手を見て、つぶやいた。

「本当に、単純なんだな」

ゆっくりとあたしの手をとり、そして。

「――オレは何度でも裏切るよッ！」

あたしの体を引き寄せながら、籠手《こて》の仕込み刃を展開、ガイドレールから発射した。

だけどその時、もうひとつ予想外のことが起こった。

ザファルの籠手が、くぐもった破裂音を立てて煙を噴いた。さっきまでの戦闘で故障していたのだ。

それでも刃は射出される。本来狙い定めていたあたしの顔面ではなく、まったく見当違いの方向――イフラースの胸元へと。

あたしのテレパスは、心を読む力だ。機械の暴発には対応できない。

だから、それが間に合ったのは、我ながら奇跡だと思う。

「いッッ……てえええ……ッ！」

反射的に伸ばしたあたしの手に、イフラースへ向かう刃物が突き刺さっていた。

「なッ……!?」

ザファルはそのうめき声以上の反応はできなかった。ゲットがザファルの首を摑《つか》み、指に血管が浮き出るほどの力で握りこんでいたからだ。

「レイメイ、無事かッ!?」

投げ捨てるようにザファルを放り出し、ゲットはあたしのもとに駆けつけた。

「どうして？」

さらに一人、イフラースもあたしの傍《そば》に駆け寄っていた。恐る恐る、そして半信半疑の表情で、あたしの手と顔とを見比べている。

あたしは体中に冷や汗を浮かべながら、答えた。

「だって、事故でも……家族どうしが傷つけあうなんて……ダメだろ」

「レイメイ、無駄口は後にして傷を見せろ！　急所でないからとあなどるな。応急処置が遅れれば、傷は化膿《かのう》し、命にも……む？」

必死の形相でまくしたてるゲットの語尾が、疑問形になる。

あたしも気づいた。痛くない。

手に突き刺さったように見えていた刃は、べちゃりと溶けて、足元の床に落ちた。

「……ママ？　助けて、くれたのか」

あたしの鼻先を、焦げ臭いにおいと、赤い燐光《りんこう》がかすめて散った。

「よかった」

あたしの無傷の手が、白い両手で包まれる。イフラースだ。

「よかったぁ……！　あなたが、傷つかなくて、よかった。兄さんが、また人殺しにならなくて、よかったあ……ッ」

イフラースはあたしの手の甲に額を押し当て、さめざめと泣きはじめた。

敵だった相手にそんなことを言われて、あたしはちょっと、面食らっていたけれど、それと同時に思い出していた。シノとの喧嘩《けんか》や、そのあとの仲直り。〈モノケロース〉で暮らした、懐《なつ》かしい日々を。

「これがレイメイの力の真価か」

つぶやいたのはゲットだ。あたしにはもう背を向けて、うずくまるザファルを見下ろし、話しかけている。

「きさまを殺す気が、まったく起きん。おれらしくもないがな。……レイメイのテレパスが、イフラースの意識を中継したせいだろう。きさまらの過去が、すこし見えた。……どうやら、きさまらなりに苦労をしてきたらしい」

ザファルは喉《のど》をつぶされて、一時的に声が出せない様子だが、抗議するような目でゲットを見ていた。

「にらむな。意図せず過去を覗《のぞ》き見《み》たことは、わびる。だが、これできさまもわかったはずだ。レイメイのテレパスは、人と人の心をつなぐ。しかもその制約は、一対一に限らないらしい。これは推測もふくむが……レイメイがイフラースと接触したことで、通常よりも強くテレパスが発動し、記憶の一部が流入した。さらにそれが、味方であるおれまで巻き込んで、思考や記憶を共有したのだろう。テレパスによる意識のネットワーク、あるいはクラウド形成といったところか。……言っておくが、今きさまが考えていることも筒抜けだぞ。左かかとの飛び出しナイフは、やめておけ」

　ザファルがうめいた。ゲットはそのまま、どこか気の抜けたような顔で続ける。

「想像してみろ。レイメイに心を開く者——仲間の数が増えるほど、この女は強くなる。いずれ数十人、数百人がレイメイのもとに集《つど》い、心をひとつに束ねれば、その勢力はほんとうにストランド・フリートにも届きうるやもしれん」

「なにが、いいたい」

　ザファルはかろうじて絞り出したかすれ声でたずねた。

「ストランド・フリートに代わって保護してやるという、レイメイのたわごとは、あながちたわごとではないかもしれんぞ。今、レイメイの軍門に下り婚姻《こんいん》を結ぶなら、おまえは未来の砂海の女王の、第一夫君となる」

「おいっ。なんかさりげなくあたしと結婚するのが、すげー嫌なこととみたいに言ってねーかッ!?　あとあたしの最初の男はおまえだぞ、ゲット。押しつけるなよッ」

聞き捨てならなかったので、あたしはツッコんだ。ゲットには無視された。

ザファルは疲労した顔に、キザな笑みをとりつくろう。

「は、はは……まいったな。なんて……女だよ」

ザファルは深く、長く、疲れ切ったため息をついた。

「……まぁ、ぶっちゃけさ。オレも二十五だし、そろそろ奥さんくらい作ってもいいんだけど——忍者くんはそれでいいのかい?」

「おれは影だ」

ゲットは刀を足元に置き、あたしに向けて深々とこうべを垂れる。

「影はただ、つき従うのみ。忠誠に見返りは求めない。だが、どうせなら……おもしろき世を作ってみせよ、レイメイ。二人目の主君を選んだこと、おれに後悔させるなよ」

その瞬間、あたしの胸にこみ上げた熱いものを——言葉にするのは、ガラじゃない。

あたしはゲットとザファル、二人の間に跳びこんで、両方の肩に腕を回した。

「おうっ!　これからずっと、ずっとずゥっと……よろしくなッ!」

＊

『とおりゃんせ　とおりゃんせ』

薄暗がりの部屋のなか、こどもの声が歌っている。

『こおこはどおこのほそみちじゃてんじんさまのほそみちじゃ』

暗闇に無数の紅《あか》い光が輝く。それはすべて、歌うこどもの眼光だった。

部屋のなかには十数人、白い髪に紅い瞳のこどもたちがいた。性別も背丈も、人種さえもちがうのに、みな一様の無表情。わらべうたを口ずさむ唇の動きは、不自然なほどぴたりと同期している。

そのなかの一人、小柄な少女が、歌の輪を離れ、中央のパイプ椅子へ駆け寄った。

「第十一艦隊長、ザファルが裏切った」

甲高く平坦な少女の声の報告に、ストランド・フリート総督、ダンテは手にした本を閉じ、立ち上がった。

「獅子《しし》は狩りに全力を尽くす」

こどもたちは歌い続けている。彼らの声とは異なる層で響くダンテの声が、低く告げた。

「全艦隊を招集しろ。俺が出る」

『こわいながらもとおりゃんせ　とおりゃんせ』

歌い終え、紅《あか》い目のこどもたちが散っていく。
一人取り残された砂海の王、ダンテの瞳の色も、また――紅い。

CHARACTER

ZAFA

ザファル

ストランド・フリート
第十一艦隊の艦隊長。
二十五歳の青年。
指揮と謀略に長けた
黒衣の暗殺者。

Sunano Umino
Reimei

CHARACTER

イフラース

ストランド・フリート

第十一艦隊の副艦隊長。

ザファルの妹。二十歳。

奇襲を得意とする

黒衣の女戦士。

機械仕掛けの刀を用いた居合の達人。

Sunano Umino
Reimei

【3】砂海の王

透き通る異世界に、月輪がかさなる。

ほてった体に、夜風の冷たさは心地よかった。

月兎《げっと》は――生きている。生まれ落ちた時代から、コールドスリープによって百年を跳躍し、仕えるべき主《あるじ》も、帰る故郷をも失いながら、今もなお。

「また、負けちゃった」

滑った刀がからりと落ちる。負けを認める女の声は、そのわりに抑揚にとぼしく、微笑《ほほえ》みを含んですらいて、内容と噛《か》み合わない。

黒衣の女戦士、イフラースである。ヴェールから垂れる金髪は、汗に黒く湿っていた。

ポート・サム、元ストランド・フリート駐屯地《ちゅうとんち》。砂海船〈シェヘラザード〉甲板上《かんぱんじょう》。

つい先日も、月兎はここでイフラースと戦った。あの時は訓練ではなく、命を賭《と》した真剣勝負だったが。

潜航艦〈モノケロース〉号は、今や〈シェヘラザード〉を追い出す形で駐屯地のドックに入り、メンテナンスを受けていた。〈モノケロース〉を整備させられているザファルの一族の男たちも、思うところはあるようだが、今のところ命令に従っている。駐屯地《ちゅうとんち》の主《あるじ》はもはや海賊たちだった。

当のレイメイと、元第十一艦隊艦隊長ザファルの姿は、ここにない。二人はポート・サムの新市長との会合へ向かった。

月兎《げっと》とイフラースは船番のついでに、鍛錬《たんれん》の手合わせをしているところだ。

「やっぱりすごいね、ゲットは。わたしじゃぜんぜん、かなわない」

息を整えたイフラースは月兎が立ち上がるそぶりを見せる。月兎は近づき、手を貸した。

「卑下《ひげ》する必要はない。イフラース、おまえは充分に強い。守るべきものを思うがゆえの力は、刀越しにもしかと伝わる」

「それでもゲットに勝てないのは、なんで？」

——おれにもまた、守るべきものがあるからだ。

そう答えようとして、ためらった。

立ち上がったイフラースは、月兎よりも高い位置から、童女のようなあどけなさで見下ろしてくる。

粗製ナノマシンの副作用、あるいはそれに関するトラウマによる退行なのだという。先日まで敵であったことなどどうでもよくなるような、この無防備な目に対し、答えを偽《いつわ》ることははばかられた。

「……わからん。今のおれに、守るべきものはない。レイメイに仕えるのも、ただ、あの女とともに戦うのが……おもしろいからだ。剣の重さが思いの強さに比例するなら、今のおれは……」

「ゲットはまじめだね」

イフラースがにこりと笑った。二十歳の女とは思えない、ほんとうに邪気のない笑顔だ。

月兎も脱力してしまう。

「このごろは、そうでもなくなったと思っているが……」

「ね。もういっかいしよ？」

イフラースがねだるように首を傾ける。しかしそれと同時にとった構えは、熟練した居合《いあい》の型だ。月兎にも否《いな》やはない。

「無論だ。おれもこの刀に慣れる必要がある」

月兎の腰に収まる二本の刀は、もはやあの錆《さ》びたなまくらではない。

旧世界の国《伊予之二名《いよのふたな》》のからくり刀、名をマグナム音切《おときり》。レイメイがザファルたち第十一艦隊を倒し、その後同盟を結んだ記念として贈られた刀だ。

ザファルが殺した先代の第十一艦隊長が、こうした遺物をコレクションしており、それをザファルが引き継いだのだとか。

ジェット足軽《あしがる》や機動武者《むしゃ》など、伊予人《いよじん》の名づけのセンスは、当時から月兎には気に入らなかったが、背に腹は代えられない。刀自体は業物《わざもの》なのだ。月兎《げつと》はこの新たな装備を、ただ音切《おときり》と呼ぶことにした。

イフラースが構えるのも、同じ量産型音切である。月兎が得たのはその予備だ。

「では。参る」

月兎が両手を腰の鞘《さや》に回す。それが合図だ。

からん。鞘から排出される薬莢《やつきよう》の音が、みっつ同時に重なった。

風圧で髪がなびく。起爆する鞘が生み出した推進力で、一瞬にして彼我《ひが》の距離を詰めた月兎とイフラースは、刃をまじえて押し合っていた。

年齢のぶん、女性とはいえイフラースが体格で勝る。月兎の体は、同じ十五歳の少年の平均よりもさらに小柄だ。

だが、体内に宿すナノマシンの純度が違う。

月兎が踏みこむと、イフラースは押し負けて体を引いた。二歩、三歩。月兎はさらに押しこんでいく。二刀がイフラースの刀を挟み、逃れることを許さない。この状態に持ちこまれた時点で、イフラースに勝ちはない。

「ここまでだ」

月兎はそう告げ、刀を鞘に納めた。

イフラースはその場で膝《ひざ》から崩れ落ちる。顎先《あごさき》と金髪の毛先から、溜《た》まった汗がどっと滴《したた》り落ちた。

「ナノマシン適合者であるイフラースが、生身の敵に競り負けることはあるまい。だが、適合者どうしの戦いでは、男に勝つのは難しかろう。つばぜり合いは避けろ。最善は出会いがしらの一撃決着。次善は隙《すき》を生み出してからの奇襲。おまえはすでにそのどちらも、以前おれに実践している。それでいい。強みを伸ばし、弱みを補え。おまえはもっと強くなれる」

数秒の沈黙。月兎が気まずくなりかけたころ、イフラースはようやく答えた。

「教えかた、やさしいんだね」

「単純なアメと鞭《むち》だ。こうすれば、だれでも上達する」

「おぉー」

「……なんだ？　なぜ寄ってくる……くッ、来るな！」

感心したイフラースに近寄られて、月兎は大きくのけぞった。かばうように突き出した両腕の奥で、その顔は真っ赤だ。

「武器を持っていないときは、おれに近づくな」

「どうして？」

イフラースは首をかしげた。当然の疑問である。

月兎は顔をそらし、わななきながら答えた。

「訓練中は、いい。実戦でもだ。イフラースも、レイメイのことも、一人の戦士として扱える。

だが、そうでない時は……おっ、おまえたちは女だろう？　嫁入り前の娘が、みだりに男に近づくべきではない。けしからんぞ……！」

「それ、わたしのせい？」

イフラースはゼリー質のやわらかい唇に指をそえ、ふたたび首をかしげる。

「ひっ!?　く、来るなと言っている！」

「ゲット、かわいー」

「きさま楽しんでいるなッ!?」

「ゲットの弱点見つけたー」

口調は幼いが、イフラースは成人女性であり、ナノマシン適合者でもある。ふざけて月兎《げっと》を追い回すのですら、風のように素早い。月兎は本気で逃げなければならなかった。

「……お前ら、何してんの？」

あきれた声のレイメイが現れなければ、いつまで走りまわっていたことやら。

「あっ。ねえさんだぁ」

イフラースはぱっと身をひるがえし、レイメイの方へ走る。

今夜のレイメイはいつもの海賊姿ではない。褐色《かっしょく》の肩をさらした、紺のドレスを身にまとっていた。踵《かかと》の高い靴を履き、手にはドレスに合わせた色調のバッグをさげている。まるで社交界のご令嬢だ。

「ねえさん、おかえり」

イフラースはレイメイに身を添わせて、心地よさげに目を閉じた。こうしていると気まぐれな猫のようだ。

レイメイも無下にはしない。美人に懐《なつ》かれるのはまんざらでもないらしい。

「おう、待たせて悪かったな」

レイメイはイフラースの頭を撫《な》でようとして、空振りし、転びかけた。慣れないヒールと、イフラースの身長のせいだ。イフラースの背は、記憶のなかのシノよりずいぶん高い。

イフラースはくすくす笑い、冗談めかした手つきで逆にレイメイの頭を撫でた。

「ねえさん、きれいだね。いいにおいだね」

レイメイはムッとしてむくれる。

「そうかぁ？　あたしこーいう服、好みじゃねぇんだけど。なぁんか戦いづらそうだし、歩きにくいし……」

「レイメイちゃん、そういうこと言う？　せっかくオレが新市長との会談用に見つくろってあげたのにさ。コーデに自信あったぶん、傷つくなぁ」

レイメイのうしろから現れたのは、こちらもスーツで正装したザファルである。普段通りなところと言えば、芝居がかった微笑《ほほえ》みと、金髪を無造作にまとめるターバンくらいか。

ストランド・フリートの元艦隊長は、月兎に気がつきウインクした。

「ただいま、忍者くん。妹が迷惑かけなかった？　なんかはしゃぎまわってたみたいだけど」

「すくなくとも、おれを暗殺する素振りはない。きさまこそ、何度レイメイを殺そうとし、何度失敗した。言ってみろ」

「偏見エグいなぁ」

ザファルは苦笑いをしてから、真顔になる。

「十五回かな。でも勘違いしないでね。レイメイちゃんの方からオレに、いろんな暗殺ためしてみろって言ってきたんだからさ。他のやつにうっかり殺されないように、今のうちにオレで練習しておきたいんだって」

月兎《げっと》は絶句したが、当のレイメイはけろりとしている。

「おう。最後の毒殺はなかなかよかったぞ。たしかに毒入れた本人がそこにいなかったら、いくらあたしが心読めても見抜けねーもんなっ。ナイスアイディアだ、ザファル！」

「なのになんで死んでないんだろうねー。ゲットくん、この子ちょっと無敵すぎない？」

「は、ははっ」

月兎の口から、思わず笑いが漏《も》れた。

なんというレイメイの悪運、なんというしぶとさだろう。

そしてなんと、痛快なことか。

レイメイとザファル、そしてイフラースが、驚いて月兎を見る。普段からしかめつらを崩さない月兎らしからぬ、年相応の表情だった。

　月兎はせき払いをして、誤魔化《ごまか》した。

「……息災で、何よりだった。それで、レイメイ。本来の要件である新市長との会談は、上首尾に進んだのか。前市長をザファルが殺した咎《とが》、そう簡単に水に流せるとは思えないが」

「お、おう。もちろんだっ。ザファルが殺しちまった市長の、その息子な。父親と仲悪かったらしくて、なんか逆に感謝されちゃってさ。あたしのことも別嬪《べっぴん》だって褒《ほ》めてくれて、結婚してくれなんて言い出しちゃってさあ！　かぁーっ、とうとうあたしの魅力が砂海に知れ渡っちゃったなぁ。人気者はつれーなーっ！」

　えへえへと品のない笑い方をするレイメイに、イフラースがしなだれかかった。なお、イフラースの方が背は高い。レイメイがつぶされそうだ。

「ねえさん、うれしそう。わたしもうれしい」

「おうふっ……イフラース、かわいいこと言ってくれるじゃねーか。くるしゅうねぇぞう。でも物理的にちょっと苦しい……それにしても、年上の妹って、なんかまだしっくりこねえなぁ」

「だってねえさんは、兄さんの奥さんだもん」

　にこにこ笑顔のイフラースに、なかば引きずられるように手を引かれて、レイメイは去っていく。一緒にシャワーを浴びることになったらしい。

「レイメイちゃん、さっそく三番目の男までできちゃったねぇ。一番目として、気分はどうだい？　ゲットくん」

　気安く話しかけてくるザファルに、月兎《げっと》が向ける目は冷たい。レイメイとイフラースがいなくなった今は、なおさらだ。

「わお。その顔怖いね。やっぱりオレ、嫌われてる？」

「黙れ、獅子《しし》身中の虫め。主張や態度をころころと変えるきさまのような男が、そう簡単に信用されると思うな」

「まじめだねぇ、ゲットくんは」

　ザファルの声に、素直に感心した響きはない。むしろ冷笑している。

　それもそうだ。勝利して傘下に加えたといっても、もともとザファルとは敵どうし。レイメイとイフラースのように打ち解けられるはずがない――。

　だが、ザファルの冷笑は、月兎が想像するものとは意味がちがったようだ。

「これ、レイメイちゃんが飲みそうになった毒なんだけど」

　ザファルはスーツのポケットから、おもむろに小瓶をとり出した。

「実はオレのじゃないんだよね。新しい市長のサミュエルってやつ、おべっか使いながらレイメイちゃんのこと毒殺しようとしてたよ。食えないよねぇ」

「……本当か!?」

　月兎は目を剝《む》いた。

ザファルは五つのほくろが散らばる目じりを下げて、にこりと笑う。

「マジ。大マジ。レイメイちゃんのテレパスって、戦闘中以外はちょっとアテにできないね」

「その新しい市長は、どうした」

「ちゃんと殺してきたのか、ってこと？」

月兎はザファルを睨《にら》みつけたまま無言だ。ザファルは笑っている。

「殺してないよ。まじめな君ならそうしたんだろうけどね。……おっと、怒るなよ。君、たしかにオレやイフラースよりも強いけど、交渉はヘタだろ？　その点はレイメイちゃんも同じかな。市長のことは、あえて見逃してやったんだよ。オレが毒を仕込んだことにして、レイメイちゃんが気づける程度に細工してね。なんでだと思う？」

月兎はうなった。

「……どちらが上か、わからせるためか」

「そういうこと。説明されても理解できないほどバカじゃなくて助かるよ、忍者くん」

会談の場で何が起き、ザファルが何を選択したのか、ある程度わかった。

新市長はくせ者だ。父親の前市長がザファルに殺されたおかげで市長になれたとうそぶきながら、しっかりと復讐《ふくしゅう》を企《たくら》んでいる。いや、あるいは単に、ポート・サムの有力者を減らして権力を独占したいだけなのか。

仮にもし、レイメイについていったのが月兎であれば、先に毒見はしただろうし、体内のナノマシンが毒を分解して死には至らなかっただろう。

そしてその次の瞬間には、ザファルの指摘どおり、新市長を殺していたはずだ。

だが、月兎《げっと》にもわかる。それは最善の手ではない。

新市長が死ねば、また別の誰かがポート・サムの権力を握ろうと動く。レイメイはその者と戦うか、良くて交渉の仕切り直しだ。それは手間であり、新たな暗殺のリスクにもなるだろう。

ザファルは毒殺を見抜くことで、新市長を牽制《けんせい》した。武力でも策略でも、こちらにかなわないと思い知らせたのだ。

レイメイは今や第十一艦隊を吸収し、ポート・サム駐屯地《ちゆうとんち》という拠点を持つ一勢力の長だ。ストランド・フリートがザファルの裏切りを知り、追っ手を差し向けてくるまでに、早急にこの街で足場を固め、迎撃の態勢を整える必要がある。

それを理解するザファルは、間違いなくレイメイに必要な人材だ。

月兎もそう、頭では理解しているのだが。

「ま、そういうわけでさ。オレたち、お互いにない長所を持ってるわけじゃん？　仲良くやろうよ」

月兎は顔を上げ、ザファルのうすっぺらな笑いをじっと見た。

虹彩《こうさい》のふちが赤熱していく。パイロキネシス発動の予兆に、ザファルの作り笑いもこわばった。

「レイメイの寝首をかき、それを手土産《てみやげ》にストランド・フリートへ復帰しようとするきさまを、おれが信用することは決してない。——部下に〈モノケロース〉の整備をさせているのが、艦内構造を把握するためだと、気がつかんほど愚《おろ》かだとでも?」

「……すじ金入りだな、これ」

ザファルの笑みが苦笑に変わる。額をおさえ、金髪を掻《か》き上げた。

漂っていたきな臭い空気が、消えた。

「そりゃオレだって、保険くらいかけるよ。いざって時は裏切らせてもらうけどさ、まだ今のところ利害は一致してるだろ? 〈モノケロース〉の整備に手は抜いてないし、オレだってどうせつくならストランド・フリートのダンテより、おもしろいレイメイちゃんの方がいい」

「何が言いたい」

「ゲットくんみたいに百パーセント忠実な部下なんて、ちょっと求め過ぎなんじゃない? 人は充分な利害関係があれば、案外裏切らないよ。ゲットくんの忠誠心は立派だけど、同じ基準を押しつけてたら、レイメイちゃんの味方は増やせない」

「よくしゃべる」

月兎は目をつむり、数秒の沈黙のあと、開いた。虹彩をふちどる赤い輝きは消えていた。

「だが、覚えておこう」

「あれ、今度はずいぶんあっさり……っておい、待ちなよ。どこ行くんだい? オレ、もう少しゲットくんと話したいんだけどな」

「夜警の準備だ」

「つきあうよ。駄弁《だべ》りながらでもいいだろ、別に？」

「ダメだ。軽い仮眠もとる」

つれない返事にもめげずに、ザファルは月兎《げっと》を追って話し続けた。

「知りたいんだよね。総督のダンテはオレを出撃させる時、砂海の下から回収された遺物を確保してこいって言った」

ゲットは無言で歩みを速める。だが、振り切れない。

「つまり、ダンテの目的はきみだ。遺物の中で眠ってた、ゲットくんを欲しがってるんだ。あいつが興味を持つ、百年前の人間って、どんなだ？　必要なのは百年前の情報？　それともゲットくんの純度の高いナノマシン、あるいは……」

「その話はしたくない」

さえぎる月兎の声が、意外にか細くて、ザファルは戸惑った。

「情報共有の必要性は、理解している。心の整理がつけば話す。レイメイの役に立つこともあるだろう。だが、今はまだ……二度と戻れない故郷の話は、したくない」

「ゲットくん、ごめん。君ってオレより強くて生意気で、かわいげないから忘れてたけど――」

月兎はザファルの言葉を聞き届けず、歩き去った。

「……オレよりずっと年下の、こどもなんだよね」

〈シェヘラザード〉甲板上《かんぱんじょう》、舳先《へさき》のさらに先端で、月兎は一人、片膝《かたひざ》を立てて座っていた。

夜警である。

ポート・サム市内の別勢力による奇襲、ストランド・フリートの追撃、さらにはザファル艦隊の裏切り。それらすべてに備えた、孤独な戦いであった。

守るべき当のレイメイは、イフラースの船室に上がりこみ、女子会とやらをしているそうだ。それでいい。その神経の太さにこそ、月兎は王の器の可能性を見ている。

夜も遅い。イフラースとの訓練もあって、月兎の体は疲労している。だが、月兎は眠るともなく眠る、半覚醒《はんかくせい》の状態を維持することに慣れていた。かつてそうして、《筑紫《つくし》ノ国《くに》》日向親《ひゅうがしん》王《のう》の寝所を守っていたのだから。

浅い眠りは夢を見せる。

記憶と虚構、事実と願いの入り混じったまどろみの中を、月兎はさまよっていた。

「月兎。遊ぼうよ！」

蟬《せみ》が鳴く夏の庭。毬《まり》をかかえた日向が手を振るたび、裾の長い狩衣《かりぎぬ》がはためいた。

これはちがう。本物の日向は病弱で、こんな風に飛んだり跳ねたりできなかった。

わかっていたが、夢の中でも月兎は変わらない。

「なりません。お体にさわります。日陰におもどりください」

御所の中庭を囲う暗がりから、月兎《げっと》は顔を伏せたまま言った。

明るい声と、はずんだ足音が近づく。

「そんな必要ないよ！　わたしは今日、すごく調子がいいんだ。月兎もいっしょに毬《まり》をして遊ぼう！」

白い手が差し出された。それでもなお、月兎は顔を上げようとしない。理由なく主君の顔を仰ぎ見ることは不敬にあたる。まして手を握ろうなどと――。

「わたしはね、月兎と遊びたいんだ」

たとえ、夢のなかであっても。

「なりません。女官たちの目があります。それに、おれは――」

月兎の頰を、涙が伝った。

「おれはあなたを守れなかった。それどころか、舌の根も乾かぬうちから、新たな主《あるじ》に鞍替《くらが》えしている。不実な影に、あなたと歩む資格はありません。それに、日向《ひゅうが》さま。あなたはおれを、役に立たぬから、捨てていったのではありませんか。だからおれは一人で、百年もの長きを眠り過ごす罰を与えられたのでは」

月兎は顔を伏せたまま、両膝《りょうひざ》をつき、腰の鞘《さや》に手を回した。

「やはりおれは、腹を切りとうございます」

逆手に構えた刃を脇腹に添えた。

歯を食いしばり、息を止める。刃を腹へ押しこむべく力んだ腕が、摑《つか》まれた。

「ダメだ」

日向ではない。笑いを含んだ、女の声だ。

「勝手に死ぬな。ゲットはもう、あたしのモンだろ?」

月兎の周囲の光景は、夏の日差しが降りそそぐ庭園から、夜の甲板《かんぱん》にもどっていた。

月兎ははっとして頭を振り、腰を浮かせた。感覚を研《と》ぎ澄ませる。何かが――来る!

「ゲットぉ! 九時方向! すごい数だッ」

海賊衣装にハーネスを帯びた、普段の装《よそお》いのレイメイが跳びだして、月兎のとなりに滑りこむ。このレイメイは夢ではない。

「殺気とやらは、おれも感じている。レイメイ、これもおまえの力か」

それにしても、夢の中にまで出てくるとは。

月兎の内心の照れ臭さなど知る由《よし》もないレイメイは、砂海の一方向を睨《にら》みつけている。すでに戦士のつらがまえだ。

「ザファルの偽《にせ》の報告で今日まで時間を稼いできたけど、とうとう勘づかれたみてェーだな。ストランド・フリートの追撃艦隊だ。戦って勝てる数じゃねえ。逃げるぞ! イフラースにはもう〈シェヘラザード〉の抜錨《ばつびょう》を指示してある。それまでの間、何が起きても、あたしとゲットでここを守るぞ」

「御意」

月兎《げつと》は忠実な影として応えた。しかし疑問もある。

「……ドックで整備中の〈モノケロース〉は？」

「整備なら終わってる。〈モノケロース〉は無人でも遠隔で動かせるから、〈シェヘラザード〉の先導で退避させる」

初耳だった。これまで手の内を隠してきたレイメイが、少しずつそれを明かしている。信頼の証《あかし》ではある。だが、月兎に果たして、それだけの価値があるだろうか――。

逡巡《しゅんじゅん》する月兎に、気づかわしげな声がかかった。

「なあゲット。集中できてないみたいだな。……なんか、あったか？」

「知ったようなことを言う。……得意のテレパスで、おれの頭のなかでも覗《のぞ》いたか」

「そんなんじゃねえよ！　でも……見てれば、わかるよ」

レイメイはますます心配そうに言った。

だが、今は交戦前だ。弱音を吐けば士気が下がる。それにそもそも、みだりに弱みを見せるようなことを、月兎のプライドは許さない。

思考のがんじがらめに陥《おちい》り、何も言えずにいる月兎の背中を、レイメイはばしんと叩《たた》いた。

「心配すんな！　あたしたちは無敵だ。どんな敵が来たって、なんとかなる！」

「……とうぜんだ。おれを誰だと思っている」

月兎は悪態をつきながら、感謝をこめて笑った。

「だがその言葉、信じるぞ」

砂海の丘陵《きゅうりょう》が輝く。

砂の波濤《はとう》を乗り越えて、軍艦が姿を現す。外輪で砂上を這《は》い進む船の数は——ひとつ、みっつ、ななつ。十二、十九、二十八！
五十、八十……百以上。
「なんつー数だよ……ッ!?」

レイメイが愕然《がくぜん》とつぶやく。軍旗をなびかせ接近する艦隊は、地平線をゆうに埋め尽くし、なお続々と数を増していた。

「ダンテのやつ、やりやがったね。オレがしくじったから、マジでストランド・フリートの全艦隊を連れてきやがった」

息を切らせて駆けこんできたのは、ターバンも巻かず金髪を振り乱すザファルだった。

「これはちょっともう、いまさらレイメイちゃんを裏切っても……許してもらえそうにない感じかな？」

「ようやく腹をくくる気になったみたいだな、ザファル」

レイメイが、底意地の悪い目でザファルを見上げた。

「安心しろ。一年前、あたしはあの艦隊と戦って生き延びた。今度は二度目だ。もう誰も死なせねぇ。そのために、ゲット！　ザファル！　イフラース！　そんで〈シェヘラザード〉のみんなも！　あたしのために力を貸せッ」

甲板《かんぱん》には、ザファルの部下である、血族の男たちも姿を現していた。

外輪が回り、シェヘラザードが回頭をはじめる。みなの視線が舳先《へさき》に立つレイメイへと集中していた。その背後で影として寄り添う月兎《げっと》には、そそがれる視線の熱量が、我が身へ浴びるように感じられた。

「逃げるのは恥ずかしいことじゃねぇ。でも、死ぬのはバカバカしいことだ。一年前、あたしはストランド・フリートに勝てなかった。だから逃げた。今、あたしにはあの時よりもたくさんの仲間がいる。お前たちのことだ！　だけどまだ足りねぇ。今のあたしたちじゃ、あの艦隊には勝てない。根性じゃどうにもならないし、だからってかっこよく討ち死にする気もさらさらねぇ！　逃げて逃げて、逃げまくるぞ。あいつらに勝てるよう、強くなるまで！」

「耳が痛い」

月兎はレイメイの言葉に聞き入りながら、つぶやいた。

演説は月兎一人へ向けたものではない。ザファル艦隊の元難民たち、砂海を目指し逃げ続けてきた者たちへ訴える言葉でもある。

レイメイのテレパスは、信頼関係を築いた者どうしを、以心伝心のネットワークでつなぐ。

レイメイと月兎に、ザファル以下艦隊構成員を加えた計五十六名が今、心をひとつに束ねようとしていた。

〈シェヘラザード〉の操舵手《そうだしゅ》が握る舵輪《だりん》の感触が、銃座から見上げる夜の空が、ブリッジのオペレーターが見守る計器の動きが、船室でイフラースがヴェールの下に暗器を補充していく様子が、わかる。

レイメイのテレパスを媒介《ばいかい》して、意識が拡張されていく。この感覚を月兎が味わうのは、これで二度目だ。だが今回は、接続された人数が比ではない。五十六人が共有する連帯感、高揚感が、月兎の体を駆け巡った。

不可能などない。勝てる。そうとすら思った。

全能感を打ち砕かれたのは、次の瞬間だった。

観測手のだれかが望遠鏡ごしに見た光景が、そのまま全員の知るところとなる。ストランド艦の砲塔が回転していく。照準は当然〈シェヘラザード〉――ではない。〈シェヘラザード〉がすでに後にした、駐屯《ちゅうとん》基地を狙っていた。

「砲撃、来ます！　対衝撃姿勢ッ」

どっ。どっ。どっ。……ドドドドドドッッ！

注意を促す艦隊員の声は、折り重なるすさまじい砲声にかき消されたが、テレパスで危険を知った乗員たちは、みな低く伏せていた。

ドドドッ。ズドドドドドドドドドガガガッッッ！！！

衝撃波が連続して押し寄せる。ようやく体を起こすことができるようになったのは、数十秒にわたる砲撃が終わったあとだった。駐屯地《ちゅうとんち》が、燃えている。他ならぬストランド・フリートの基地だった軍港が、ストランド艦隊の砲撃によって破壊されていた。

「やつら一体、どういうつもりだ」

月兎《げっと》には皆目わからない。ザファルは叫んだ。

「考えたって仕方ないよォ！　総督のダンテって男はこういうヤツなんだ。とにかく離脱だ！　レイメイちゃん、〈モノケロース〉はついてきてるよね!?」

「砂の下にいる！」

「了ォ解！　それじゃちょっと気が引けるけど、島をぐるっと回って盾にしながら、敵艦隊との距離を稼ごう。奴《やつ》らもまさか、中立のポート・サムに攻撃するはず……」

ザファルの言葉の途中で、砲撃の第二波が来た。

今度の目標は駐屯基地ではなかった。……街の中心で、火の手が上がった。ポート・サム市長の邸宅がある辺りだ。

先ほどと比べ、着弾点と距離があるため、月兎たちが身を伏せる必要はなかった。ただ立ち尽くし、ぼうぜんとするしかない。ポート・サム最大の建物、ドーム状の屋根が燃え落ちていくのを、見守った。

「あいつら、マジで何考えてんだ……あたしたちは、ここにいるんだぞ？　それを無視して、無関係な街を砲撃して、無意味に殺して！　てめぇら一体何がしたいんだ──ストランド・フリートぉッ！」

『──来るよ』

少女の声がした。

月兎の視界をよぎる金色の髪。ザファルでも、イフラースのものでもない。

危機を知らせ、レイメイを守護する幻、シノの姿はすぐに消えた。

代わりに現れたのは、夜空を切り裂《さ》く騒音とともに迫る、一機のヘリだ。今度こそまっすぐ〈シェヘラザード〉を目指している。

「偵察機か？　たった一機で、舐《な》めやがって……対空銃座、追い払え！」

ザファルの命令で、〈シェヘラザード〉の対空砲が火を噴いた。

火線がまっすぐヘリへと伸びていく。だが、着弾の炎は上がらなかった。何かおかしい。対空砲は撃ち続けている。ヘリも進み続ける……すでに〈シェヘラザード〉の甲板上《かんぱんじょう》にさしかかっている！

レイメイを守るため、体を前に割りこませていた月兎に、鳥肌が立った。

ヘリのスライドドアが開く。男が一人、身を乗り出して見下ろしている。その双眸《そうぼう》と目が合った。夜の闇の中でもわかる。男の瞳の色は──紅《あか》い。

「返すぞ」

機内の男が、ヘリのローターの騒音にもかかわらず、たしかにはっきりそう言った。

銃弾が甲板《かんぱん》に降りそそいだ。だが、なぜ!? ヘリの外装に機銃は認められない。超常の力でこちらの対空砲を受け止めて、反射しているとでもいうのか!

月兎《げっと》は腰の鞘《さや》から抜刀し、可能なかぎり銃弾を斬《き》り払った。しかし、とうてい防ぎきれるものではない。

——やむなし。

月兎の両目が赤く変じた。一日二度までの発火能力《パイロキネシス》を、一度に使う!

月兎は赤熱する二刀をかかげ、ぶつけあった。接触点に光が生じる。閃光《せんこう》は広がり、頭上を覆った。空中の銃弾が呑《の》みこまれて、無数の小爆発を起こす。

体内のナノマシンを急速に消耗した月兎は、膝《ひざ》をついた。

「ゲット、よくやったッ」

耳元で風鳴りがする。

レイメイが手元で回転させ、勢いをつけたピッケル付きロープを空中に投げ放ったのだ。ピッケルの先端がヘリ足元のスキッドを噛《か》む。だが、これではレイメイの体が浮き上がり、ヘリに引きずり回されてしまうのでは——その心配は無用だった。

ロープのもう一端はレイメイの腰になく、〈シェヘラザード〉の甲板に固定されていた。月兎が防御に徹する間、レイメイはすでに動いていたのだ。反撃の狼煙《のろし》を上げるために！

瞬間、〈シェヘラザード〉が大きく舵《かじ》を切った。テレパスで通じる操舵手《そうだしゅ》の判断だ。上空のヘリはロープに引かれて、進行方向と逆に振り回される。

そして――夜の砂海に墜落《ついらく》した！

「ほんとうに、おもしろい女だ」

「ゲットくん、まだだ！」

警戒をゆるめかけた月兎に、ザファルが叫んだ。

上空に白衣の男が浮遊していた。紛《まぎ》れもなくナノマシン適合者。おそらくはサイコキネシス系統の。

男の周囲には景色の歪《ゆが》みが生じ、何らかの力場の発生を想像させた。〈シェヘラザード〉の対空砲を無効にし、撃ち返してきたのも、この力か。

「砂海の法は力の法だ」

低く、力ある声が響く。

「定期的に力を誇示しなければ、部下の謀反《むほん》も抑止できない。そこの新入りとは、タイミングが折り合わなかった。残念だ」

フード付き白衣の袖から伸びる腕は枯れ枝のように細いが、肩幅は広く、奇妙に威圧感がある。月兎が見たあの紅《あか》い瞳も、見間違いではなかった。男の目はたしかに発光している。これは何だ？　少なくとも月兎《げっと》が生きた時代に、このような技術や現象はなかった。

ザファルはもみ手をしながら、甲板《かんぱん》に降下したフードの男へ近づいた。

「イヤだなぁ、キング・ダンテ。オレもしかして、しくじったって思われてます？　せっかく命令通り、船も遺物も無傷で手に入れてきたじゃないですか。これからストランド・シティまで献上しに行くところだったんです。それなのに……」

見え透いたザファルの嘘《うそ》に、ダンテは取り合わない。

「この船の進路はストランド・シティと逆だ」

「……ご名答ォッ！」

ザファルが黒衣を跳ね上げて、ダンテ目がけて両腕をかざした。籠手《こて》が激しくモーターのうなりを上げ、側面のガイドレールから仕込み刃が射出された。

同時にザファルの背後から、レイメイと月兎が跳びだした。白々しい言葉で距離をつめたザファルは、二人の姿をダンテの目から隠す役目も負っていた。レイメイは舶刀《はくとう》カトラスを、月兎は起爆鞘《さや》から抜刀した音切《おときり》で襲《おそ》いかかる！

しかし。

「これが。力の法だ」

ダンテの紅《あか》い目が輝いた。

ザファルのナイフが空中で止まった。レイメイと月兎の突進も、まるで突風に吹かれたように押し返された。

「何だぁ、この能力っ⁉」

「聞いたことがある。キネシス系のナノマシン適合者は、周囲に不可視の防壁を張ることがあると。対応策は――」

月兎の言葉を、テレパスで先読みしたレイメイが継いだ。

「攻め続けることッ！」

キネシスの力場にはじき飛ばされたレイメイと入れ替わりに、長く伸びたピッケルロープが白衣のダンテを襲う。

手首のスナップが伝わり、命を吹き込まれたようにのたうつロープの軌道は、まさに変幻自在。頭上を飛び越え背面から襲うと見せかけて、急角度で振り下ろされる！

ダンテはこれを、紅い目の輝きで迎えた。ふたたびの力場発生。ピッケルロープは跳ね返されるが、今度はそこへカトラスを構えたレイメイ本人が復帰する！　大上段から斬《き》りかかり、キネシスの防御に休む暇を与えない！

「そうだ。俺を攻め続けろ」

ダンテは痩《や》せた腕を掲げた。キネシスの斥力《せきりょく》が強まり、レイメイはひっくり返って吹き飛ばされる。ザファルの電磁十手《じって》はねじれて爆《は》ぜた。

「この俺を。キング・ダンテを。ストランド・フリート総督を。殺すことはできないと絶望するまで、試すがいい」

ダンテが一歩、踏み出した。景色の歪《ゆが》みという形でダンテの周りを覆っていた力場も、追従して前進する。遠巻きに銃を構えながら、援護のタイミングをはかっていたザファル配下の黒ずくめたちが、力場に触れてはじかれた。

ダンテは歩く。ただそれだけで、周囲の敵対者がなぎ倒されていく。這《は》いつくばるレイメイに力場が触れようとしている。その背後には手すりが、甲板《かんぱん》の終わり、夜の砂海が待ち受けている。

レイメイは顔を上げ、ダンテと睨《にら》みあい、そして——笑った。

「影、ここに」

ダンテの背後から急襲する小柄な影！　月を背に跳躍したその者の髪は白く、眼光はナノマシンの過負荷で燃えるように赤い。手は二重に背負った鞘《さや》へと伸び、二刀の居合《いあい》の体勢にある！

「無駄だ」

ダンテは振り返らなかった。力場はダンテを中心に、全方向を均一にカバーしている。跳び上がった月兎《げっと》は力場に触れ、そのままはじかれそうになった。

しかし！

「無駄ではない。その慢心が命取りだ」

二本の鞘が薬莢《やっきょう》を排出して起爆。内圧に押し出された刀、音切《おときり》が、音を置き去りにして居合を放つ。

力場の絶対防衛圏を突破する。月兎の刀が、砂海の王の首すじに……届く！

「それでいい」

白衣が翻《ひるがえ》り、ダンテが振り返った。

予想だにしない速度の反応だった。斬撃《ざんげき》は虚空《こくう》をきった。そしてダンテの細く、しかし骨太の腕が月兎の喉《のど》を摑《つか》んでいた。振りほどけない。見た目に反し力が強い。

当然だ。ダンテもまた、筑紫《つくし》の遺産の恩寵《おんちょう》を受けた、ナノマシン適合者なのだから。

「絶望の先にこそ、真の服従はある。ザファルにもこの無力感を植えつけておきたかった」

ダンテはぐっと顔を近づけ、月兎の目をのぞきこんだ。爛々《らんらん》と発光する紅《あか》い瞳は、もはやこの世のものとは思えない。月兎は戦慄《せんりつ》した。

「お前が遺物の少年か。ナノマシンは……覚醒《かくせい》していないようだな。いささか」

ダンテは腕を振り上げ――。

「残念」

振り下ろした！

月兎の体は背中から甲板に叩《たた》きつけられた。肺が圧迫され、すべての空気が吐き出される。たまらず武器を取り落とした。絶息状態で、月兎は悶絶《もんぜつ》する。

「どうした。フィールドは発生していないぞ」

紅《あか》い目が、立ち尽くすレイメイとザファルを振り返る。ザファルがこの挑発に乗った。

「マジでさ……舐《な》めんじゃねぇよ、パワハラクソ上司ぃッ！」

ザファルの籠手《こて》が回転する刃物を射出する。投擲《とうてき》武器チャクラム！　さらに、楕円《だえん》軌道を描いて飛ぶチャクラムの命中を待たず、ザファル自身も突進した。携《たずさ》えるのは爆発する鞘《さや》を持つ刀、音切《おときり》だ！

月兎《げっと》の体を片手で吊《つ》るしたダンテは、もう一方の腕をザファルへ向けてかざした。

親指と人さし指で輪を作る形をとっている。ザファルの突進が止まった。刀を落とし、喉《のど》を押さえて苦しみだす。ザファルの首には、リング状に締めつけられたような痕《あと》が浮かんでいた。

――ダンテの指先の仕草と同じだ。

ダンテに接近していたチャクラムが、やはり空中で停止する。

「返す」

チャクラムが高速で逆回転をはじめ、そして、ザファルを目がけて飛びもどった。

「畜生《ちくしょう》ぉっ！」

レイメイがカトラスで刃をはじき、ザファルを守った。黒髪は汗に濡《ぬ》れ、動揺を隠せていない。この敵は、ダンテという男は、何かがおかしい、

「なんなんだよコイツ！　次の動きが……心が読めねぇ!?　あたしのテレパスが通じねえっ」

「当然だ。俺には心がない」

砂海の王ダンテは平然と言い切る。レイメイは驚愕《きょうがく》し、困惑した。

「はぁァ!?　何言ってんだ、お前……心がないなんて、そんなこと、あるわけ」

「レイメイ……ッ」

弱々しい、かすれた声が上がった。ダンテに首を掴《つか》まれた、月兎だ。

「出し惜しみするな。使え……母親を、呼べ！」

「でも……」

「全滅するより、マシだ……！　やれッ」

逡巡《しゅんじゅん》するレイメイに、ダンテはまっすぐ向かってくる。月兎の体は力なく引きずられるがままだ。

「切り札があるなら使ってもらおう。何をもってしても、俺を倒すことはできないと受け入れるために」

レイメイは後ずさりした。

「ママの力はたしかにすげぇけど、戦いの道具なんかじゃねぇよ！　あたしは、ママに……ッ」

「そうか。なら、いい」

レイメイの懊悩《おうのう》に、ダンテはそれ以上興味を示さなかった。

足元でくずおれ、悶絶《もんぜつ》するザファルに向けて、ダンテは虫を払うような仕草をした。

ザファルの体が浮き上がり、吹き飛んで、甲板《かんぱん》の手すりに激突した。衝撃で手すりが大きく歪《ゆが》む。ザファルは動かなくなった。

レイメイとダンテの間をさえぎるものは、何もない。

おびえすくんだレイメイは、次の瞬間。

「ひッ……なんつってな」

冷や汗を振り払い、笑った。

ダンテの背後の床が跳ね上がる。甲板《かんぱん》に設置されていたハッチが開いたのだ。そこから垂直に跳びだしたのは、黒衣の女戦士、イフラース！

「レイメイちゃんに、ゲットくんも、二人ともいい演技だったよ」

死んだふりを決め込んでいたザファルが起き上がり、無理に笑って、勝ち誇る。

「ここまでぜんぶ、オレの脚本だ。辞表がわりに受け取れよ——クソ上司ッ！」

「なるほど。造反した兄妹の策略か」

ダンテは振り返り、イフラースへと月兎《げっと》の体を投げつけた。

空中で居合《いあい》姿勢にあったイフラースは構えを解き、月兎に手を伸ばした。同時に月兎も手を伸ばす。二人は空中でひとつになり、互いの遠心力を利用して着地した。

この曲芸的な連携もまた、レイメイのテレパスが可能にしたものだ。そして連携の仕上げをするのも、この女。

「テレパスで心が読めなくたって、戦いようはあるだろォーがッ。奥の奥の奥の手の、最後の手段だ。──〈モノケロース〉ッ！」

レイメイが叫ぶ。

……きゅるるるららららラララ……ッ！

ダンテの背後の、その足元から、激しい金属音が駆けのぼってきた。〈シェヘラザード〉を突き上げる震動が自由を奪う。月兎とイフラースはすでに離脱して、ダンテだけが取り残されている。

ギュララララッ！　ギャラッ、ギャルルルルルルルルル！！！

振り返ったダンテの足元から、金属の削りクズを撒《ま》き散らして、銀の螺旋《らせん》が飛び出した。潜航艦〈モノケロース〉号が誇る掘削ドリルの先端だ！

ダンテが周囲に発生させている鉄壁のキネシスフィールドですら、この勢い、この質量は止められない！

ダンテは両手をかざし、空間に指を食い込ませるように、握りこんだ。

紅《あか》い目が火花をほとばしらせる。全方位に拡散していた斥力《せきりょく》が、指向性を与えられ、収束する。

大気の歪みが渦を巻き、そしてついに……耐えかねたように、砕け散った。

空間が、砕けた。

キネシスの異常な高まりは、周囲の景色をねじれて見せるばかりか、ついに鏡を割ったように、夜景の破片を散乱させた。

しかしこの異形の現象さえも、ダンテのキネシスがもたらした副次的な効果にすぎない。

ダンテは無傷だ。甲板《かんぱん》を割って突き出ようとしていた〈モノケロース〉の、勇壮なドリルの回転が――止まっていた。

「嘘《うそ》だろ」

レイメイがあぜんとする。

「イフラースッ。ともに！」

月兎《げつと》が呼びかけ、イフラースと二人、ダンテに襲《おそ》いかかった。

〈シェヘラザード〉を損壊させてまで〈モノケロース〉を突撃させたのは、まだ無駄になってはいない。ダンテがまとう絶対防御のフィールドを、一時的に解除できた。この隙《すき》を逃すわけには――。

月兎とイフラース、二人の体が、ぴたりと止まった。

ダンテは両手を突き出し、キネシスを発動している。

力の底が見えない。この男のナノマシン能力は、いつ枯渇する!?

「時間か」

ダンテは、よそ見をしていた。月兎たちの攻撃など、どうでもいいと言うかのように。

月兎の体は突然、甲板に叩《たた》き落とされた。体が重い。今度は重力が十数倍に跳ね上がったか

のようだ。同じ状態に、レイメイとイフラース、さらには離れた位置のザファルまでもが陥《おちい》っている。立っているのはダンテだけだ。

ダンテを中心に発生するフィールドの性質が変わった。これまでは近づくものをはじき返す、内から外への斥力《せきりょく》だった。今は上空から押さえつける、上から下への超重力だ。

全員が膝《ひざ》をつかされている。まるで砂海の王ダンテへと、かしずくように。

ダンテが見つめるその先で、ストランド・フリートの戦艦が砲撃をはじめた。

目標、ポート・サム。それ以上の具体的な標的があるとは思えなかった。

砲火が街へ無差別に降りそそぐ。建物はやがて炎に照らし上げられ、逃げ出すように数隻《せき》の砂海船が離岸した。しかし、艦砲はそうした船も容赦《ようしや》なく撃ち抜き、沈めていった。

「なんで殺す」

這《は》いつくばるレイメイがつぶやいた。ぞっとするほど低く、静かな声で。

「ポート・サムは永世中立だろォーが。あの街はお前の敵じゃない。なのに、なんで」

「中立は服従ではない。将来敵対する可能性を残している。人間とは裏切るものだ――そこのザファルのように。法無き世界では、約束は何も意味をなさない」

ダンテは答える。こちらもまた平静で、抑揚に欠けた声だ。

「空の異世界が砕け、降りそそぐ砂が国家を崩壊させた。砂海には法がない。法がなければ、人間は獣《けもの》と変わらない。人を人たらしめるため、俺は砂海に法を敷く」

「お前がやってることは、ケダモノそのものだろォーがッ！」

レイメイが怒号する。それと同時に、ふたたび砲弾の波が街を揺らした。戦火に照らされたレイメイの顔は猛々《たけだけ》しく、大海賊テンドウの威厳が蘇《よみがえ》ったかのようだ。

しかしダンテはそれさえも意に介さない。

「獣を統《す》べるには、獣の王が要る。それが俺だ」

「ふざけんなよ……！」

レイメイは、ダンテがキネシスで発生させた超重力にあらがい、起き上がろうとしていた。

「無理をするな」

ダンテは歩き、レイメイの前に立つ。

「海賊テンドウの娘、レイメイ。お前は殺さない。お前には楽園に入る資格がある」

「あぁッ!?」

「俺のハーレムに来い」

砲撃がとぎれ、周囲に一瞬、静寂がおりた。

ざくりと、鋭い音がした。ダンテの紅《あか》い目が、己の脇腹へ視線を落とす。

「レイメイから……離れろ……！」

月兎《げっと》はあえぎながら、ダンテの白衣に突き立てた刀をねじった。

「その女は、おれの主《あるじ》だ……二度、失いはしない！」

ダンテは目を細め、月兎《げっと》を摑《つか》んだ。

「哀《あわ》れ」

刀が落ちる。切っ先に返り血はない。はじめから、皮膚《ひふ》に刺さってすらいない。

超重力のフィールドを発生させたからといって、斥力《せきりょく》のフィールドが消滅したわけではなかった。キネシスの斥力は、ダンテに近づくほど増していく。月兎は白衣を貫きこそしたが、キネシスの防御の最後の一皮に、はじかれた。

この怪物の、底が知れない。

「遺物の少年。自分では忠義者のつもりだろう。だが、そうではない」

「何を……言っている?」

「キネシスのフィールドに抗《あらが》った点は見事。お前も殺さず、所有する」

ダンテは吊《つ》るし上げた月兎の体を、足元に叩《たた》きつけた。

頭を強打し、意識がとびかける。レイメイが叫ぶ声が聞こえる。月兎は気絶をこらえ、もう一度刀を握ろうとした。

だが、続けて振り下ろされたダンテの足に踏みしだかれて、気絶した。

「さて。遺物の少年とテンドウの娘、それ以外の裏切り者の処遇だが――」

ダンテが顔をあげる。紅《あか》い目は夜闇に残光を引き、ザファルたちをとらえた。

「生かしておく理由が、特にない」

CHARACTER

ダンテ

ストランド・フリートを
支配する総督。
砂海の王。
規格外のナノマシン能力で
すべてを破壊し、
抵抗者の希望を打ち砕く。

Sunano Umino
Reimei

【4】二つの太陽

顔に降りかかる光で、月兎《げつと》は目覚めた。

かすかな音と振動を感じる。まぶたを開き、跳び起きた。正確には、そうしようとした。手足に巻かれた鎖をうるさく鳴らしただけで終わった。

「……レイメイ！　無事かッ」

レイメイはすぐ隣で同じように縛《しば》られ、床に転がされていた。気を失っているようだが、閉じたまぶたは震え、唇の隙間《すきま》からかすかにうめきを上げている。じきに目を覚ましそうだ。

「暴れないほうがいいよ。……誰も得、しないから」

若い、男の声がした。

月兎がそちらを見上げると、軍服を着た二十歳ほどの青年が、メガネの奥から心配そうにこちらを見下ろしていた。

覇気《はき》のない、肩のすぼんだ青年だ。胸元のいくつもの勲章や、高級士官であることを示す制帽が、まるで似合っていない。糊《のり》のきいた軍服に、いかにも着られている。

「ボクはユタ。ストランド・フリート第三艦隊の艦隊長だ。いちおう君たちは、父親の仇《かたき》ってことになるのかな……覚えてる？　この前そのレイメイって子の潜航艦が、うちの親父アイオワの艦隊から遺物を奪ったでしょ。その遺物に入っていたのが、君」

「では、これは報復か」

「ううん、ただの移送。君たちをストランド・シティまで運べって、ダンテに言われた。もし君たちを勝手に殺したりしたら、ボクたちがダンテに殺されるから、安心して。……親父とか、兄貴たちみたいにね」

「おれとレイメイには関係のないことだ」

「ボクもそう思うよ」

ユタははにかんだ。疲れたような笑いだった。

ユタはぐるりと首を回し、室内を見る。

そこは砂海船のブリッジだった。十数人の士官が各自のコンソールパネルや計器類と睨《にら》みあっている。艦隊長ユタを振り返る者は、いない。

「ダンテに逆らうなんて無意味でしかない。四男で腰抜けのボクが艦隊長になって、部下は全員ウンザリしてるけど、誰も文句を言わないのは、みんなダンテを恐れてるからさ。あんなバケモノに勝てっこないって、君たちだって身に染みてわかっただろ？」

「これがダンテが言ってた、砂海の法ってやつか」

不機嫌な女の声がした。目を覚ましたレイメイだ。

鎖を巻かれた体を起こし、不遜《ふそん》にあぐらをかこうとして、コケている。

「いてっ。……このふにゃふにゃ野郎みたいに、みんなダンテにビビって従うようになれば、砂海は平和になる……とか、考えてるんだろ、あいつは。あたしはそうはいかねーぞ」

「ふ、ふにゃふにゃ野郎？　……ボクか!?」

顔をひきつらせるユタを無視して、レイメイは床を這《は》い、月兎《げっと》に顔を寄せた。

「負けたな、あたしたち」

近い。くっきりと浮き出た鎖骨が、目と鼻の先にある。

月兎は頬を赤くしてレイメイから逃れようとしたが、レイメイの言葉の真剣な響きで戦士の顔にもどる。

「だが、懲《こ》りてはいないと見える」

「あッたり前だ！　次は勝つッ。……でも」

昨夜の敗北が蘇《よみがえ》り、レイメイは悔しさで歯嚙《はが》みした。

「……強かったな、ダンテ。あいつ自身の力とか、組織のデカさとか、そういうのもあるけど……戦ってて、なんか、腹の底の芯の強さみたいなのも、感じた。絶対に自分を曲げねえっていう、信念っていうか……でも結局、それでやることが、昨日みたいな虐殺《ぎゃくさつ》なんだ」

レイメイは地団太を踏むように、激しく髪を振り乱した。

「ママだってあいつに殺された！　あいつがシノや、他の兄弟たちも！　なのに、ちくしょう。くそ、くそッ、くそぉおお……ッ！　こんなに悔しいのに！　どうすりゃダンテに勝てるのか、わかんねえ……！」

「落ち着け」

月兎がいさめる。縛《しば》られているため触れてやることはできないが、その分言葉に力をこめた。

「おれがいる。勝てる」

「だから、どうやってッ!?」

「海賊の流儀で、だ」

月兎が唱えたのは、他ならぬレイメイの信念だ。

「昨夜、おれたちはホームで戦って負けた。だが今度は、ダンテは浅はかにもおれたちを自陣へ招き入れている。それでこそ海賊の本領が発揮されるとも知らずにな。押しかけて、暴れまわり、奪い、逃げおおせる。いつも通りのはた迷惑なやり方を、思う存分やればいい」

「……ゲット」

怒りにこわばっていたレイメイの顔が、ほぐれてしわくちゃになる。レイメイは縛られたままの体でバッタのように跳ねて、月兎の頬にぐりぐりと頭をこすりつけた。

「このっ。このこのこのっ、このぅ！」

「うわっ!?　や、やめろレイメイ。嫁入り前の娘が、急に人間ばなれした動きをするな！」

「別にいーぃじゃねぇかよぅ！　あーあ。縛られてなかったら、摩擦《まさつ》で火ィつくまで撫《な》でてやるのになぁ……そうだ、おいふにゃ男！　いい加減これはずせ」

レイメイは振り返ると、陸揚げされた魚のように床を跳ねまわりながら、ユタを恫喝《どうかつ》した。

ユタは目を白黒させている。

「ふにゃ男じゃない！　ボクはユタだ、第三艦隊艦隊長の……」

「興味ねぇし覚える気もないッ。さっさとほどかねえと、お前の頭に嚙《か》みつくぞ！」

「そ、そんな……」

しようのないやりとりに呆《あき》れていた月兎《げっと》が、ふと、視線を上げる。

船体に振動が走った。砂海船が減速している。

「ついたようだな」

月兎はつぶやき、縛《しば》られたままの両足を上げた。背中で体を支えた、倒立の姿勢だ。そして
そのまま勢いをつけて前転。縛られた足で床を踏みしめ、立ち上がった。

「あっ。そうやって起きればいいのか。よっと」

レイメイもそれにならった。簡単なことではないのだが、難なくこなす。

「ようし。一丁ォこのまま飛び跳ねながら、ダンテの頭かじりに行くかッ」

「やめろレイメイ。非効率だ。ユタとやら、足の縛《いまし》めをはずせ。移送を命じられたお前たちに
とっても、もう足かせは邪魔だろう。その細腕で、おれたちを抱えていくというなら別だが」

「あ、うん……」

言われるがまま、ユタがかがみこんでレイメイの鎖をはずした――その瞬間。

レイメイは足を振り上げ、勢いよくユタの頭を踏みつけた。歯茎を剝《む》いて笑う悪辣《あくらつ》な表情は、まさに海賊のそれだ。

「よォーしお前ら、動くなよ。妙な真似《まね》したらこいつの頭踏み砕く、ぞ……って、あれ？」

ブリッジの士官たちは、さすがに振り返った。だが、焦ってはいない。にやにやと笑っている者すらいる。

「……言っただろ。ボクは誰にも認められてない。人質の価値は、ないよ」

ユタは拍子抜けしたレイメイの足をどけて、のろのろと起き上がり、改めて月兎の足かせを解きはじめた。

「ようこそ、絶望の街ストランド・シティへ。ここではすべてがキング・ダンテが定めたルール通りに動いている……君たちにも、すぐ理解できるんじゃないかな」

そして何事もなかったかのように歩き出した。

「来て。ボクがダンテのところまで案内するよ」

前を行くユタは、レイメイに踏まれた頭をときおりさすった。

だが、それ以外特に文句を言うこともなく、黙って月兎たちを案内した。すぼめた肩と丸い背中は、諦《あきら》めきった人間のうしろ姿だ。

第三艦隊旗艦〈エイプリル〉を降りると、そこには船の大地が広がっていた。

目の当《ま》たりにした光景の意味がわからず、月兎《げっと》は何度も目をしばたたいた。

見渡すかぎり、どこまでも船が連なっている。互いに距離などとらず、すし詰めだ。

密着した船どうしは、鉤《かぎ》のような部品で連結されている。そうした船の大半は空母で、広い飛行甲板《かんぱん》の上にバラック小屋の街並みを広げたのが、ストランド・シティだった。

奇怪な光景ではあったが、レイメイにあまり驚いた様子はない。船を降りてすぐ、ユタの背中を呼び止めた。

「おい、ふにゃ男。ザファルたちはどうした」

「……生きているのか?」

月兎は驚き、レイメイを振り返った。

死んだものとばかり思っていた。月兎が気絶する前後で、ダンテが不穏《ふおん》な発言をしていたことは、うっすらと記憶している。たしか——生かしておく理由が、特にない、と。

「死んでるといいね」

ユタは覇気《はき》のない声で答え、レイメイに思いきり睨《にら》まれてぎょっとし、弁解した。

「いや、ダンテはよく、見せしめで人を殺すから。十一艦隊はストランド・フリートを裏切ったわけだし、相当キツい処刑のされ方しててもおかしくないなって……それくらいならいっそ、ねえ?」

「生きてるなら、助かる見込みがあるってことじゃねえか」

レイメイの声は低い。先ほどのユタの言葉は火に油だ。

「命舐《な》めてんじゃねぇぞ、小僧」

「いや……あの、ボク、年上……」

「さっさとダンテのとこに連れてけ！　ザファルの処刑をやめさせる」

「最初からそのつもり……だったんですけど。はいすいません、こっちです……」

ユタの背中がますます丸くなった。月兎もさすがに気の毒に思えてきた。

ユタの案内で進むストランド・シティには、重苦しい空気が立ち込める。

連結された空母の甲板に建てられたバラック小屋はどれも粗末で、みすぼらしかった。すれ違う住民たちの顔もどこか暗く、ポート・サムで見られた活気はない。こんなところが本当に《ウォーズ》直下地域の最大都市だろうか。

周辺の砂海では、頭上の異世界《ウォーズ》が落とす巨大な機械巨人の頭や手足を、さらに細かい鋼材として切り出す作業が行われていた。バラックの住人たちは、異物の解体作業に従事するためストランド・シティに住まわされているのかもしれない。

そうして得られた鋼材が、ストランド・フリートの輸送船に積まれて、軍艦の護衛つきで輸出されていく。

行き先は他の砂海か、あるいはそのさらに外の地域か。貿易は富をもたらし、ストランド・

フリートの軍備はますます増大する。

「胸糞《むなくそ》わりぃ。羽振りがいいのは、ストランド・フリートの兵隊だけじゃねえか。街の人はあばら家に押しこんで、自分たちだけ贅沢《ぜいたく》しやがって……！」

憤慨《ふんがい》するレイメイを、ユタはもの言いたげに見ている。何も言わないのは、墓穴を掘ってまたレイメイにどやされないためだろうが、月兎《げっと》にもユタの胸中は察しがついた。

ストランド・フリートの構成員ですら、幸福でなどない。富の分け前は与えられているが、それ以上に徹底した服従を強いられている。

「民心を無視した、力の道か。こんなものが筑紫《つくし》の後に栄えているとは」

月兎はただ、ため息をつくしかない。

ユタの先導は粛々《しゅくしゅく》と続く。道中で見かける住民の貧しさや、兵士たちの横暴にも、ユタは沈黙を貫き通した。

「あれが〈エンピレオ〉です。ストランド・シティの中心。ダンテのハーレムがある、宮殿空母……」

林立する艦橋の間を抜け、バラックの街を後に、そうしてとうとうたどり着いた。

塔のようにそびえる空母の艦橋は、ひときわ高く、ひときわ古い。

レイメイが無言で進み出た。もはやユタの案内は必要ない。半歩下がって、月兎が影のように付き従う。ふたたび砂海の王と対する時だ。

しかし。

「お時間少々よろしいでしょうか」

前方を黒い服の集団がさえぎった。

ザファルと血族の仲間たちのようなローブではなく、ましてやユタたち第三艦隊の軍服ともちがう。この時代で月兎が初めて見る、ビジネススーツの一団だ。

腕を縛《しば》られたままの月兎とレイメイは、警戒して浅く重心を落とした。

「第九艦隊？　新参者の、カンパニーの出向社員が何の用だ。こッ、こっちはキング・ダンテの命令で移送中なんだぞ」

ユタは見下すような声を作ろうとつとめたが、緊張で上ずってしまっている。

「お呼び止めしてしまい大変恐縮です、第三艦隊艦隊長ユタ」

丁寧《ていねい》な、幼い声が応じた。

屈強なビジネスマンたちが一礼して左右に引いていく。取り巻きを下がらせ進み出たのは、上等なダブルのスーツを着た十歳あまりの少年だった。

「こどもぉ？」

レイメイが思わず声を上げる。月兎は警戒心を膨《ふく》らませ、さらに前傾した戦闘態勢をとる。

少年は月兎を一瞥《いちべつ》すると、肩をすくめて、微笑した。――かなり鼻につく仕草だ。

「お客人をこちらでお預かりするようにとのオーダーです」

「ダンテが、君にそう言ったのか？」

ユタは疑わしげにたずねた。少年は人さし指を立てて答える。

「いいえ。もっと上からの指示でして」

「……ご隠居さまが？」

「はい。なので、構いませんね？」

「でも……ダンテは承知してるのか？　ぼ、ボクは御免だぞ。親父みたいに殺されるのは。念のため、まずダンテに確認を……」

「キング・ダンテはご隠居さまの意思を必ず尊重されます。むしろ、わかりきった質問をする方が、ダンテの怒りを買うのでは？」

「た、たしかに……」

ユタと少年、ストランド・フリートの者どうしで話が進んでいる。レイメイたちは蚊帳《かや》の外だ。

「ふにゃ男、なっさけねー」

レイメイが、もはや感心したような呆《あき》れ声で言った。そして月兎《げっと》を振り返る。

「なあ、どうする月兎。なんかダンテのやつから遠ざかっちまいそうだぞ、あたしたち……」

「あ、それはご心配なく。ご隠居さまが面会されるのは、月兎さまだけですよ」

ダブルスーツの少年が、朗《ほが》らかな声で言った。

月兎はかすかに目を見開いた。……名を、知られている？

「女性の方は、どうぞそのまま〈エンピレオ〉へ。引き続き弊《へい》艦隊のユタがご案内します」

「断る」

少年の言葉を、月兎が冷たくさえぎった。

「きさまにおれに命令する権利はない。きさまの要件に付き合うのは、レイメイに帯同してダンテと会った、その後だ。影は常に主《あるじ》とともにある」

月兎の言葉にレイメイの顔が明るくなる。だが。

「しかし月兎さま……それならなおさら、お越しいただかなくては」

スーツの少年は眉を寄せ、とってつけたような困り顔を作っている。

「月兎さまをお呼びしているのは、他ならぬあなたの主人――日向《ひゅうが》さまなのですから」

＊

「じゃあ、ボクたちはこっちに……」

情けない艦隊長、ユタの案内で、あたしは宮殿空母〈エンピレオ〉に入った。

今、あたしのとなりに、ゲットはいない。

あたしが自分で送り出したからだ。

――行って来いよ、ゲット。ヒューガさまの話がほんとうか、お前の目でたしかめてこい！

宮殿に入る前、突然ヒューガが生きていると知らされたゲットは、もちろん鵜呑《うの》みにしなかった。罠《わな》に決まっている、バカにするなと言って、腹を立てて、七五三みたいなスーツの男の子に今にも飛びかかりそうになったのを、あたしがなだめた。

これじゃいつもと役目が逆だなと思うと、場違いにすこし、おかしかった。

あたしは今、正直言って……心細い。ほんとうは、ゲットを行かせたくなかった。これからダンテと会うために、ついてきて欲しかった。

でも、そんなのだめだ。ゲットは言葉で否定しても、ヒューガが生きているのかどうか知りたがっていた。引き止めることなんかできない。

ゲットは百年前からやってきた、過去の時代の人間だ。本当にいるべき場所はここじゃないし、本当に一緒にいたい人は、あたしじゃない。ゲットがあたしといてくれるのは、あたしに王様の器があるからじゃなくて、家族のいないあたしのことをかわいそうだと思ってくれたからだ。

ザファルたちと仲間になってから、ゲットはあたしをザファルやイフラースに任せて、少しずつ距離をとりはじめているのも感じていた。

わかってた。ゲットがあたしといてくれるのは、本当のご主人さま、ヒューガがいなくなったから、ただ仕方なくだって。

ゲットにとってあたしは、しょせんヒューガの代わりにすぎない。

「あの。きみ、大丈夫?」

ユタにのぞきこまれて、あたしはハッと顔を上げた。いつの間にか立ち止まっていた。ここは敵の本拠地なのに、あたしは今、隙《すき》だらけだ。

「うるせえ。なんでもねーよ。さっさとダンテのところに連れていけ」

ユタは何か言いたそうだったけど、やっぱり何も言わなかった。

宮殿空母だとかいう〈エンピレオ〉の艦内は不自然に静かで、ここまで見回りの兵士とは一人もすれ違っていない。そのまますんなり、あたしは目的地にたどりついた。

十数個のイスが円形に並べられた会議室。

その円卓の中央に置かれた、粗末なパイプ椅子の玉座に、砂海の王はいた。

「艦隊長ユタ。遺物の少年が見当たらないが」

「は、はい!　ゲットは先ほど第九艦隊のＴＰ３《ティーピースリー》につれていかれて……あっご隠居さまの指示みたいで、それで……」

「なるほど」

フードの奥の紅《あか》い目は、あたしだけにそそがれている。

ダンテの顔色をうかがうユタはおびえていて、今にも窒息《ちっそく》しそうだ。

「あの、キング・ダンテ……まずかった、ですかね?　今からでも呼びにいきましょうか……」

「必要ない。俺が用があるのは、レイメイ、お前一人だ。来い。〈エンピレオ〉の中枢を見せる。そこに俺の楽園《ハーレム》がある」

ダンテは立ち上がった。紅《あか》い瞳は、その間もじっとあたしを見すえている。

「待てよ」

あたしはダンテの凝視《ぎょうし》から視線をそらさず、まっすぐ向かい合ったまま、言った。

「その前にまず、いろいろ話しとくことがあるだろォーが」

うしろでユタが動揺しているのが、気配で伝わる。どうでもいい。あたしがダンテの逆鱗《げきりん》に触れて、その巻き添えで殺されることでも心配してるんだろう。

「これ以上ここで話すことなどない。俺と来い。時間を無駄にさせるな」

ダンテは即答した。腹の立つことに、表情ひとつ変えてない。

でも、そんなのは構いっこない。怒りがあたしに勇気をくれた。

「やだね。まずひとつ！　これが最優先だ。ザファルたちを解放しろ。……なんでお前のところにゲットの昔のご主人さまがいるのかとか、ママを殺した理由とか、あたしの家族を殺した落とし前とかッ！　言いたいことは山ほどあるけど、今一番大事なのはザファルたちの命だ。あいつらはもう、あたしの仲間だ。処刑なんかさせねぇ」

「違うな。ザファルは俺の部下だ。俺が所有する、俺の資産だ。当然、処分する権利も持つ」

「そのザファルを、あたしが奪った！　もうあたしのモンだ」

「そして今、ふたたび俺の手中にある。俺は力で奪い返した」

力の法。それがダンテにとっての真理で、信念みたいなものなんだろう。

でも、あたしだって引けない。こいつとは、清算しなくちゃいけない因縁《いんねん》がいくつもある！

「だったらまた何度でも、あたしが奪ってみせる！　ザファルの居所を言えッ」

「じき、あの世へ行く」

その一言で、あたしは、キレた。

「だからどーしてッ。そんな風に簡単に、死ねとか殺すとか言うんだよォッ！」

両腕を縛《しば》る鎖が鳴る。拘束されたままだが、関係ない！

ダンテは素早く片腕を掲げた。摑《つか》むような手の形。突進の途中で、あたしは巨人の手のひらに握りつぶされるみたいな圧迫を感じた。苦しい。体が、動かない。

「強者がすべてを支配する。生も死も、思うがままに。それが砂海の法、力の法だ」

ダンテの口調は、まるで聞き分けの悪いこどもに言い聞かせるみたいだ。

受け入れられるか、そんなもの！

「ママや家族のみんなを殺してッ……あたしの新しい仲間も奪おうとしてる。お前だけは、許せねぇッ！」

あたしはもがいた。でも、見えない手の拘束は振りほどけない。

この状況は、心を読むだけのあたしの力じゃ、どうにもできない。そもそもあたしには、ダンテの心が読めていない。

「怒りに任せ、無謀《むぼう》に走る。浅いな」

「浅くて何が悪《ワリ》ぃッ」

喉《のど》が張り裂《さ》けそうなほど、叫んでいた。

「弱いあたしを、ママが鍛《きた》えてくれた。スバルにいは字を教えてくれた。ハレねえから料理を教わった。あたしがドジをやらかしたら、家族のだれかが助けてくれた！　今だって、ゲットが助けてくれるよ。要領悪いあたしの代わりに、悪知恵がきくザファルが作戦を立ててくれる。シノの代わりに、イフラースが遊んでくれる。あいつらがいるから、あたしは大丈夫なんだ。……これ以上あたしの家族を、奪うなよおッ！」

ほんとうに、みっともなくて嫌になるけど……あたしはボロボロ泣いていた。

歯が立たない。あたしだけじゃダンテに、手も足も出ない。

「無様」

ダンテが腕を下ろすと、あたしの体を締めつけていた見えない力も消え失《う》せて、宙に浮いていたあたしは床に落ちた。

「あ、あの！」

うしろからバタバタ足音を立てて、誰か駆け寄って来た。ユタだ。

「あたしはあきらめねえぞッ」

あたしを気遣っているのか、ハンカチを差し出そうとしていたユタが、ぴたりと止まった。

ユタがあたしを慰《なぐさ》めようとしたこと自体、不思議ではあったけど、構わずあたしは声を上げた。

「親兄弟を殺されたって、あたしはお前みたいに、ダンテに服従なんかしねえ。本人のいないところでこっそり呼び捨てにするくらいで、満足しねえ。邪魔をするな。そこをどけッ」

ユタを突き飛ばして、あたしはダンテを追った。ダンテは部屋を出ていこうとしている。

「ボクだって……ボク、だってぇ……ッ」

遠ざかるユタのつぶやきに、あたしは振り返らなかった。流れる涙は肩でぬぐった。

「逃げんな、ダンテッ！」

通路を行く白衣の背中は振り返らず、皮肉ひとつつぶやかなかった。

あたしに興味がなさそうなその態度が、ますます腹立たしい。

「ダンテ、この野郎ォ！　さっきから無視しやがって。お前そもそも、あたしのこと好きだからハーレムに連れていくんじゃないのかよ」

「言ったはずだ。俺に感情はない」

相変わらず意味不明だ。追いついたあたしは、眉をひそめてダンテを睨《にら》んだ。

「ハーレム作って女はべらせてるやつが、何言ってんだ」

「あれは説明の手間をはぶくため、もっとも愚《おろ》かな者にも理解できる言葉で表現したにすぎない。俺のハーレムの実態も、目的も、末端が知る必要はない」

ダンテは背が高いぶん、歩幅が大きく、あたしは小走りにならないと追いつけない。あたしを待たず、振り返らず、充分な説明をしようともしない。はじめからまともに会話をする気がまるでない。そういうすべての態度が、やっぱりあたしは気に入らない――。

そう思うからこそ、次の言葉が意外だった。

「誰も世界の美しさを知ろうとしない」

ダンテの声に、はじめて感情が生まれたように思えた。

「砂海に生まれた者たちは、海が青かったことさえ知らない。遺物漁《あさ》りに夢中になるあまり、砂の下に栄えた昔日の文明に思いを馳《は》せることをしない。常に飢えて、砂の上のわずかな富を隣人と奪い合っている。発明はなく、進歩もない。どれだけの歳月が流れても、何も変わらない。砂海の時は停止している」

「それは……お前みたいなやつが、弱いやつから奪うからだろ。だからみんな、危ない橋渡って、弱い者どうしで蹴落《けお》としあわなきゃいけないんだ！　お前さえいなけりゃあ……！」

「俺がいなかったとして、何が変わる。ストランド・フリートの総督には、別の誰かが収まるだけだ。ストランド・フリートそのものが存在しなかったとしても、《ウォーズ》直下地域第二位の勢力監獄都市が、あるいは《トゥームス》のカンパニーや《ホーリーステイト》の騎士団が、ストランド・フリートの代わりに君臨しただろう」

あたしは、困惑していた。

「だったら……なんのためにストランド・フリートの総督なんか、やってんだよ」

ダンテが立ち止まった。

目の前にエレベーターがある。中に踏みこみながら、ダンテは言った。

「俺は異世界を破壊する」

意味がわからなくて、あたしは後に続くのに遅れた。エレベーターの扉が閉まりかけて、あわてて滑りこむ。

「ちょ、ちょっとマジで何言ってんだお前!?　今までで一番意味わかんねーぞ」

「空に浮かぶ七つの惑星。異世界。すべてのはじまりは、あれが出現したことにある。資源の塊である異世界の出現で、人類は宇宙進出に興味を失い、より安価で身近な富を貪《むさぼ》りはじめた」

「何百年前の話だよ!?」

「百五十年ばかりだ。そう昔ではない」

「充分昔だろっ！」

「俺の父、《筑紫《つくし》ノ国《くに》》日向帝《ひゅうがてい》にとっては、そうではない」

ヒューガ。百年前のゲットのご主人さまだというやつの名前が出てきて、あたしは戸惑った。

「ヒューガさまが、お前の、父親……!?　いや、おかしいだろ。ゲットの話じゃ、もしもヒューガが生きてたって百歳以上のおじいちゃんのはずで、息子にしちゃお前は若すぎるし……とにかくいろいろ辻褄《つじつま》が合わねえ！」

「親父のことはどうでもいい。あれはもはや、きっかけに過ぎない」

エレベーターの中で感じる浮遊感が、消えた。目的の階についたのだ。

扉が開く。ダンテは歩み出た。

「すべては楽園のためにある」

あたしはその後に続こうとした。すると、ダンテとあたしをさえぎるように、両手を広げた金色の髪の女の子が割りこんできた。

『――おねえちゃん、ダメ。引き返して』

「シノ……」

あたしはもう、そのシノが幻覚であることを、知っている。

『行っちゃダメ』

「お前は……きっとあたしの心の願いを、ナノマシンが拾って作った幻なんだ。あたしは弱くて、一人ぼっちじゃ生きていけないからさ……今はたぶん、あたし、ダンテにビビってるんだな。誰かに止めてほしくて、守ってほしいから、またシノを呼んじゃったみたいだ」

『お願い。信じて』

「おねえちゃん決めたよ。もうこれ以上、都合のいい夢のなかに閉じこもるのは、やめだ。あたしは向き合う。ダンテを倒すためのヒントを探ってくるよ。ゲットやザファルたちも待ってる。だから……今まで、ありがとうな。シノ」

『ダメ……』

懇願するシノをかわして、あたしはエレベーターを出た。

「えっ」

思わず、声が出た。

そこは四面がガラス張りで、たぶん元は空母のブリッジだった場所だ。

そこにはたくさんのこどもたちがいた。でも、普通の子じゃない。みんなゲットみたいな白い髪をしていて、そしてダンテのように紅《あか》く光る瞳をしている。

そのなかの一人に、シノがいた。

「……え？」

いつの間にか、あたしの隣の幻が消えていた。

でも、シノは消えていない。シノは目の前にいる。……それがほんとうに、シノなのだとすれば。

生意気だけど、その分活《い》き活きしていたあの顔が、今はまったくの無表情。蜜の川のようだった金髪は色を失い、おばあちゃんみたいな白髪に変わっている。瞳の色まで変わってしまって、血のような色をした目ばかりが不吉にぎらぎら輝いていた。

でもそれ以外は、あたしが知るとおりの、シノなのだ。

一体、何があったっていうんだろう。

死んだはずのあたしの妹、シノは、変わり果てた姿で、生きていた。

＊

同時刻。

レイメイとは別の空母へ案内された月兎《げっと》は、すでに腕の拘束をとかれていた。

ストランド・フリート第九艦隊の艦隊長を名乗る少年は、悠々と前を歩いている。先ほどまでいた黒服の護衛もいない。逃げ出したり暴れたり、できるものならしてみろとでも言うような余裕だ。

「おい。きさま……」

「ＴＰ３。それがカンパニーが私に与えた製造番号です。どうぞお気軽に、ティピーさんとお呼びください」

振り返り、少年はにこりと笑う。年齢にふさわしくない、写真加工したような完璧すぎる笑顔だ。

だが、どうでもいい。今知りたいのはこの少年のことではない。

「もし日向《ひゅうが》さまのことが偽《いつわ》りで、おれとレイメイを引き離すための口実なら、浅知恵の代償は命で支払うことになるぞ」

「ご安心ください。ビジネスは信頼第一、ですから」

空母の甲板《かんぱん》で、ＴＰ３が立ち止まる。足元の床がゆっくりと降下しはじめた。本来は格納庫から艦載機を発進させるためのエレベーターなのだろう。月兎《げっと》は鼻白《はなじろ》む。

「こんなもので移動するなど、大仰《おおぎょう》なことだ。下で武装した兵でも待ち伏せているのか」

「こちらのリフトは普段、大型機械の搬入に使っています。そのうちの多くは、弊社《へいしゃ》の……失礼。私の出向元であるカンパニーの製品なのですよ」

「興味がない」

「日向《ひゅうが》さまの生命維持装置でも？」

月兎は目を見開き、ＴＰ３を見た。少年は揺るがぬビジネススマイルを浮かべている。

「こちらの病院船は空母を改修した、日向さまただお一人のための施設です。御年百歳を超える日向さまのさらなるご健勝のため、キング・ダンテたっての希望で私どもカンパニー医療健康部門が出向し、この病院船の維持管理をおこなっております」

「どういうことだ。なぜダンテが、日向さまのためにそこまでする」

「それはもちろん——キング・ダンテは、日向さまのご子息でいらっしゃいますから」

月兎は衝撃を受け、言葉を失った。

理解が追いつかない。依然としてＴＰ３の話には証拠がない。だが万にひとつ、もしも仮に事実なら、月兎はこれまで、守るべき主君の世継ぎに刃を向けていたことになる……。

——自分では忠義者のつもりだろう。だが、そうではない。

先の戦いでの、ダンテの謎めいた言葉の意味が、つながった。

混乱する月兎に何を思うのか。TP3は一層笑みを深め、一枚の名刺を差し出した。

「改めてご挨拶《あいさつ》を。元カンパニー・メディカルケア部門ジュニアマネージャー、現在はストランド・フリート第九艦隊艦隊長を務めております、TP3と申します。日向さまのお傍仕《そばづか》えを命じられた者として、月兎さまの職務復帰、心よりお喜び申し上げます」

下降するリフトが止まった。

月兎はためらい、TP3の名刺を……受け取った。

「どうぞこちらへ。日向さまがお待ちです。道中、船内設備のご説明をさせていただきます。月兎さまには副艦隊長のポストをご用意するようにと、日向さまから辞令を受けておりますので……」

「まず、日向さまだ。日向さまに会わせせろ……！」

「承知しました。こちらです」

案内された大部屋は、用途不明の大型機械で埋め尽くされていた。だが、かすかな既視感もある。月兎が百年の間眠っていた、あのコールドスリープ装置。その周辺機械を発展——というよりも、退化させて大型化したような機械群。月兎の目にはそう見えた。

はやる気持ちのままに、案内役のＴＰ３すら置き去りにする。

ナノマシンで強化されたはずの肺が、息を切らせていた。心音がうるさい。一刻も早くこの目で真実を確かめたいのに、一方でいっそ逃げ出してしまいたいような矛盾した気持ちもある。

それでも月兎《げっと》は進み続けた。

――部屋の中心に、円筒形をした水槽のようなものがある。霜でくもったガラスの内側に、彼は、いた。

「……影、ここに」

シリンダーの前で、月兎は膝《ひざ》をついた。

深く、深くこうべを垂れる。小さくちぢこまった月兎の体は、小刻みに震えた。

その老人は目を閉じた状態で、液体の中を漂っている。痩《や》せた体に何本ものチューブがつながったその姿は、痛々しい。しなびきった横顔に、かつての少年の面影を見つけることは、なおのこと侘《わび》しい。

すべての疑念は消えた。

「お久しゅうございます。……日向《ひゅうが》さま」

『月兎。顔を上げて』

少年の声でささやかれて、月兎は驚き、視線を上げた。

日向の声――ではない。シリンダーの中の老人は動いていない。その隣に立ったスーツの少年TP3が、にこやかに自身のこめかみを指さす。

「驚かせてしまい恐縮です。施設をご案内しながら説明するつもりだったのですが、わたくしナノマシン適合者でして。テレパスで日向さまの心の声を拝聴し、代わりに伝えさせていただきます」

テレパシー能力者。レイメイと同系統の力だが、医療や介護の分野でこんな使い方があったとは。武芸者である月兎には盲点だった。

TP3は文字通り日向の手となり足となり、引退したご隠居の声を伝える執政、ということなのだろう。

単なる医療スタッフには過大に思えた艦隊長の地位は、それゆえのものか。

「続けさせていただきます――『いろいろと驚いているだろうけど、まずは月兎に謝らせてほしい。約束を破り、月兎一人を百年の眠りにつかせてしまったこと、すまなかった』」

「そんな。そのような」

月兎はふたたびこうべを垂れて、声と体を震えさせた。

「もったいなきお言葉にございます。不甲斐《ふがい》なき影には、あまりにも」

TP3が代弁する日向の言葉は、年月によるわずかな違いはあっても、紛《まぎ》れもなく日向そのものの口調だった。日向が意識して昔の口調に似せようとしている、そんな気遣いすら感じられた。

月兎《げつと》は当然、ＴＰ３が日向《ひゅうが》の意思を騙《かた》っている可能性を第一に疑った。

だが、そうではない。

月兎にはわかる。長く日向の傍《そば》にいた月兎には、たとえ百年経《た》とうと、そこにいる老人が、ＴＰ３の声を借りて話している日向自身だと、わかる。

わかってしまうことが悲しい。

こんな再会の形は望んでいなかった。

『百年間、ずっと私は考えていたんだ。どうしてあの時、私は月兎を裏切ってしまったのだろう。……かつて私は、月兎の忠誠を恐れた。私のためなら命すらなげうつ君に、虚弱で優柔不断な私では、釣り合わないと感じていたんだ』

「だから……おれを遠ざけるため、コールドスリープを……しなかった？」

『そうだ。私は君の忠誠に応える自信がなかった。君のやさしさがつらかったんだ。ひどいね。勝手だよね。それでも、信じてほしい。ほんとうは、百年も眠らせておくつもりはなかったんだ。……勇気がなくて、君を呼び起こして謝る決心をするまでに、とうとうこんなに時間がかかってしまった。これは月兎のせいなんかじゃなく、私の弱さだ』

月兎はうめいた。涙は頬を濡《ぬ》らし、とめどない。

「いいのです。おれは影。見返りを求めず、忠誠を捧げることそれ自体を喜びとする……しかし、それがおれの独りよがりであったと。日向さまの心痛になっていたと……気づけぬおれは、愚《おろ》かです。忠義者のつもりで、あなたを苦しめていた。おれの方こそ、どのような言葉でお詫《わ》びすればよいのか……愚かな影には、わかりません」

沈黙が降りた。

かつての日向なら口ごもり、自ら口火を切ることはなかっただろう。

『なぜ、私はこの百年間、君を恐れ続けたのだろう。月兎なら、私を責めるどころか、自分のせいだと言うに決まっていたのに……』

そうして日向は月兎のために、空白の百年について語りはじめた。

上空に浮かぶ資源の塊、異世界をめぐる争いは、月兎の冷凍睡眠後、ますます激化していた。

一人筑紫《つくし》の港へもどった日向が目にしたのは、荒廃した故郷の惨状だった。

戦いに勝者はいなかった。筑紫と伊予《いよ》、秋津《あきつ》の三国は、それぞれが国力をすり減らし、戦争を継続できない膠着《こうちゃく》状態に陥《おちい》っていたのだ。

だが、これを平和と呼ぶべきだろうか。

三国は次の戦争にそなえてふたたび軍備を整えはじめた。荒廃した国土の修復は、後回しにされた。平和を約束する条約は結ばれなかった。

そして、そんな折だった。上空の異世界から、砂がこぼれ落ちるようになったのは。

異世界が崩れている。

それは多くの国にとって他人事《ひとごと》だった。筑紫やオーストラリアのような、異世界の直下地域ですら、正しい危機感は持てなかった。

降り積もる砂がやがて海峡を埋め、船舶の往来を封じ、国境を消失させてしまってはじめて、国家はもはや自らのアイデンティティを喪失《そうしつ》しつつあることを自覚した。

砂漠に国境は存在しない。地図の上から見下ろして、勝手に境界線を引いてみたところで、地上のだれも気がつかない。砂とともに落ちてくる異世界の異物を拾うため、人々は好き勝手に動き回った。

しかしこの時点ではまだ、国家の残党が活動していた。

《伊予之二名《いよのふたな》》の勢力は、元《筑紫《つくし》ノ国《くに》》の領内まで侵攻したところで、砂嵐に補給線を断たれて孤立した。あろうことか旧筑紫軍に救助された伊予勢は、故郷に帰ることはかなわず、結局その地に根を下ろすことになった。

国家があてにならなくなったことがわかるにつれて、かつての軍や警察、企業、都市などが次々に独立し、新たな勢力を形成するようになった。ストランド・フリートはそうした流れのなかで、筑紫軍の残党が中心となって作られた軍閥だ。

日向《ひゅうが》の父である帝《みかど》はすでに他界していた。ストランド・フリートの結成当時、《筑紫ノ国》は解体寸前だったが、かろうじてまだ存在しており、王権の正統後継者である日向を総督に推す声は強かった。最大の支持基盤は、筑紫の元軍人たちだ。現在のストランド・フリート第一艦隊がそれにあたる。

それ以外の艦隊構成員には、降伏した隣国伊予の軍勢、同盟国アメリカから派遣されながら本国との連絡を断たれた残留艦隊、そして筑紫の王室近衛隊《このえたい》から派生した自警団があった。それぞれが現在の第二艦隊、第三艦隊、第四艦隊となった。

以上が発足当時のストランド・フリートの全容である。

『第一艦隊と第四艦隊は、ストランド・フリートのなかでも特に総督への忠誠心が厚い。彼らは自分たちを筑紫の民の末裔《まつえい》であり、総督を正統な王だと信じている』

「《筑紫ノ国》同胞の末裔……」

つぶやく月兎《げつと》に、日向は釘をさすように言った。

『彼らを同胞と呼ぶ必要はないよ。とっくに世代は交代していて、当時の筑紫を知る者など、もう一人もいないのだから。今の第一艦隊と第四艦隊はストランド・フリートでの権力争いに、筑紫の名を利用しているにすぎない』

ＴＰ３の声を借りていながら、日向の言葉には強い憤《いきどお》りが感じられた。穏やかだった日向には珍しいことだ。これもまた百年の歳月なのか。

『あの二つの艦隊は、今ではダンテの親衛隊を自認している。私が月兎に頼みたかったのは、親衛隊の護衛を破って現総督ダンテを倒し、その野望をくじくことだ』

「しかし……ダンテは日向さまのご子息なのでは。それにあの男は、日向さまに配慮をしている様子。この病院船も、ダンテが用意したと」

月兎《げっと》が目配せをすると、ＴＰ３も同意してうなずいた。

その声を借りて、日向《ひゅうが》は語る。

『だがそれは、私にもはやストランド・フリートの方針に口出しさせないという、あの子の意思表示でもある。……ダンテは極端なノスタルジストだ。現在の砂海を否定し、時計の針をもどそうとしている。多くの命が失われる、強引な方法で』

それ以上の言葉をためらうように日向が沈黙してしまったので、月兎はたずねた。

「その方法とは、いかに」

『上空の異世界を、撃ち落とす』

あまりの突拍子のなさに、月兎は驚いた。

「……可能なのですか。そのようなことが!?」

空に浮かぶ半透明の星、異世界の高度は一万メートルだ。生半可《なまはんか》な砲弾では届くまい。

そもそも大砲というのは、真上ではなく水平方向へ飛ばすよう設計されたものだ。直角に打ち上げる砲弾など、まるで――。

その瞬間、月兎はダンテの計画を理解した。

『気がついたようだね。そうだ。百年前に建設中だった、異世界への昇降塔。未完成の軌道エレベーターを兵器に転用して、ダンテは異世界《ウォーズ》を攻撃しようとしている』

エレベーターを大砲にする。

一見すると荒唐無稽《こうとうむけい》だが、あながちそうではないことが、月兎にはわかる。

「エレベーターに爆薬を詰めて、異世界に射出する……昇降塔は建設途中のまま放棄《ほうき》されているが、塔の直上に異世界《ウォーズ》があることに変わりはない。改造すれば、昇降塔は異世界を攻撃する砲台として機能する……！」

『ダンテは異世界への攻撃計画を、秘密裡《ひみつり》に進めたわけではない。《ウォーズ》に人為的な衝撃を加えて異物を落下させることができれば、ストランド・フリートは効率よく資源を回収できる。もう空から異物が降ってくるのを待つ必要はない。計画は艦隊長たちも知るところだ』

「だがそれでは、砂海はますます深く砂に埋もれます！　ポート・サムやストランド・シティのような、この時代に息づく人々の営みすら消えてしまう……」

『その通りだ。むしろダンテは、副産物である砂の落下こそ目的としている。彼は文明を蘇《よみがえ》らせるため、この地域を一度完全に砂に埋めることで、世界をリセットしようと考えている』

「そのような……大それたことを。それではもはや王どころか、傲慢《ごうまん》な神の所業です！」

月兎は戦慄《せんりつ》した。

日向の話は、いよいよ本質へ切りこんでいく。

『だからこそ、君を呼んだ。恥を忍んでお願いする。月兎、もう一度私に力を貸してくれないか。私はダンテを止めたい。そのためにできる限りの準備をしてきた。ＴＰ３が指揮する第九艦隊がその主力になる。しかし医療部門出身の彼では指揮能力に不安が残る。艦隊を指揮し、必要に応じて直接戦闘にも参加できる、柔軟な前線指揮官が必要だ』

　ＴＰ３が日向《ひゅうが》の言葉の代読を中断し、うやうやしく礼をした。

　その態度から卑屈《ひくつ》さは感じられない。己の有能さは確信しつつも、得手不得手をわきまえているのだろう。

『ダンテの計画はすでに最終段階に近い。猶予《ゆうよ》はなく、しかもこちらの戦力はわずかだ。月兎《げっと》にはすぐにでも任務にとりかかってもらいたい』

　日向の言葉に、若き日の優柔さはない。断定的で、強い口調。民を導く王の言葉だ。

『私には、ダンテという怪物を生み出してしまった責任がある。彼を殺すことができるとすれば、月兎。それは君だ』

　しかし月兎も、かつての月兎ではなかった。

　この命令に従えばレイメイはどうなる。日向の計画にレイメイの名はない。

　――殺しはしない。

　それがレイメイの信念だ。

　日向とレイメイの道はまじわらない。二人の主《あるじ》に同時に仕えることは、できない。天に輝く太陽はただひとつ。月兎は二つの太陽から、どちらかを選ばなければならない……。

『月兎。迷っているね』

　内心を見透かすように、日向が言った。

『私もわかっている。君を百年も眠らせておいて、今さら助けてほしいだなんて、虫が良すぎるよね。私はひどい主だ。ほんとうにひどい。……ひどいのを承知でお願いする。月兎、もう一度、私を助けておくれ。私はもう、君から逃げない。君という影を従える責任を、今度こそ背負いきってみせる』

主人が従者にかけるには、あまりにも行きすぎた言葉だった。命じればいいのに、日向はお願いしている。月兎の意志を尊重してくれる。

「日向さま。強く、なられましたな」

月兎の心は、決まった。

＊

宮殿空母〈エンピレオ〉のブリッジに、ダンテのハーレムはあった。

エレベーターを降りたあたしが目にしたのは、何人もの男の子や女の子たちだ。

その全員の髪が白く、瞳は紅《あか》い。何人かは関心のうすそうな目でこっちを見ていて、それ以外は本を読んだり絵を描いたり、気ままにあたしを無視している。

そして、その中の一人に——シノがいた。

目の前の光景の意味が、わからない。

あたしの困惑に答えるように、ダンテが言った。

「俺のハーレムは女をはべらせる場所ではない。砂海各地から集めた若い才能を育てるための教育機関だ。金のかかる遺物のナノマシンも、惜しみなく与えた。彼らこそ新たなるノア。異世界を落としたあと、文明を復興させ、世界を再生させる真の人類だ」

ダンテの話なんか聞いちゃいない。あたしは白い髪のシノに駆け寄り、その肩を揺すった。

「シノッ。あたしだ、おねえちゃんだ。無事だったんだな？　一緒に帰ろう！」

だけどシノは、あたしを一瞬見ただけで何も言わず、すぐに顔を伏せてしまった。

「どうしたんだよ、シノ。あたしがわからないのか!?」

「天使に触れることはできない」

あたしの首に、縄で絞めつけられたような圧迫感が生まれた。

ダンテが腕を突き出し、虚空《こくう》を握り締める仕草をしている。サイコキネシスだ。あたしの首を絞めていやがる！

「天使に名前はいらない。天使に帰る場所はない。天使の楽園は、まだこの地上に生まれていない」

「うる、せえ……ッ」

「その少女は一年前、テンドウ海賊団との戦闘海域跡で発見し、回収された。発見時は心停止状態だったが、ナノマシンを与え、人格を漂白することで蘇生《そせい》した。それ以来、十三番目の天使としてここにいる」

「シノ、を。かえ……せえぇッ！」

あたしは叫び、強引に首をねじった。肩が外れそうなくらいの馬鹿力を絞り出す。虚空を摑《つか》むダンテの指が、ありえない方向に曲がりかけて、ダンテはとっさに腕を引いた。

あたしを縛《しば》るキネシスが消えた。

「ママにあたしの全部をあげるよッ。だから今！　こいつに復讐《ふくしゅう》する、力を！」

自由になったあたしは、鎖で縛られたままの両手を掲げて突進していく。

足元では、シノや天使と呼ばれたこどもたちが、相変わらず本を読んだり、バイオリンを奏でたりしている。

まるであたしたちの戦いに気づいてすらいないみたいな、いびつな空間だった。

「静粛《せいしゅく》にしろ。ここは聖域だ」

腕を振り上げたあたしの体は、ぴたりと止まった。

ダンテが両手を突き出している。目に見えないキネシスの腕は、あたしの体を挟み込んで、もうぴくりとも動けなかった。

「なん、だよ……なんで力を貸してくれないんだよ、ママ。復讐、するんじゃ、ないのかよお……っ」

ママの力を感じない。シノの幻もいない。本物のシノは床の上で、一千ピース以上ありそうな、真っ白な無地のパズルを組み立てている。

ゲットも、ザファルも、イフラースもいない。

あたしは正真正銘《しょうしんしょうめい》、独りぼっちだった。

「案ずることはない。お前には楽園へ入る資格がある」

キネシスの拘束を発動させたまま、ダンテが歩み寄ってくる。

「妹に続く、十四番目の天使になれ。十三号の血縁であるお前には、その適性がある」

「アアアッ！　そんな番号でシノを呼ぶなあッ！　許せねえ、許せねえ、許せねえぇッ」

ダンテはまた、小さく首を傾けた。

「何故《なぜ》拒む。妹とともに暮らしたいのだろう」

「お前だけは！　殺すッ」

「殺しはしない主義と聞いていたが」

「それでもッ！　ダぁンテえええェッ！」

ぽーん。

間抜けな音がして、あたしの絶叫を遮った。

あたしの背後の、エレベーターの音だ。上昇する階数表示。誰かがここへ上がってくる。

ダンテの対応は素早かった。

「二番と五番。天使たちを二班にわけて、非常階段から脱出しろ」

命令に従って、白い髪の少年少女が立ち上がった。

「箱舟〈モノケロース〉へ向かえ。侵入者を排除したのち、俺も行く」

「……〈モノケロース〉まで奪うのか!?　あたしからッ、何もかも！」

シノを含む白いこどもたちが退場する。あたしはダンテのキネシスに縛《しば》られて、満足に目で追うこともできない。

「当然だ。王はすべてを手に入れる」

ダンテに油断はない。紅《あか》い目はじっとあたしと、あたしの背後のエレベーターから動かない。

「遺物の少年が助けに現れると思っているのなら、それはない。あれは親父の持ち物だ。一切の希望を捨てろ」

稼働音が止まる。扉が、開く。

ダンテの左腕が振り抜かれた。キネシスの衝撃波が景色を歪《ゆが》めながら押し寄せて、エレベーターを滅茶苦茶に破壊した。

あたしは思わず息を呑《の》む。

でもそも、エレベーターの中は、からだった。

あたしは胸の内側に、から風が吹くのを感じていた。

そうだ。来るはずない。わかっているのに、期待した。

ゲットは今、ほんとうのご主人さまのところにいる。あたしのところになんて、帰ってくるはずがない。それなのに——。

「影、ここに」

目と耳を疑った。

ダンテの背後、ブリッジのガラスが割れる。そこから白い影が、二刀を携《たずさ》え飛びこんでくる！

「ゲット……っ！」

ゲットの鞘《さや》が起爆して、音速に達した居合《いあい》がダンテの背中を襲《おそ》う。

ダンテを常に覆うキネシスの斥力《せきりょく》が太刀筋《たちすじ》を防ぎはしたが——代わりにあたしを縛《しば》るキネシスが消えた。

このチャンスを無駄にするわけにはいかない。あたしはダンテに突進した。縛られた両腕を高く振り上げる！

ダンテはあたしを攻撃するキネシスを——発動しない。

「みすみす鎖を破壊するとでも？」

紅《あか》い瞳の、不吉な凝視《ぎょうし》。枯れ枝のような腕が、直接あたしをとらえようとした。

「それには及ばん。おれがやる」

危うく喉《のど》を摑《つか》まれかかったあたしを助けたのは、ゲットの二刀流だ。

火薬で加速した斬撃《ざんげき》をダンテはかわし、距離をとってあたしたちと睨《にら》みあった。いつものように小さな背中が、あたしを庇《かば》う位置に立つ。

「遺物の少年。なぜここにいる。それは親父の命令か」

「日向《ひゅうが》さまの命ではない。おれ自身の意志でここへ来た」

「親父のために尽くすことがすべての、盲信的な剣士と聞いていたが」

「その情報は百年古い」

ゲットは小さくあたしを振り返った。そのついでに刃が閃《ひらめ》き、あたしの鎖は切断された。

ゲットは口の端を上げて、笑っている。

「テレパス使いの覗《のぞ》き見《み》女にあえて言う必要はないが、言葉にしておく。先刻おれは日向さまに謁見し、暇《いとま》をいただいた。これより我が主《あるじ》は砂漠海賊レイメイのみ。そして海賊のおれたちに、ストランド・フリートの事情など知ったことではない。異世界など落としたければ勝手に落とせ。脱出するぞ、レイメイ。おれたちの航海を続けるために！」

「……うんッ！」

うれしくて、たまらなくて、あたしはちょっと、泣いていた。

ゲットはあたしに心を開いている。ゲットがどんな気持ちでヒューガと別れ、あたしのところへもどってきてくれたのかが、テレパスで一気に流れ込んできた。

百万回のありがとうと、百万回のごめんなさいを言いたかった。

でも、今はその時じゃない。

「逃がしはしない」

砂海の王が、あたしたちの前に立ちふさがる。

＊

月兎《げっと》が〈エンピレオ〉に突入する、すこし前のこと。

「お断り申し上げる」

病院船の内部。日向《ひゅうが》からの誘いに対する月兎の答えは、拒否だった。

「日向さまの幕下にもどり、ストランド・フリート第九艦隊にてふたたびお仕えするというご下命、まこととありがたき光栄。身に余る栄誉です。しかし影は、ご無礼と厚顔を承知で申し上げます。これまでのご奉公の対価に、どうか暇《いとま》をいただきたい」

『それは、なぜかな』

テレパスで通訳をするTP3が、声の穏やかな調子を作るのに苦労しているらしい。理解しがたいのだろう——日向が失望していないことが。

「おれはすでに一度、日向さまを裏切った身。日向さまのご存命を信じられず、そのお心を察することもできなかった不忠義ものです」

『私が先に月兎を裏切ったんだよ。何の説明もなく、一方的に君を遠ざけたんだ。責められるべきは私であって、君じゃない。私は裏切られたと思っていない』

「おれが、おれを許せないのです」

『それだけが理由かな』

「……いえ」

月兎は日向を見上げる。代理人のTP3ではない。液体で満たされたシリンダーのなかに漂う老人を見つめる。

年老いた日向には、表情はない。目と口は固く閉ざされ、無表情でありながらどこか苦しげだ。月兎が不在の百年をすごした証《あかし》である皺《しわ》が、深く刻まれている。少年のころのあの絹のようだった肌が、今は見る影もない。

『あまり見ないでおくれよ、月兎』

「申し訳ありません」

『謝るのは、もっとよしてくれ。……年をとって、ひとつだけ良かったこともあるんだ。私の髪は白くなっただろう。これでようやく、月兎とおそろいだね』

うつむきながら、月兎は唇を噛《か》みしめた。

『さぁ、月兎。教えておくれ。私のもとにいられない、ほんとうの理由は何かな』

「……レイメイという女に、出会いました。女といっても、まだ成年していない小娘です。おれよりは年上ながら、ほんとうにだらしがなく、思慮《しりょ》に欠けた、まったくどうしようもない女なのですが……日向さまを失い自暴自棄《じぼうじき》になっていたおれに、ふたたび生きる目標を与えてくれたのも、レイメイでした」

日向《ひゅうが》は沈黙し、続きをうながしている。

「レイメイはおれに言いました。レイメイはおれを拾った、もうレイメイのものだと。そしておれに服従を要求するのです。無論、はじめは相手にしませんでしたが、レイメイの孤独な境遇を知るにつれて……見捨てることがしのびないと、思うようになりました」

こぽりと、日向が浮かぶ水槽に気泡が生じた。

それは日向の微笑《ほほえ》みだったのかもしれない。

『好きになったんだね。君を見つけた、そのレイメイという女の子のことが』

月兎《げっと》の首がカッと熱くなる。だが、とりつくろうことはしない。

「……情にほだされました。レイメイは粗野で、無鉄砲で、下品な女ではありますが――しかし気持ちの良い、痛快な人物でもあります」

『私にもわかる気がする。きっとレイメイは手のかかる、放っておけない子なんだね。体が弱かった、昔の私みたいだ』

「おれは、そのようなつもりでは！　レイメイなど日向さまには似ても似つきません。多少の長所があるとはいえ、それを補ってあまりある短所の数たるや、もはや銀河の星々のごとく！そのくせ自己評価は阿蘇《あそ》の山より高く、品性は海底よりも低い。誓って、より良い主《あるじ》に鞍替《くらが》えするわけではないのです。ただ、いや、だからこそ……！」

『月兎にはいいところがたくさんある』

月兎は、言葉を失った。

『そのやさしさも、強さも、ときどき見せてくれる意外なユーモアも、私が独り占めするにはしのびなかった。私にとっては、君こそが太陽だったから。月兎に私以外の大切な人ができて、ほっとしている。私はほんとうにうれしいんだ』

月兎の決意はゆらいだ。

「日向さま。おれはやはり、あなたを――」

『行きなさい、月兎。今ここにお前の任を解く』

日向は一転して、厳しい王の声で命じた。

『これでもう、月兎は私の影じゃない。ここから先は第九艦隊の内密の話。ご退室願おうか。さあ、TP3。お客様がお帰りだ』

TP3が進み出て、月兎に出口を示した。そして自らの言葉で言う。

「プロジェクトをご一緒できなかったこと、私も残念です。まだご紹介していない、弊《へい》艦隊の魅力的な福利厚生があったのですが。なんといっても年間休日取得実績が……」

「日向さまを頼む」

月兎はおもむろに、TP3の両肩を摑《つか》んだ。

高価なこども用ビジネススーツにしわが寄る。それほどに月兎の手には力がこもっていた。

ＴＰ３は一瞬、困惑して完璧な微笑を崩しかけたが、すぐにそれをとりもどした。

「お任せください、月兎《げっと》さま。ビジネスは信頼第一、ですから」

「武運を願う」

「月兎さまこそお元気で。怪我《けが》やご病気のさいは、いつでもカンパニー医療部門まで。……それから、お預かりしていた武具をお返しします。お連れの方の分もどうぞ」

別れのやりとりを終えると、月兎は素早かった。その場で日向《ひゅうが》に向けて深く、短く礼をして、きびすを返し駆けていく。

月兎が完全に退出すると、辺りに静寂がもどった。

ＴＰ３はお辞儀を解いて、シリンダーの中の日向へと向き直る。少年の笑顔は、先ほどまでよりもどこか、影が増して見えた。

「戦闘顧問を得られなかったことは残念ですが……それはそうとして、当初のご契約どおり、プロジェクトは進めさせていただきます。かまいませんね?」

水槽のなかの老人が、唇の端から泡を吐く。

ＴＰ３は深々とお辞儀した。

「ありがとうございます。カンパニーはダンテが持つ独自のナノマシン技術に興味を示しました。回収に成功すれば、上層部も喜ぶでしょう。お世話になったストランド・フリートを裏切ることは少々気が引けますが……私の出向生活も報《むく》われます」

ＴＰ３はネクタイをゆるめた。

「恥ずかしながら、興奮しています」

ほのかに赤くなった首すじには、バーコードと製造番号、そして残りの寿命を意味する、少年の使用期限が入《い》れ墨《ずみ》されている。

「たった今、カンパニーの営業艦隊に連絡しました。日向さまも心のご準備を。砲弾は使い捨てのクローンや、内通者のあなたのことなど、区別してはくれないでしょうから」


そして、数分後。

月兎の姿はストランド・フリートの中枢、宮殿空母〈エンピレオ〉にあった。

「レイメイ！　使えッ」

「……あたしの装備か！　ゲット、でかしたッ」

舶刀《はくとう》カトラスとピッケル付きロープを投げ渡すと、月兎とレイメイは左右に分かれた。

二人の中間地点を、ダンテの衝撃波が通過する。だが、その出力は低い。レイメイと月兎の生け捕りを狙っているのかもしれない。

レイメイの手を縛《しば》る鎖はすでに月兎が破壊している。両手に得物をとりもどしたレイメイは、普段以上に好戦的になっていた。

レイメイはピッケルを投げた。鋭い鎌《かま》の先端を、ダンテは余裕をもって回避するが――ピッケルの進行方向に本棚があることに気がつくと、右腕を伸ばしてキネシスを発動した。ピッケルが空中で止まる。

「その書架には、旧世紀の価値ある書物がおさめられている。傷つけることは許さん」

「レイメイは海賊。おれは武人。風流を解さぬ粗忽者《そこつもの》を招き入れたこと、悔いるがいい」

すかさず月兎《げっと》がダンテへと斬《き》りかかる。鞘《さや》から薬莢《やっきょう》が吐き出され、火薬で加速した刀がダンテの白衣を浅く裂《さ》いた。

太刀筋《たちすじ》はダンテの胸を袈裟《けさ》斬りにする軌道だったが――キネシスをまとった左腕が、受け止めた。

ダンテの左腕は収束させた強い反発力を帯びている。月兎は刀ごと押しもどされた。

かかとで床を削りながら大きく後退した月兎が、レイメイに並ぶ位置で止まる。月兎と入れ替わりに攻撃しようと、踏みこむ姿勢をとったレイメイを、月兎は制した。

「深追いはよせ。撤退《てったい》する」

「なんでッ!?　ゲットもいる。武器もとりもどした。勝てる！」

「ザファルたちの身柄と〈モノケロース〉の確保がまだだ。時機を逃せばすべてを失うぞ」

「でも！」

焦《じ》れるレイメイを、月兎はじっと見つめた。霜のような白いまつ毛に飾られた瞳は、今日はまだナノマシンを使っておらず、黒く澄んでいる。

「レイメイ。頭を冷やせ」

「……わかったよお！　ゲットが正しいッ」

レイメイはやけっぱちに叫び、身をひるがえした。

背後には、月兎が艦橋に突入した際に割った窓ガラスがある。そこから飛び降りて脱出するそぶりをみせた二人を、ダンテは呼び止めた。

「待て。今後もう、俺を殺せる機会があるとは思えんが？　一族を殺され、妹を奪われた恨み、存外たいしたものではなかったか」

「ダンテぇぇ……ッ！」

「レイメイ！」

駆けもどろうとするレイメイの肩を、月兎が摑《つか》む。

「見えすいた誘いに乗るな。この男を殺しても、死者が蘇《よみがえ》るわけでは……」

「わかってるッッ」

怒鳴り声を上げたレイメイは、自分の両膝《りょうひざ》を殴りつけて、そこにとどまった。

レイメイは耐えた。肩に置かれた月兎の手を、固く握り返す。

「あたしは海賊テンドウの娘、レイメイ！　殺しは！　やらねぇ！」

「ならば俺は無罪放免か。何の罰も憂《うれ》いもなく、これからも暮らしていけるとは、喜ばしい」

さらなる挑発に、レイメイの目がぎろりと動いた。

目元からは涙があふれている。

「……結果だけ見たら、そうなのかもしれねぇ。でも、命は命でも償《つぐな》えないから、それくらいかけがえのないものだから、そもそも人は人を殺しちゃいけないんだ。ダンテよぉ……お前頭いいくせに、なんでそんなことがわからねえんだ。どんなにでっかい理想があっても、人を殺しちゃったら、ダメだろ……！」

紅《あか》い目はまたたく。泣きながら睨《にら》みつけるレイメイを、ものめずらしげに観察している。

「人間がみなお前のようであれば、俺は異世界を破壊する必要はなかったかもしれない」

「これ以上レイメイを侮辱《ぶじょく》するな」

主《あるじ》を守るため、半歩前に出た月兎《げっと》が、怒りを宿した声で告げる。

「おれたちにはまだ、力が足りない。ゆえに今は退く。だがダンテ、おぼえておけ。きさまが日向《ひゅうが》さまの子息であろうと関係ない。この借りはいずれ、必ず返す」

月兎は話しながら、レイメイの体をうしろへ押した。割れた窓がある。そこに背中から倒れこんだ。最後までダンテを睨みつけながら。

「その時が訪れるのは、きさまが思うよりずっと早いぞ」

二人の姿が消えた。ダンテは追わなかった。ハーレムにはガラスと本が散乱している。

「もし、人がみな生まれながらに天使だとするなら……この世界にもまだ、希望は――」

ダンテのつぶやきのさなか、爆音と衝撃が轟《とどろ》いた。

やや遠い。ストランド・シティの外縁部か。レイメイと月兎の仕業《しわざ》……ではあるまい。

携帯するインカムが鳴った。

『キング・ダンテ！　敵です！　所属不明の艦隊に攻撃されています。しかし船種から推測して、敵はカンパニーで間違いないかと。関連が疑われる第九艦隊に問い合わせていますが、応答ナシ！　いかがなされますか』

「人はしょせん、獣《けもの》か。選ばれし民はあまりに少ない」

『……は？』

「全艦隊に通達。ストランド・フリートはこれより最終作戦に移行する。ストランド・シティを構成する、すべての艦船の連結を解け。艦隊はカンパニーを迎撃しつつ回頭、約束の地《筑《つく》紫《し》ノ国《くに》》昇降塔、フォート・バベルへ向かう」


宮殿空母〈エンピレオ〉のブリッジから落下しながら、月兎は心地よさを覚えていた。

ザファルの第十一艦隊と戦った〈シェヘラザード〉でも同じ状況に陥《おちい》った。今度は二度目だ。

前回よりも、もっとうまくいく。

テレパスで意思疎通《そつう》したレイメイは、ロープに結わえつけられたピッケルを月兎に手渡した。空中で二人は身を寄せ合い、ひとかたまりになっている。

月兎は〈エンピレオ〉の外壁にピッケルを投じた。鎌状《かまじょう》の刃があやまたず外壁の溝を噛《か》む。

〈エンピレオ〉は〈シェヘラザード〉とちがい、直線的で角張った外装をしているため、たやすかった。

中空で停止し、反動はロープのしなりを使って逃がす。すかさずレイメイが余らせていたロープを伸ばして、二人は無事、甲板《かんぱん》へ降り立った。

「テレパスとはやはり便利だな。使えば使うほど、応用の幅広さがわかる。二人分の体をひとつの意志と目的で使えることもそうだ、が……ッ!?」

「ゲッッッ……トぉーっ！　この、このッ、このぉー！」

レイメイが抱き着いてきた。

かすかな汗と石鹸《せっけん》のにおい。月兎《げっと》は赤面して慌てる。

「なッ、なんだレイメイ！　気を抜くな。ここはまだ敵地だぞ……」

レイメイを引きはがそうとして、月兎は気づいた。

レイメイは深くうつむき、頭を月兎の腹に押し当てている。まるで、顔を見られまいとするように。

「レイメイ。泣いているのか」

「ばっか……せっかく、隠してんのに……バラすんじゃねえよぅ」

「おれに隠す必要がない」

月兎はぎこちない手つきで、レイメイの肩に触れた。

それが月兎なりの、最大限のやさしさの表現だった。

「おれはおまえの影だ。おまえだけの。日向《ひゅうが》さまのことは……解決してきた。もう何も遠慮はいらない」

「そうだよ。そのことだよぉ……せっかくゲットがヒューガさまと会えたのに……あたしなんかの、せいで」

「気にするな。強いられてしたことではない。おれ自身が決めたことだ。それとも、おれの助けなど、いらぬ世話だったか？」

レイメイは涙でぐしゃぐしゃの顔を上げて、横に振る。

何度も何度も、横へ振った。

「あたし、最低だ。せっかくゲットがもどってきてくれたのに、ゲットのご主人さまになる資格なんか、ぜんぜんない。殺しだけは絶対しないって誓ってたのに……ダンテといたら、おさえきれなくて。新しい仲間もみんな奪われて、今度は〈モノケロース〉まで……シノは、生きてたけど、ダンテの言いなりで……それで、それでぇ……ずびっ」

レイメイが大きく洟《はな》をすすった。

ぎこちない手つきで背中をさすってやっていた月兎は、いやな予感に襲《おそ》われる。

「へえええええっっっくしゅんッッ！　……ふぅー。すっきりした」

レイメイはティッシュで洟をかんだ。豪快なくしゃみだった。いろいろ台無しだった。

しかしふと、月兎《げつと》は気がついた。

「残念賞の、ポケットティッシュだな」

「あっ……そっか。これ、この間の。ポート・サムで、抽選でもらった」

二人は自然と顔を見合わせる。

くつくつと、先に笑いだしたのは、月兎だった。

「すこし見ない間に、みょうにしおらしくなったと思っていたが、やはりおまえは下品な女だ。安心した。こちらの方が、よほどレイメイらしい」

レイメイはしばらくポカンとしたあと、にやりと笑って、目元をぬぐった。

「……これからもっと、あたしたちらしくなりそーだぜ？」

レイメイが顎《あご》をしゃくって向こうを示した。武装したストランド兵たちがやってくるのが見える。

敵の本丸で暴れたのだ。追っ手がないはずはない。レイメイと月兎が戦いにそなえようとした、その時……。

砂上の街のどこかで、爆音と炎が上がった。この音と震動、燃える大気のにおいには、覚えがある。他ならぬストランド・フリートが、ポート・サムを砲撃した昨夜と同じだ。

「なんだ？　どことどこが戦ってんだ。ここ、ストランド・フリートの本拠地だぞ!?」

「内紛かもしれん。ダンテに反する意図を持つ、日向《ひゅうが》さまの一派が動き出したのやも。いずれにせよ好機だ。敵は浮足立つ」

月兎とレイメイは駆け出した。銃声が追ってくるが、散漫で勢いがない。ストランド兵たちも目の前の侵入者と、ストランド・シティで起きている爆発、どちらに対処すべきか決めかねているのだろう。

「とにかくまずはザファルたちを捜すぞ！　ストランド・フリートには、捕虜《ほりよ》をとじこめとく監獄船があるって聞いたことがある。そいつを見つけて、ついでに奪えるモンはぜんぶ奪って、〈モノケロース〉で逃げる！　完璧な作戦だッ」

「道中の障害はすべて無視か……」

月兎はため息をついてから、獰猛《どうもう》に笑った。

「了解した。おれが片付ける」

つなぎ合わされた空母の街並みの行く手から、軍靴《ぐんか》の音が迫る。回りこんできた追撃部隊が、警告なしで銃を一斉射した！

月兎は飛び出し、二刀を引き抜く。超人的な速度で弾幕を斬《き》り払った。

「上方、二時方向！」

レイメイが鋭く叫んだ。月兎は即座に反応し、跳躍。建物の壁を蹴《け》ってさらに空高く駆け上がると、バラックの三階窓から身を乗り出したストランド兵を峰打《みねう》ちで殴り飛ばした。

月兎は跳びもどって着地すると、前方で慌てふためくストランド兵たちを一瞥《いちべつ》した。

「その制服……筑紫《つくし》の軍服だな。軍残党が母体の、第一艦隊とやらか」

月兎《げっと》は身を沈め、構える。

「《筑紫《つくし》ノ国《くに》》の影を、知っているか」

周囲では今も断続的な砲声が響いている。対するストランド兵たちは、銃弾を斬《き》られた先ほどの一幕のせいで及び腰だ。

——ナノマシン適合者に勝てるわけがない。何が起きている。応援はまだか。

さまよう視線がそう語っている。

「ゲット！」

仕掛けようとした直前、レイメイに呼ばれ足を止めた。テレパスで焦燥感《しょうそうかん》が伝わってくる。

レイメイ自身にもわからない何かが、起きようとしている。

異変はまず、前方のストランド兵たちの悲鳴となって現れた。

彼らの足元に、突如《とつじょ》として裂《さ》け目が生じたのだ。

足元の亀裂《きれつ》に呑《の》まれて、兵士たちが消えていく。まるで地割れだ。裂け目は広がり、月兎たちの足元まで伸びてくる。

金属が裂ける耳障《みみざわ》りな音のなか、月兎はレイメイに抱きついて押し倒した。急を要したため、ほとんどタックルに近い。レイメイはぐえぇと、カエルのような悲鳴を上げた。

「レイメイ、無事かッ」

「あ、あんま無事じゃねぇ。次はもうちょいロマンチックに……」

「無事だな。それにしてもこの地割れ、まさか」

裂け目には法則性がある。変化が巨大すぎてすぐにはそれと気づかなかったが、連結されてできていた足場が解かれ、船の形が浮かび上がっていた。

ストランド・シティが本来の姿、無数の砂海船へともどりつつあるのだ。船と船の隙間《すきま》を埋めるように置かれていた仮組の足場やバラック建築は、振り落とされて砂海へ消えていく。

砂海船のスピーカーが男の声を流しはじめた。

『総督ダンテより発する。現在ストランド・フリートは、カンパニー営業艦隊と交戦中。また、艦隊長ＴＰ３以下第九艦隊は離反し、これに加担している。裏切り者を艦隊の総力を挙げて粛清《しゅくせい》せよ。ストランド・シティは防衛のため連結を解き、フォート・バベルにて再集結する』

「ダンテの野郎、なんかまた人騒がせなマネしてやがるな。やっぱあいつぶん殴りにいこーぜ!?」

「落ち着け、そんな暇はないぞ。見ろ。船どうしが距離をとりはじめた。これではザファルが囚われた監獄船を見つけるどころか、〈モノケロース〉の奪還すら……む」

外輪を回転させて動き出した船団のなか、左右を見渡して状況把握につとめる月兎は、ある一点を見つめて押し黙る。

レイメイも同じものに気づいたようだ。

「あそこにいる船、なぁんか見覚えあるよな」

たしかに既視感のある船だった。ストランド・フリート第三艦隊、旗艦〈エイプリル〉。

「あたしたちって、海賊だよな？　必要なものは、奪って使わなくっちゃなあ」

襲撃《しゅうげき》してコールドスリープ状態の月兎《げつと》を奪い、その後ふたたび捕らえられてストランド・シティまで運ばれた因縁《いんねん》の船を見るレイメイの顔は——かなり、邪悪だった。

＊

「第九艦隊が離反!?　ストランド・シティの連結解除？　友好関係だったはずのカンパニーから攻撃されているうえに……フォート・バベルの昇降塔に集合だって!?《ウォーズ》採掘計画は、もっと後で発動するんじゃなかったのか。聞いてないよ、親父からもダンテからも！優先するのは戦闘？　移動？　ど、どうすれば……」

〈エイプリル〉のブリッジで頭を抱えるのは、メガネをかけたほそおもての青年、新任艦隊長のユタだ。

航海士や砲術長など、ブリッジ詰めの高級士官たちはそれぞれの持ち場について、誰一人ユタを相手にしていない。ユタの指示などなくとも、〈エイプリル〉と麾下《きか》の艦隊は問題なく行動できる。

ユタはそのことに気がつくにつれて、失望とともに落ち着きをとりもどした。

「はは。そうだった。どうせボクは替えのきくお飾りで、期待なんかされなくて、いてもいなくても同じ……」

「ようお前ら、邪魔するぜッ！」

ブリッジの窓が砕け散り、気風《きっぷ》のいい女の声が殴りこんできた。

士官たちが反応する。歴戦の兵たちは立ち上がり、なめらかに腰の拳銃を構えたが――。

「やめておけ」

乗りこんできた海賊娘の背後から、白い髪の少年が飛び蹴《げ》りを繰り出した。

一撃で三人を巻き込み、昏倒《こんとう》させる。銃声は上がったが、銃痕《じゅうこん》は見当違いの場所に刻まれていた。

「この船は今から、あたしたち二代目テンドウ海賊団がいただく！　抵抗は無駄だからおすすめしねーけど、一回ぶちのめしといた方がハナシ早そうだから好きにしろっ。ケガしたくねーやつだけ伏せとけよッ」

レイメイの乱暴さがすでに身に染みているユタは、すかさず床にはいつくばったが、ブリッジの士官たちはそうではない。座席を盾に身をかがめ、侵入者を排除するべく引き金を――。

「十数えていろ。その間に終わる」

月兎がユタにささやくと、それはその通りになった。

暴風のような音が過ぎ去り、静まり返ったブリッジで恐る恐るユタが身を起こすと、士官たちは全員ひっくり返っていた。

「第一艦隊ほど練度は低くないようだが……やはり艦隊長クラス未満に、貴重なナノマシン適合者はいないか」

「なんだ、じゃあユタもつえーの？　いちおう戦《や》っとく？」

振り返るレイメイに、ユタは両手を突き出して後ずさりした。

「戦《や》らない！　降参！　ぼ、ボクはまだ新任だから、ダンテからナノマシンもらってないんだ……戦えない」

「そっか。じゃあ言うこと聞けよな。今すぐ第三艦隊ぜんぶに命令しろ。新しい艦隊長はこのレイメイさまだ！　文句があるやつはかかってこい、ってな！」

「そ、そんな無茶な……」

「無茶と思うか？」

怯《おび》えるユタに、月兎《げっと》が迫った。真剣な表情だが、なぜか楽しげだ。

ユタは困惑する。先ほどストランド・シティへ移送したときは、はたしてこんな雰囲気だったろうか。

「戦闘は武人の本懐《ほんかい》だ。日向《ひゅうが》さまの護衛をしていたときは、その機会がすくなかった。百人でも二百人でも連れてくるがいい。おれをたのしませろ」

「はいッ、すぐに！　すぐに投降させます！　だから暴力はちょっと……」

月兎に怯えて、たまらずユタが放送設備へ駆け寄ろうとした、その時。ブリッジに舌打ちが響いた。

「腰抜けのチキン野郎が！　ちょっと脅《おど》かされたくらいで犬みたいにしっぽ振りやがって。第三艦隊はストランド・フリート最強だ。お望み通り百人でも二百人でも、若いの連れてきてやろうじゃねえか、なあ!?」

「威勢のいいのがいるな」

レイメイが口角を上げる。

月兎に殴られ一度は床に伸びながらも、すぐ立ち上がった一人の男が、周りの士官に呼びかけている。日焼けした屈強な五十がらみで、いかにも海の男といった風貌《ふうぼう》。制服を飾る徽章《きしょう》の多さから、副艦隊長とうかがえた。

「相手が女こどもだから何だ。この海賊娘は、俺たちの艦隊長アイオワの仇《かたき》だ。てめぇら、戦友の仇とりたくねぇのか!?　海兵隊魂どこいったッ」

男は仲間を煽《あお》る。倒れた士官たちの目にもたしかに戦意が燃えているのだが、いかんせん体がついてこない。月兎の制圧は手ぬるくなかった。

腕組みをして見守るレイメイは、意外にも冷静だ。

「おいおい、あたしは殺しはやらねーぞ。ユタの親父、あたしにゲットをとられたせいでダンテに処刑されたらしいな？　でもそれって、殺させたのはダンテだろ。あたしじゃねぇ。いい大人がはき違えてんじゃねーぞ」

そこまで言うと、レイメイはひときわ意地悪く冷笑した。

「それとも、ダンテが怖くてあたしに責任なすりつけてんのか？」

月兎《げっと》はレイメイの背後に控えている。この挑発は、月兎の入れ知恵ではない。れっきとしたレイメイ自身の啖呵《たんか》だ。

「だいたい、なぁにが海兵隊魂だ。強《つえ》ぇやつにしっぽ振ってんのは、ユタじゃなくててめぇらだろ。大事な大事な艦隊長さまが処刑されて、それでお前ら、ダンテに何かやり返したのか？　おっかねぇダンテの相手はぜんぶユタに押しつけてるくせに、笑っちまうな」

副艦隊長は歯茎を剝《む》き出しにしてレイメイを睨《にら》む。だが、言葉は出てこない。

激しい怒りは図星の証拠だ。そう見て取ったレイメイは畳みかける。

「知っての通り、あたしは海賊だ。これまでたった一隻《せき》でストランド・フリートとやりあってきた。今はちょっと自慢の〈モノケロース〉号をダンテにとられちまったから、この船奪って取り返しに行くとこだけど……お前ら、あたしに乗らねーか？」

「……何だと？」

「あたしと一緒に、ムカつくダンテに一杯食わせてやらねえかって、聞いてるんだ」

――レイメイ。ほんとうにそれでいいのか。当座の目的は脱出のはず。

月兎は周囲に悟られぬよう、テレパスでひそかにたずねた。レイメイも答えを返す。

──その場のノリって大事だろ？　ノリは空気だ。空気をつかめば人は動く。それにやっぱり、やられっぱなしは性《しょう》に合わねぇ。あたしたちの流儀で、仕返ししてやる！

「……嬢ちゃん。勝算は」

気がつけば、レイメイと対峙《たいじ》する副艦隊長の目つきが変わっていた。

不審げな目は相変わらずだが、瞳の奥で計算が働いている。レイメイの読みはどうやら正しい。情勢が、変わろうとしている。

レイメイはこの機をのがさなかった。

「まず今の状況だけど、第九艦隊ってのが、古巣のカンパニーと組んで反乱中だ。おまけにザファルたち元十一艦隊が、監獄船で捕まってる。解放できれば戦力になるぞ。そしてもちろん、あたしたちだ。〈モノケロース〉は一騎当千だし、うちのゲットはハンパなく強ぇ。一対一なら、適合者相手でもダンテ以外にはまず勝てる」

「ダンテにも、だ。すでにやつとは二度戦った。次はおれが勝つ」

月兎がややムキになって口をはさむ。レイメイは満足げだ。

「だってよっ！　これでお前ら第三艦隊まであたしたちについたら、逆にもう、ダンテに負ける理由がなくねーか？」

副艦隊長は顎《あご》を撫《な》でて考えこんだ。彼もまた歴戦の勇士。沈黙の時間は短い。

「よし、乗った。——思えば百年、俺たちは祖父の代からストランド・フリートに仕えてきた。だがそれはやむをえずだ。本来忠誠を誓うべき合衆国は、遠い砂海の向こうにある。ストランド・フリートに地獄まで付き合う筋合いはねぇ。何よりダンテのやり方にゃ、愛想《あいそ》が尽きた」

「おおっ？　なんかあっけねーなぁ。あたしにとっては都合いいけど……」

「恐怖政治の幕引きなどこんなものだ。抑圧されてきたぶん、一度不満が噴出すればもろい。ダンテのやり方は王の道ではない」

月兎《げっと》は鼻を鳴らす。かつての主君、日向《ひゅうが》の息子であるダンテに対しては、やはり思うところがあるようだ。

副艦隊長はすでに、ブリッジの士官たちに指示を出しはじめていた。放送の準備が整う。これで旗艦〈エイプリル〉のみならず、第三艦隊の所属艦すべてに号令することができる。

マイクの前に立たされたのは、もちろん——艦隊長のユタだ。

『え、原稿？　ボクが読むの？　これを？　かなり過激なことが書いてあるけど……えッ、もうマイク入ってる!?　あ、あー。諸君！　こちらは第三艦隊艦隊長、ユタである。本艦隊はこれよりストランド・フリートを離脱し、ダンテのクソ野郎への報復行動を開始する！　そのため諸君には……ちょっ、近い近い近い!?　近いですよレイメイさん！　なにか問題でも……えっ、悪口を省略した？　いや、だってこれ以上ひどいこと、さすがに放送じゃ流せない、って、ひいぃぃぃッ!?　ゲットさん、刀を抜かないで！　怖い！　とッ、とにかく前進！　第三艦隊は、ダンテを目指して前進しまぁす！』

＊

ストランド・フリート総督ダンテは、瞑想《めいそう》を深めるため、インカムの電源を切った。

部下からの悲鳴じみた支援要請と、各所で連鎖的に発生した反乱に関する、悲観的な報告が途絶する。

ダンテに言わせれば、心持つ者は哀《あわ》れである。

絶望とは心が見せる幻。取り乱し、泣きわめいても、状況は変わらない。

第三艦隊の造反と、監獄船で起きた大規模な暴動も、順次粛々《しゅくしゅく》と対処していけば、それでいい。

ダンテはまず目の前の敵、奇襲をしかけてきたカンパニーの営業艦隊へと集中した。

カンパニーとは、七つの砂海のひとつ《トゥームス》に本社を構える企業勢力だ。ストランド・フリートの第九艦隊を任せた少年艦隊長、ＴＰ３の出身組織でもある。

引退した前総督日向への医療提供のための出向は、この日の裏切りのための、気の長い潜入工作だったのだろう。

ダンテは特段、驚いてはいない。そのような感情を省略できることが、砂海の王の行動力を支えていた。

ダンテは一人、砂海船の甲板《かんぱん》に立っている。

そこは宮殿空母〈エンピレオ〉ではない。あれは天使たちを養育するため、退役艦を学校代わりに使っていたものにすぎない。ストランド・フリート全艦隊を代表する真の枢軸旗艦は、別にある。

三胴船《トリマラン》戦艦空母〈ジュデッカ〉。

大型空母の両隣に戦艦を配置し、三つの船を横並びに連結させた、怪物的複合軍艦である。船のこの奇妙な形状に、軍事的合理性はまったくない。ただただ巨大さと無数の砲門、およびただしい艦載機の数で敵を威圧し、戦わずして戦意を粉砕することを目的とした、絶望を運ぶ船である。

超々巨大砂海戦艦は現在、行く手を阻《はば》むカンパニー営業艦隊との最前線に位置していた。両側面の〈ジュデッカ〉連結戦艦は絶え間なく艦砲射撃を繰り返し、敵艦隊と応酬《おうしゅう》しているが、中央空母の甲板は静まり返っている。

無人の滑走路に一人たたずむダンテは、極限まで瞑想《めいそう》を高め……やがて、紅《あか》い目を見開いた。

白衣の裾をなびかせ、無造作に右手をかかげる。その方向に、砂海に突き刺さった機械巨人の姿がある。上空の《ウォーズ》が砂とともに産出する、異世界の人型兵器だ。ストランド・シティ近海に集められ、鋼材として使用するため分解され、手足はバラバラの状態にある。

ダンテの指先から発されたキネシスが見えざる腕を形づくり、長く、長く伸びていき……砂丘の向こうの巨人の腕と、つながった。

ダンテは右手を振り上げた。指揮者がタクトを振るうように。

砂に埋まった機械巨人の腕が、大量の砂をこぼしながらひとりでに浮き上がった。

ダンテがこぶしを握る。一拍遅れて、巨人の腕もこぶしを握った。

ダンテは右こぶしを振り下ろした。

ビルほどもある巨人の腕が、たやすく戦艦を叩《たた》き割った。

戦艦はふたつに割れ、燃え上がりながら砂海へ沈んでいく。カンパニーの艦隊は死に物狂いで巨人の腕を砲撃するが、腕の質量はあまりに巨大で、命中させても破壊にはいたらない。

やがてダンテは左手をも持ち上げ、別の機械巨人の腕と接続した。二本の腕が空中で組み合わさり、敵艦に鉄槌《てっつい》を振り下ろす。砂丘の向こうで、さらなる爆発の光が生まれた。

繰り返し叩きつけられる巨人の腕と、戦艦空母〈ジュデッカ〉の猛砲火により、ほどなくカンパニーの艦隊は敗走をはじめた。

まずひとつ、戦いが終わった。

次にダンテの紅い目がとらえたのは、裏切り者が収容された、監獄船だった。

血と汗の混ざったものが、金の毛先からひた落ちる。ザファルはそれを、うなだれながら目で追っていた。

しばらく前から監獄船が騒がしい。

定期的に現れる巡回の兵が来ていない。だが、だからといって独房の状況が好転したわけでもない。うしろ手にかけられた手錠も、体を縛《しば》り天井から吊《つ》り下げる鎖も、そのままだ。

――情報が要る。

ザファルは息をひそめ、耳を澄ませた。規則正しい靴音が近づいてくる。

独房の前に現れたのは、スーツ姿の少年だった。

「こんにちは。お迎えに上がりました、元第十一艦隊艦隊長ザファル」

「……やぁ。君か、ティピー」

血で固まった前髪の隙間《すきま》から、ザファルは睨《にら》み上げた。

TP3。ストランド・フリート第九艦隊の艦隊長。

ザファルほどではないにせよ、比較的新参の艦隊長で、しかもその出身は砂海の巨大企業、カンパニー。ザファルとその血族たちを罠《わな》にかけ、ナノマシンの実験台にした、憎き『部長』が所属する組織である。

カンパニーなのだという。

TP3個人のことも、ザファルは当然気に入らない。腹の読めない、不気味なやつだと思っていた。

「もしかして、ダンテの指示でオレを処刑しに来たのかな」

口調の軽さは親しみよりも皮肉のあらわれだ。

ザファルの内心の嫌悪《けんお》を知ってか知らずか、ＴＰ３は涼しい顔をしている。

「とんでもありません。業務提携をご提案しに来たのです」

「提携？　……ハッ、なるほどねえ。さっきから騒がしいのは第九艦隊のしわざ、というより、カンパニーが焚《た》きつけてるのか。で、オレのことも解放してやる代わりに、カンパニーの悪だくみに一枚嚙《か》めってこと？」

鍵を開け、ＴＰ３は独房の中に入る。鍵束は誰かの血に濡《ぬ》れていた。

「さすがザファルさま。ご賢察の通りです。カンパニーの極秘任務を遂行《すいこう》したいのですが、こちらのマンパワーが少々不足しておりまして。ぜひご協力をお願いしたく」

「じゃあ君は、最初からストランド・フリートを裏切るつもりでここで働いてたってわけだ。こどものくせに、役者じゃないか」

「お褒《ほ》めにあずかり光栄です。特に、あなたのような方に言っていただけるとは」

ザファルは鼻を鳴らした。

大した切り返しだ。似た者同士と言いたいのだろう。

「ですが、それだけでもないのですよ。私にも個人的な感情はあります。……先ほど月兎《げっと》さまと知己を得ました」

意外な名前の登場に、ザファルは目を見開いた。

「最近のザファルさまたちの動向はうかがっております。月兎《げつと》さまがお仕えする、レイメイさまの海賊艦隊にジョインされたそうですね」

「……だから？」

「個人的に、応援しているのです。月兎さまのことは、ご隠居さま——日向《ひゅうが》さまからうかがっていました。忍者であり戦士、スパイにして無二の親友。百年前の都市の闇を駆け抜ける月兎さまの物語を聞いて、心が躍りました。直接会って、イメージ通りの方だとわかり、ますます応援したくなりました。……こういうの、推し、って言うんですよね？」

TP3はザファルの背後に回り、最後の鍵をはずしにかかる。少年の顔は見えない。

「——ここだけの話、ですよ？」

TP3がザファルに顔を近づける。はにかみまじりにささやくと同時に、ザファルを縛《しば》る最後の枷《かせ》がはずれた。

聞き覚えのある言い回しに、ザファルの背筋はぞわりと粟立《あわだ》つ。

「ちょっと待て、TP3！　今、なんて——」

その時だった。

船体に不気味な震動が走った。独房が大きく傾く。金属の塊である船が、まるで生木が裂《さ》けるような異音を立てている。

「なんだ⁉　砲弾が直撃しても、こんなことにはならないだろ……っておい、TP3⁉」

異変の規模はすさまじい。TP3の小さな体は、急角度に傾いた床をころがって、独房の外へ消えていく。

ザファルはとっさに天井の鎖に摑《つか》まり無事だ。廊下から少年の声が響く。

「こちらは大丈夫です！　これでも一応、ナノマシン適合者なので。このまま任務を続行します。ザファルさまも脱出を！」

TP3の声は、すでにかなり遠くから聞こえる。問いただしたいことはあったが、合流は難しいか。どの道この状況では、すでにそれどころではない。

ザファルは独房を飛び出した。通路もやはり傾いている。何が起こった？　事態がまるで呑《の》み込めない。

通路はますます傾きつつある。脱出するべく、ザファルは走り、走って――見た。

とぎれた通路の先に空が見えている。船は中央からふたつに割れていた。

何ものの仕業《しわざ》かは、すぐにわかった。大破した監獄船に影をなげかけて、上空に巨人の腕が浮いている。《ウォーズ》が落とす機械巨人のパーツだ。

だが、それ自体に浮遊する仕組みはない。浮かべているのは……。

「キング・ダンテ」

ザファルと同じように、破壊された監獄船から這《は》い出してきた者たちがつぶやいた。

遠くにストランド・フリートの枢軸旗艦〈ジュデッカ〉の威容が見える。三つ首の怪物空母はまっすぐこちらを向いていた。

上空の巨人の腕が、ぎしぎしと軋《きし》みながら、上空さらに高くへ上がっていく。

じきにあれが振り下ろされ、今度こそ監獄船を轟沈《ごうちん》させるだろう。船にはまだダンテに忠実な看守も取り残されているはずだが、区別する気があるとはとても思えない。

「あの……クソ上司。マジで、化け物だよ」

逃げる気も、抵抗する気も起こらず、ザファルはとほうに暮れてつぶやいた。

人々が見つめる先で、巨人の腕の上昇が止まった。

そしてついに、振り下ろされる。

爆音が轟《とどろ》いた。上空の巨人の腕が、横合いから砲撃にさらされ、傾く。砲声は連続した。立て続けの砲撃で、振り下ろされる鉄拳の軌道がずれていく。膨大《ぼうだい》な破片を撒《ま》き散らしながら、機械の腕は監獄船の隣へ落下した。

ザファルは我を忘れて砲撃の主を探した。第三艦隊旗艦〈エイプリル〉が、多数の随伴艦を引き連れ近づいてくる。

『いよォーし、間に合ったな』

艦隊のスピーカーから流れた女の声に、ザファルは思わず、かすれた笑いを漏《も》らした。

「よりによって、なんでそんなとこにいるのさ……レイメイちゃん」

『おい、監獄船〈マーレボルジェ〉のやつら！　たった今、ダンテからお前らを救ってくれたのが誰か、知りたくてしかたねぇだろうから教えてやる！　あたしはテンドウ海賊団二代目団長、そしてストランド・フリート第三艦隊、一日艦隊長のレイメイさまだッ』

「一日艦隊長」

思わずおうむ返しに繰り返す。もちろんそんな役職はない。

『お前ら、遠慮なくあたしをたたえろ！　控えめに言ってあたしは命の恩人で、敵だろォーと反省するなら受け入れる度量があって、あと絶世の美女だ！　だよなゲットっ』

「絶世の美女」

自分で言うだろうか、普通。

『ついでに逆ハーレム作りたいから、夫を百人くらい募集中だ！　あたしに惚《ほ》れたイケメンは、後で出頭するよォーに！　あっ、ちなみにあたしのストライクゾーンはけっこう広い。自分に自信がなくても来いよな！　お前のいいところはちゃんとあたしが見つけてやるッ』

「いや、ほんとに百人来られても困るでしょ、レイメイちゃん……」

ザファルは船の残骸《ざんがい》を振り返った。

この監獄船はストランド・シティの罪人や命令違反者、捕虜《ほりょ》などの収容を一手に引き受けている。囚人と看守、さらに暴動鎮圧《ちんあつ》のため駆り出されていた兵を合わせれば、乗員は千をくだらない。

レイメイはたった今、それらすべての命を救ったのだ。

「──兄さん！」

レイメイの放送は続いていたが、聞き慣れた声に呼ばれて、ザファルは振り返った。

「イフラース！　無事だったかッ」

妹のイフラースが、傾いた船体をものともせずに飛び跳ね、駆け寄ってくる。

兄妹は固く抱き合った。


勝てるかもしれない。

監獄船から続々と乗りこんでくる元ストランド兵たちを見て、月兎《げっと》はしだいにそう思いはじめた。味方の数は膨《ふく》れ上がっていく。対して、敵の動向は不自然に静かだ。

第三艦隊旗艦〈エイプリル〉のブリッジからは、回頭して遠ざかっていく怪物船〈ジュデッカ〉のうしろ姿が見えた。

「企図が読めんな。なぜ一挙にこちらを叩《たた》かない？　あの連結空母の火力があれば、第三艦隊を壊滅させることも可能なはず。それほどまでに昇降塔へ急ぐ理由とは、いかに……」

考えを整理するためのひとりごとの途中で、月兎は目を見張った。

「……レイメイ！　見ろ」

ユタと二人、監獄船からの乗員受け入れの指揮をとっていたレイメイへと駆け寄り、振り向かせた。

「〈モノケロース〉だ」

月兎が指さす先、〈ジュデッカ〉が巻き上げる砂煙のなかに、銀の螺旋《らせん》が垣間見えた。〈モノケロース〉号は怪物船につき従うように、浮上状態で並進している。

「ユタ、残りは任せるッ」

「ええっ。でもレイメイさん、ボクだけじゃ、こんな人数の整理なんて、とても……」

「お前は自分で思ってるよりずっと優秀だ。できる！　やれッ」

ユタを一喝《いっかつ》して励ますと、レイメイは月兎の隣、窓際のコンソールパネル上へ飛び乗った。

張りつくように窓ガラスに顔を寄せる。

「〈モノケロース〉！　でも誰がッ。あの船は、あたしたち家族以外の言うことはきかねぇはずなのに……あっ」

レイメイが顔を歪《ゆが》める。月兎も思い至った。

「シノ、か。先ほども聞いたが、妹が生きていたそうだな。……おれやダンテと、同じような姿になっていたと」

レイメイは答えない。戦艦空母〈ジュデッカ〉とともに遠ざかっていく〈モノケロース〉のうしろ姿を、食い入るように見つめている。

月兎は逡巡《しゅんじゅん》ののち、重い口を開いた。

「情報を共有しておく。……人体漂白。百年前に筑紫《つくし》で研究されていた、人の体をナノマシンに最適化するための手術だ」

月兎《げつと》は自分の体を見下ろし、色白のこぶしをゆるく握った。

「通常、ナノマシンが人体に適合する確率は五分と五分。失敗した場合、死亡あるいは廃人化する。戦闘用ナノマシンの普及は軍隊でさえ進まなかった。だが……あらかじめ被験者の体を漂白しておくことで、ナノマシンの適合確率を向上させることができるようになった」

レイメイが振り返る。月兎の暗い口調から、すでに何かを察しかけていた。

漂白──白く染め抜くということ。月兎の白い髪と肌。そして……ダンテが天使と呼ぶ、シノを含むこどもたちの特徴でもある。

「かみ砕いて言えばこうだ。ナノマシンは、各個人が持つ固有の情報、いわば個性を嫌う。身体特徴、思考パターン、持病など……ナノマシンが処理・対応すべき項目が増えるほど、本来用途であるはずの身体強化に割くリソースは減っていくからだ。人体漂白は、不要なそれらを、削《そ》ぎ落とす。おれも漂白の過程で、感情の一部が希薄化しているらしい。あまり実感はないが」

レイメイの黒目がちな瞳が、大きく見開かれる。

思い当たる節はあった。

十五歳という年齢に似つかわしくない、月兎の落ち着き。死への恐怖が欠如《けつじょ》したような言動。それがもし鍛錬《たんれん》の成果でも、美しい忠誠心などでもなく、人体実験の副産物だとしたら。

レイメイの視線から逃れるように、月兎はかぶりを振った。

「……そんな顔をするな。おれのことはいい。だが、シノや、天使と呼ばれていたこどものことは気がかりだ。やつらも人体漂白を経たナノマシン適合者である可能性が高い。交戦すれば手ごわいぞ」

「やっぱり……悲しいことが、多すぎるよ」

レイメイの声は消沈した。

「ゲットも、シノとか天使って子たちもみんな、戦うために体をいじられて……他人に利用されてるんだろ。そんなのって……あんまりじゃんか」

「仕えるべき主《あるじ》に仕え、これに尽くす。それが不幸と思うのか？」

月兎の言葉に迷いはない。

レイメイが今、感じているような哀《あわ》れみや懊悩《おうのう》は、百年も昔に乗り越えて来た。月兎にとって今重要なのは、自分自身ではなく、レイメイだ。

「おれのことはいいと、そう言っただろう。問題はシノを含む天使たちや、それを操るダンテだ。あまり難しく考えすぎるな。……らしくない」

月兎はまっすぐ、レイメイを見上げている。

「レイメイ、おれはおまえの影だ。ゆえに、いかなる障害が立ちはだかろうと、道はおれが開く。天使とやらがどれほど手ごわかろうと、ダンテやシノが立ちはだかろうとも、おれが必ずなんとかしてやる。存分におれを使え」

　レイメイは二度、三度、目をしばたたかせる。

「そっか……そうだよな！　やっぱり暴力で解決すんのが一番手っ取りばえーよなっ!?」

「うむ。おれが言いたかったことを、最大限無粋《ぶすい》に言い換えてくれたな」

「よしッ、決めた！　とにかくカチコミだ。ダンテはたしかさっきの放送で、バベルってところに行くって言ってたよな。取り返したいシノも〈モノケロース〉もそこに向かってる。そんであたしには今、ダンテにムカついてる仲間がたくさんいて、日暮れごろには出航できる！　そんなのもう、やるっきゃねーよなァ!?」

　レイメイはぱしんと音を立て、こぶしを手のひらに叩《たた》きつけた。

　もはや見慣れたレイメイの虚勢を、月兎《げっと》はあたたかく見守っていた。

CHARACTER

SHIN

シノ

レイメイの父親違いの妹。

十二歳。

天才肌で毒舌家、自信に満ちた美少女で、

そして時々寂しがり屋。

ダンテに施された精神漂白で

記憶と感情を失っている。

Sunano Umino
Reimei

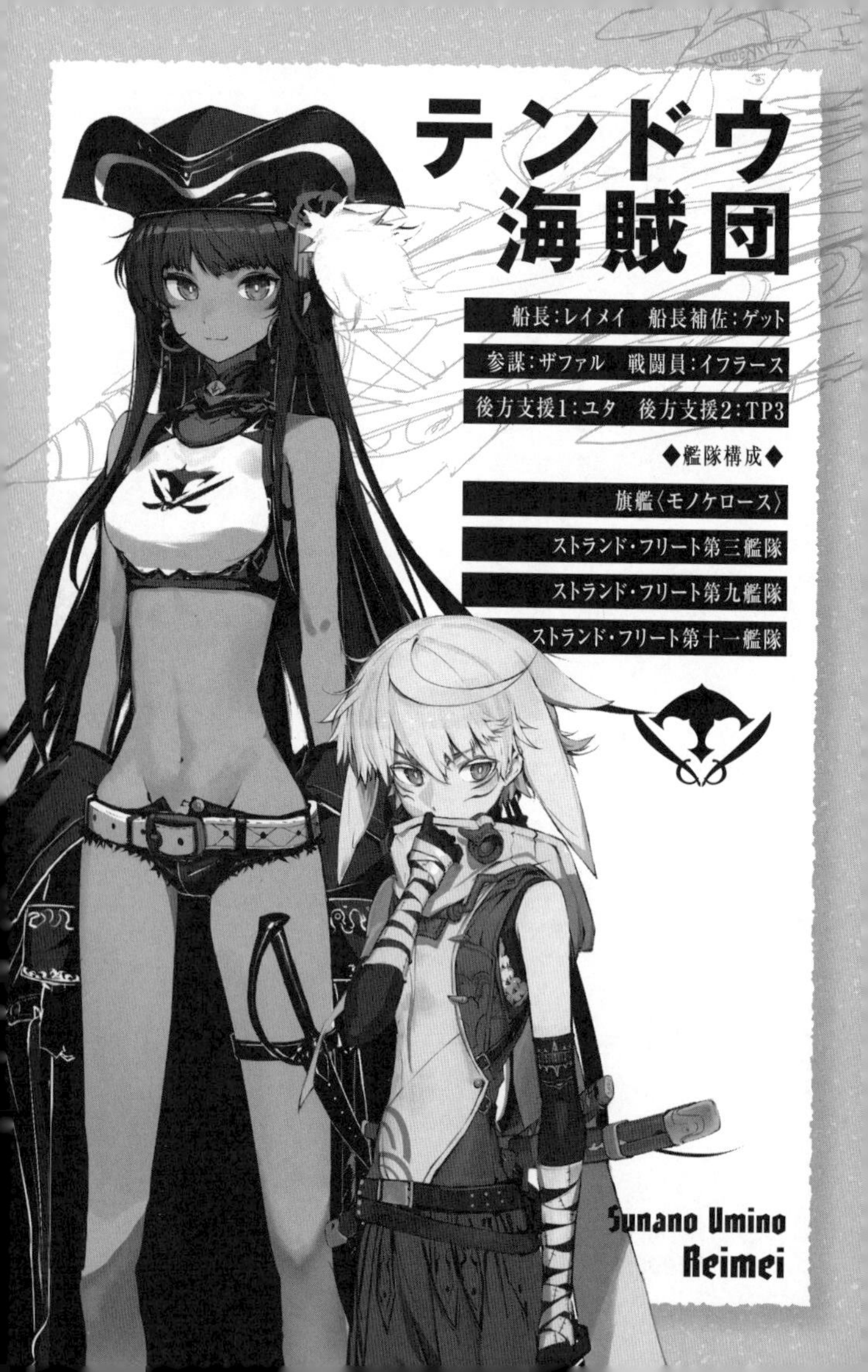
テンドウ海賊団
船長：レイメイ　船長補佐：ゲット
参謀：ザファル　戦闘員：イフラース
後方支援1：ユタ　後方支援2：TP3
◆艦隊構成◆
旗艦〈モノケロース〉
ストランド・フリート第三艦隊
ストランド・フリート第九艦隊
ストランド・フリート第十一艦隊
Sunano Umino
Reimei

ストランド・フリート

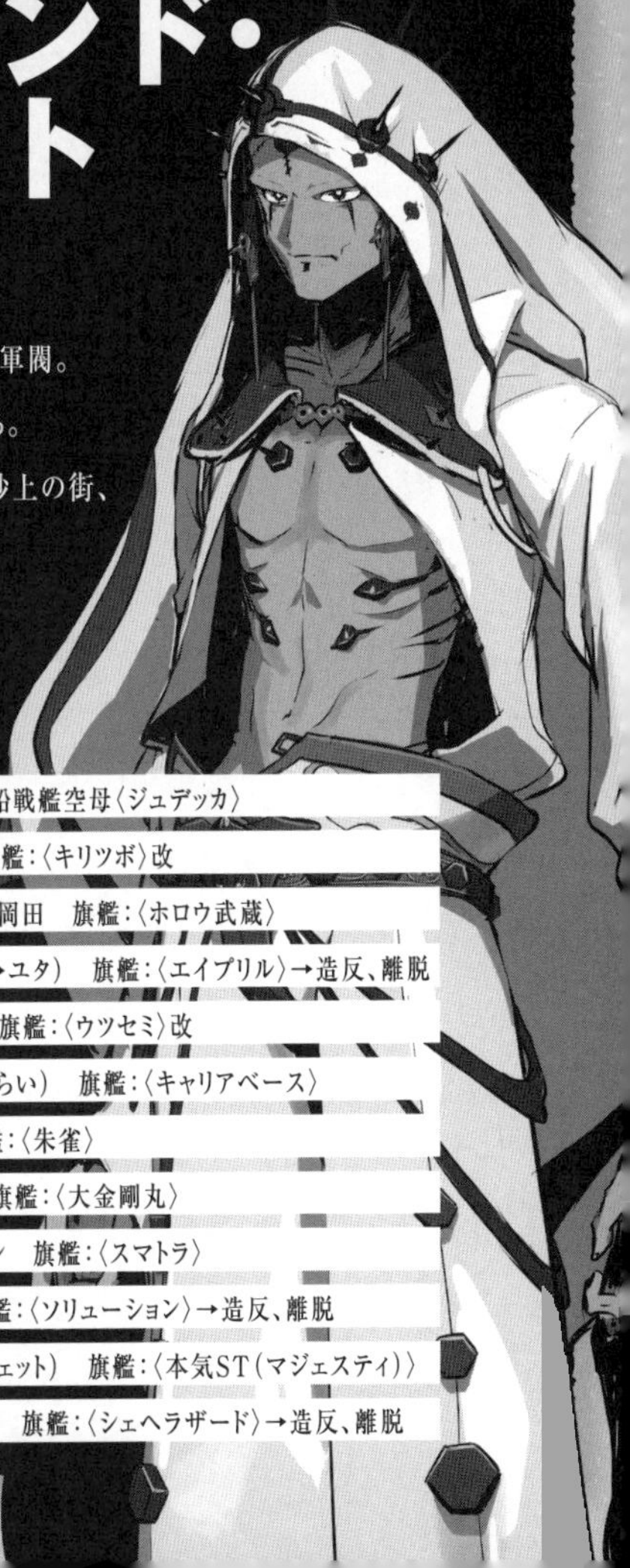

異世界《ウォーズ》直下の
砂海を武力によって支配する軍閥。
全十一の艦隊から構成される。
根拠地は空母を連結させた砂上の街、
ストランド・シティ。

◆艦隊構成◆

総督:ダンテ　枢軸旗艦:三胴船戦艦空母〈ジュデッカ〉

第一艦隊　艦隊長:オボロ　旗艦:〈キリツボ〉改

第二艦隊　艦隊長:アーセナル岡田　旗艦:〈ホロウ武蔵〉

第三艦隊　艦隊長:アイオワ(→ユタ)　旗艦:〈エイプリル〉→造反、離脱

第四艦隊　艦隊長:アマカゲ　旗艦:〈ウツセミ〉改

第五艦隊　艦隊長:渡会(わたらい)　旗艦:〈キャリアベース〉

第六艦隊　艦隊長:ユン　旗艦:〈朱雀〉

第七艦隊　艦隊長:スナドリ　旗艦:〈大金剛丸〉

第八艦隊　艦隊長:スティアワン　旗艦:〈スマトラ〉

第九艦隊　艦隊長:TP3　旗艦:〈ソリューション〉→造反、離脱

第十艦隊　艦隊長:慈威八(ジェット)　旗艦:〈本気ST(マジェスティ)〉

第十一艦隊　艦隊長:ザファル　旗艦:〈シェヘラザード〉→造反、離脱

【5】星が降る夜

《ウォーズ》直下地域、最直下地点。フォート・バベル。

かつて《筑紫《つくし》ノ国《くに》》昇降塔の建設が進められていたその場所は、百年の時を経て、ストランド・フリートにより要塞化《ようさいか》されていた。

年々降り積もっていく砂の流入をせき止めるため、昇降塔周辺はダムのような壁で囲われている。まっすぐ砂海を進んできた船からは、塔との間に突如《とつじょ》として深い堀が現れたように見えるだろう。

昇降塔一階部分を底とする縦穴は、昼夜を問わず照明がたかれ、武装したストランド兵が警戒している。

一方、防砂壁の外側に建造された港には、ストランド・シティの連結を解除して移動した無数の砂海船が再集結し、船の岩礁《がんしょう》を形成していた。

フォート・バベルの守りは盤石《ばんじゃく》。決戦の舞台は整いつつある。

「空が閉じる」

短いつぶやきではあるが、寡黙《かもく》なる砂海の王、ダンテには似つかわしくないことだった。

縦穴の上部が、せり出す天井隔壁に覆われようとしていた。降りそそぐ砂からの巨大なシェルター。フォート・バベルが本来の姿を完成させようとしている。

防砂壁の内側。潜航艦〈モノケロース〉を収めた巨大なリフトが、壁面を降下していた。ダンテの姿は、そこにある。

リフトは小型の乾ドックになっている。〈モノケロース〉は固定され、白い髪と紅《あか》い瞳の少年少女が、船とダンテをとり囲んでいた。その中にはレイメイの妹、シノの姿もある。

人格を放棄《ほうき》してナノマシン適合を果たした天使たちが、テレパスで能力を共有、統合する。いわばナノマシン能力のクラウド形成。個としての限界を超えた、群体サイコネットワーク構想こそ、ダンテが描く人類の未来だ。

「異世界は落ち、世界は再生する。地上からヒトという獣《けもの》は一掃され、砂海で唯一の潜航能力を持つ箱舟〈モノケロース〉だけが、新世界に浮上する。そこにはもう、降り注ぐ砂はない。選ばれた天使だけが暮らす、楽園だ」

リフトが揺れる。縦穴の底、昇降塔本来の地上階にたどりついたのだ。

「海賊テンドウの〈モノケロース〉号が手に入ったことは天祐《てんゆう》だった。計画は加速し、楽園の到来も早まった。計画を妨《さまた》げる不満分子の結集も間に合わなかったと見える」

ダンテはかたわらに置かれた車いすを振り返った。

「だが親父。これはお前が望んだ未来だ」

車いすの上にはダンテの父、初代ストランド・フリート総督にして《筑紫《つくし》ノ国《くに》》の王、日向《ひゅうが》がいた。

巨大な生命維持装置も、水槽のようなシリンダーもない。老人を包む病衣の湿り気だけが、捕らえられ装置から引きずりだされた痕跡《こんせき》をとどめている。

「俺は約束通り、お前をここへつれてきた」

老人は苦しげで、顔色は悪い。言葉はなかった。通訳を務めてきた少年、ＴＰ３もはやいない。生命維持装置をはずされた日向の命は、そう長くはないだろう。

ダンテの紅《あか》い目に一切の哀《あわ》れみはなかった。

「親父――俺にそう呼ばれるのはどんな気分だ。お前は俺に名を与えなかった。ＴＰ３のような製造番号すらも。ゆえに俺は、便宜上こう名乗ることにした。天国と地獄のはざま、煉獄《れんごく》をさまよう詩人。ダンテ・アリギエーリ。だが、この借り物の名もじき不要になる」

ダンテはおもむろに白衣を脱ぎ捨てた。

痩《や》せた体には、無数の縫合痕《ほうごうこん》が這《は》うように続いている。フードをはずした毛髪のない頭部は特に醜《みにく》い。剝《む》き出しのボルトが数本、頭皮へじかに埋めこまれていた。

それらを見せつけ、糾弾《きゅうだん》するように、ダンテは日向へと迫る。

「お前がかつて中途半端に夢見て、結局途中で投げ出した異世界落とし。それを成し遂げた時、俺自身が日向を名乗る。その資格はあるはずだ。俺は当時お前の遺伝子をもとに、カンパニーの技術で作られた、クローンなのだから」

無表情の天使たちが、ダンテの周りに集まってくる。

「『異世界などなければ良かった』——親父、かつてお前はそう言った。もはやそれを望んでいないとしても、ストランド・フリートを作り、俺を生み出した責任がお前にはある」

頭上、閉じた天蓋《てんがい》の向こうでくぐもった爆発音が響く。戦いはもう、始まっている。

天使たちが拾い、差し出した白衣をふたたび身に着け、ダンテはいびつな聖痕を覆い隠した。

「俺を見届けろ。俺はお前がこの世界に生み落とした、影だ」

＊

ストランド・フリートへの反抗作戦が開始される直前。レイメイたちの作戦会議が、空母〈エイプリル〉でおこなわれた。

陣中にはそうそうたる顔ぶれが会する。

ストランド・フリートで最大と称される第三艦隊、その艦隊長ユタと副官カンザス。

第九艦隊艦隊長ＴＰ３は、ストランド・フリートに匹敵する巨大勢力カンパニーの営業艦隊指揮官を兼ねている。

さらに先ほど監獄船から救出され、ダンテへの反乱を決意した高級士官や幕僚の姿も少なくない。

にもかかわらず、この反抗艦隊の主導権を握るのは、レイメイたちテンドウ海賊団だった。

「それじゃあレイメイちゃん命名、『ダンテのこと死なない程度にブッ飛ばし大作戦』の概要説明、はじめるよ」

はじめに発言したのは海賊団の参謀、ストランド・フリート元第十一艦隊艦隊長のザファルだ。

拷問《ごうもん》に耐え監獄船を脱出した美丈夫《びじょうふ》は、常のように金髪をターバンでまとめて、色男の体面をとりもどしている。

「まず今回の作戦主力は、元ストランド・フリート第三艦隊の皆さんだ。指揮は経験豊富な副艦隊長のカンザス氏が執るってことで。新艦隊長のユタくんは、今回は〈エイプリル〉のオペレーターに回ってもらうことになるけど……いいんだよね？」

ザファルがたずねた相手、ユタは、困ったような笑顔で応じた。

だが、その表情はどこか晴れやかだ。身の丈に合わない軍服はもう着ていない。

気弱な二十歳の艦隊長は、この数時間で大きく変わった。監獄船からの救助にともなう事務処理で、本人にとってさえ意外な才能を発揮したのだ。

ストランド・フリートの構成員に与えられているＩＤを確認し、元の所属部隊ごとに同じ船に収容されるよう調整した。単純な作業だが、決戦を急ぐ反抗艦隊にとって、ユタの手際の良さはまさに渡りに船となった。

もはやブリッジにこの青年を侮《あなど》る者はいない。急増した即席の味方に指揮系統を与え、烏合《うごう》の衆《しゅう》から戦闘部隊へと昇華させたのは、他ならぬユタなのだから。

「それじゃあ本人も同意してることだし、元第三艦隊の指揮はカンザス氏で。オレが率いる元第十一艦隊も指揮下に入るよ。第三艦隊の戦艦を一隻《せき》、貸してもらってる借りもあるしね。で、その次が……」

金髪が揺れ、ザファルの視線が移る。その先にはスーツ姿の少年がいる。

「元第九艦隊、カンパニーの営業艦隊とあわせて十隻。ただしこっちはすでにダンテと交戦して消耗しているから、あくまで第三艦隊のサポートに回ってもらうってことで。……それでいいだろ、ＴＰ３」

「承知しました」

ＴＰ３のビジネススマイルは、いつものように完璧だ。

だが、少年に向けられる周囲の目は冷ややかだった。

今でこそ第三艦隊や監獄船の収監者たちもストランド・フリートからの離反を決めたとはいえ、ＴＰ３は初めから、ナノマシン技術を盗むための内通者として送り込まれていた。この少年は元々この場にいる全員を欺《あざむ》き、裏切るつもりでいたのだ。

不穏《ふおん》な空気が辺りに漂い、会議の流れが滞《とどこお》った。

　この剣呑《けんのん》な沈黙を追い払うように、ぱしんと肌を打つ音が響く。

「ちょっといーか」

　レイメイだ。剝《む》き出しの腿《もも》を叩《たた》いて立ち上がった海賊少女は、居並ぶ男たちに物おじせず、不遜《ふそん》に笑った。

「話の流れぶった切って悪《わり》ィーけど、今のうちに言っておきたいことがあるんだ。みんな、ありがとなっ。あたしたちは今、別々の目的を持って協力してる。一時的な利害の一致、そんだけだ。けど、それでも礼を言わせてくれ」

　レイメイはおもねり、へりくだるというより、誇らしげだ。

　ハーネスにきつく締めつけられた手足は、この場の誰よりも色濃く日に焼かれている。

　惜しげなくさらされた肌は、なまめかしさより無尽の生命力をうかがわせた。

　頭にかぶった二角帽は安上がりな借り物衣装ではない。母の代より使いこまれた、髑髏《どくろ》をいただく匪賊《ひぞく》の冠だ。

　ザファルは芝居のなかの召使のように、優雅に一礼して場をゆずる。主たる海賊の少女はうなずき、宣言した。

「テンドウ海賊団二代目団長レイメイ。この場を借りてお前たちに、正式に感謝を表明する。お前たちがこれから作る隙《すき》を使って、あたしはダンテに一発ぶちかます。それでストランド・フリートの統率が乱れたら、そっから先は自由行動だ。欲しいものがあるやつ、自分でダンテを殴らなきゃ気が済まないやつ、とにかく生きて帰りたいやつ。好きにしろッ。あたしもそうする！　これはそのための共同戦線だ。各自の武運と健闘を祈るッ」

レイメイはそう言い切ると、ふたたび席についた。

左右には二人の側近がはべる。しなだれかかって刃をもてあそぶ女暗殺者イフラースと、白き影、月兎《げっと》。

少年は研《と》ぎ澄まされた殺気を発し、周囲の裏切りを牽制《けんせい》していた。寄せ集めの艦隊で反乱が起きていない理由のひとつは、間違いなくこれだ。

「うちのボスがイイ感じに盛り上げてくれたね。この通り、作戦の締めは、テンドウ海賊団が仕上げさせてもらうよ。第三、第九、第十一艦隊合同で前線を構築。砲撃でフォート・バベルを撹乱《かくらん》したあと、直接バベルに突入する。レイメイちゃんたちがダンテと戦いはじめたら、後のことは彼女が言った通り、それぞれの目的を果たしてくれればいい……」

ザファルが会議をまとめ、終わらせた。

かくして反抗艦隊は行動に移った。行く手に見える昇降塔が、しだいに大きくなっていく。

時とともに日も没し、空には白い月がのぼろうとしていた。

甲板《かんぱん》に出ると、月兎は目を細めた。半透明の異世界を透かして月が見える。二つの天体を眺めながら、月兎は短い感傷にひたった。

「月兎さま」

呼ばわる声に振り返る。スーツの少年、ＴＰ３だ。会議での余裕ぶったビジネススマイルではなく、緊張した、真剣な表情をしている。

「日向《ひゅうが》さまをお守りできなかったこと、お詫《わ》び申し上げます。月兎《げっと》さまとはお約束をしていたのに……」

「謝るな。お前にも仕えるべき別の主《あるじ》がいるのだろう。たしか、カンパニーといったか」

返答に困ったように、ＴＰ３は口をつぐんだ。

「二人の主人の間で、板挟みになる気持ちは、わかる」

「……そうでしょうか。私は産業スパイ、つまり裏切り者です。当初の計画ではカンパニーの砲撃がはじまり次第、混乱に乗じて日向さまとともにストランド・シティを脱出する手はずでした。ですがその途中で上長から、監獄船を解放して反乱を扇動し、戦力を補充しろとの命令が下り……」

ＴＰ３の顔が、歪《ゆが》む。

「私は日向さまを見捨てて、カンパニーの命令を優先しました。……僕は月兎さまとは、違う」

「ちがわん。おれも日向さまを見捨て、勝手におまえに託した身だ。どうこう言える立場ではない」

月兎の答えは、ＴＰ３の予想に反するものだった。

誤解を解こうと、さらに何かを懺悔《ざんげ》しようとするＴＰ３に、月兎は手のひらを突き出し、黙らせた。

「それに、ザファルの件は聞いている。あれの代わりに礼を言っておくぞ。うちの参謀を解放し、脱出させてくれたこと、恩に着る」

「しかし！　そのために日向さまの身柄はダンテの手に落ちました。僕のせいで……」

「なら、奪い返せばいい。……それが海賊の流儀、だそうだ」

レイメイからの受け売りを言ってしまったと、自覚して月兎は微妙な顔になる。

TP3は少しの間、己の立場も職責も忘れて、ぽかんとした無防備な表情をさらした。それから徐々に月兎の言葉の意味を嚙《か》み締めると、やがてふっと、諦《あきら》めたように、笑った。

「失態は謝罪ではなく、行動で取り返せ、ということですか……厳しいですね、海賊の流儀は」

「おれも近ごろ、身につまされる」

「でも少し、うらやましいです」

月兎とTP3は束《つか》の間《ま》、同年代の少年どうしでかわすような笑みを浮かべた。

だが、それも長くは続かなかった。

月兎が突然、その場に膝《ひざ》を突いたからだ。注意はすでにTP3の背後へ移っている。しかし、頰の笑みはそのままだ。

「来たぞ。おれにみょうな流儀を叩《たた》きこんだ、おもしろき女が」

甲板《かんぱん》を靴音も高らかにやってきたのは、ザファルとイフラースの兄妹を従えたレイメイだ。

「おォーいっ、ゲット！　もう準備できてるみたいだな。偉いッ。それからそっちの七五三は、ＴＰ３だっけ？　ガキのくせにスーツばっちり決まっててかっけぇーな！　さっきの会議も、肝が据わっててよかったぞ。お前、会社やめてウチにこねーか？」

「え、と。前向きに検討したい、魅力的なお誘いですが、退職となると事前の申請や引継ぎなどありますから、私の一存では、ちょっと……」

「じゃあ予約！　予約したからなっ。検討しとけよ！　前向きにな！」

うろたえるＴＰ３の肩を、レイメイはバシバシ叩《たた》く。救いを求めて視線をさまよわせたＴＰ３は、膝《ひざ》を突きこうべを垂れる月兎《げっと》を飛び越し、長身のザファルと目が合った。

ザファルは視線をはずし、レイメイにうながす。

「……レイメイちゃん。親睦会《しんぼくかい》はそこら辺にしておこうか。そろそろはじまるよ」

船の外輪が軋《きし》む音。景色はゆるやかに回転をはじめた。

天を衝《つ》く昇降塔フォート・バベルに対し、反抗艦隊は旋回し、船体の横腹を向けていく。砲撃戦のための陣形変更だ。だが本来、フォート・バベルは有効射程よりわずかに遠い。

「指揮のためブリッジへ向かいます」

ＴＰ３は一礼し、その場を離れた。

反抗艦隊の布陣は整い、すべての砲塔が狙いを定める。

だが、敵も無反応ではない。砂でけぶる視界を切り裂《さ》き、銀の機影が現れる。フォート・バベルから発進した、ストランド・フリートの航空戦力だ。

「あれは、戦闘機か。ヘリならばこの時代でもすでに見たが……」

甲板《かんぱん》に立つ月兎は、空の敵に身構えた。手が鞘《さや》に伸びている。

ザファルは思わず苦笑した。

「ゲットくん、まさかあれと斬《き》り合うつもり？　やめときなよ、そんなこと——するまでもないんだからさ。ほら」

轟音《ごうおん》をともない飛来した戦闘機は、艦隊に機銃掃射を浴びせながら……すぐにコントロールを失い、墜落《ついらく》した。砂海船の外輪が巻き上げた、砂煙へと突っこんだのだ。

しかし、視界不良に陥《おちい》ったにしても、いきなり墜落するのは奇妙だ。

月兎の疑問を見越したように、ザファルが説明した。

「砂海の砂って、きめが細かいうえに吸いつきやすくて、精密機械と相性悪いんだよね。砂海船の外輪くらい構造がシンプルなら、機関の防塵《ぼうじん》処理さえしっかりしてれば大丈夫なんだけど、戦闘機とかヘリって繊細《せんさい》でさ……砂海船が巻き上げた砂に触れただけでも壊れちゃうんだ。それでも戦略上、偵察のために航空機を飛ばすことはあるけど、生還率は低いし、オレの艦隊では使わなかったな」

「……これもダンテの、犠牲《ぎせい》を厭《いと》わぬ用兵術か」

「そゆこと。レイメイちゃんは……まぁ、キレるよね」

ザファルが振り返る。

レイメイは仁王立《におうだ》ちし、こめかみに血管を浮き上がらせて、無言だ。

フォート・バベル方面から現れた戦闘機やヘリが、次々に砂塵《さじん》に狂わされて墜落《ついらく》していく。威嚇《いかく》や偵察が任務なのだろう。飛行部隊は早々に機首を返して後退していくが、欲をかいて突出した機体は落ちていく。これでは特攻も同然だ。

「このふざけた戦いを終わらせるぞ。あたしたちは殺し合いをしに来たんじゃねぇ」

レイメイの低い声に応えるように、反抗艦隊の砲塔が火を噴いた。

放たれた砲弾が、フォート・バベル手前の砂海に降りそそぐ。だが、炎は上がらない。敵艦がそこにいないのだ。砲弾はいたずらに砂海の表面で爆発し、むなしく砂を掘り返している。

一見無意味な砲撃がさらに数分、継続された。

砲撃がやみ、砂海が静まり返る。立ちのぼる砂塵のせいで、昇降塔はもう見えなかった。

「準備はできたみたいだな」

すぅと、レイメイは息を吸った。

「――全艦回頭！　目標、敵要塞フォート・バベル！　全速前進、ヨーソローッ」

カトラスを引き抜いて、切っ先でバベルの方向を示した。

声は放送とテレパスで、全艦に通じている。外輪が回る。艦隊は一斉に旋回し、砂煙の向こうの要塞めざして突撃していく。

敵要塞からの反応は、ない。砂海の砂はレーダーを攪乱《かくらん》する。ストランド・フリートはまだ、反抗艦隊の突撃を知らない。複数の砂海船が外輪で砂を掻《か》く、その轟音《ごうおん》が耳に届く距離に達するまでは！

フォート・バベル周辺の守備隊が、反抗艦隊の接近を知った時にはもう、遅すぎた。すでに主砲の射程距離ではない。我が身を顧みぬ砂海船の体当たりが……ストランド艦の船体と、衝突する！

要塞周辺の砂海に集まり、連結していたストランド艦が揺さぶられた。密集陣形が仇《あだ》となる。衝撃は波及し、連結艦隊が大いに揺れた。船と船がぶつかる異音。それに負けじとレイメイが、テレパスで増幅された号令を上げる。

「行くぞ野郎ども！　乗っ取りだッ」

潰《つぶ》れ、ひしゃげて、傾いた甲板《かんぱん》を駆けのぼる海賊衣装！　使いなじんだロープ付きのピッケルを投擲《とうてき》し敵船に食いこませると、レイメイは力強くロープを手繰《たぐ》り寄せ、傾いた舷側《げんそく》を疾《しっ》走《そう》！　船べりを乗り越え、見事に一番乗りを果たした。

甲板では当然、敵が待ち受けている。強引な突入に泡を喰《く》ったストランド兵がしゃにむに発砲するなかを、レイメイは縦横無尽に駆けまわった！

「影、ここに」

乱射する兵士の一人が、背後からの一撃でくずおれる。異変に気づいた隣の兵が振り返ると、その顔面に刀の鞘《さや》がめりこんだ。

月兎《げっと》は後続の味方に呼びかけた。

「一番槍《いちばんやり》の栄誉は、我が主《あるじ》レイメイが勝ちとった！　二番手はその影、月兎！　女こどもに後れをとるべからず。当世の男の武勇、見せてみよ！」

月兎のこの激励と挑発も、レイメイのテレパスが増幅している。脳に直接響く声に駆られて、ストランド艦への突入は熱狂した。

事前の砲撃で生じた砂塵《さじん》がおさまらぬなか、周囲では反抗艦隊の体当たりと敵船への乗っ取りが続いている。

こうも距離を詰められては、ストランド側は砲撃できず、砂塵のせいでヘリも飛ばせない。手狭な船上の白兵戦では、ストランド・フリートの数の利も活《い》きなかった。

「まずは、ひとォっ！」

レイメイが最初に乗りこんだストランド艦のブリッジで、歓声が上がる。

レイメイを筆頭に、反抗艦隊側が最初の一隻《せき》を攻め落としたのだ。舵《かじ》を奪われた砂海船は連結を引きちぎり、別のストランド艦への体当たりを準備する。反抗艦隊の作戦は、これを繰り返すことにあった。

「ふたァっ！」

レイメイが二隻目を制圧し勝鬨《かちどき》を上げたところで、月兎は進言する。

「味方もじゅうぶん勢いづいた。レイメイ、おれたちはさらに深く切りこむぞ。そろそろ敵の主力も出てくるはずだ」

男たちから持てはやされ、調子に乗っていたレイメイが、正気にもどる。

「おぉっ。ナノマシン適合者の、艦隊長たちか。上等だ。行こォーぜ、ゲット！」

レイメイを胴上げしようと取り囲む味方のなかには、あわよくば胸か尻でも触ってやろうと下心をのぞかせる者もいた。二人はこれを容赦《ようしゃ》なく鉄拳制裁し、次の船へと飛び移る。

いまだ制圧されていないストランド艦を、ふたつ、みっつと駆け抜けた。

途中で出くわす敵からの攻撃は、防ぎ、あるいは無視をする。適合者である月兎とレイメイにふさわしい敵は、この者たちではない。倒すべきは――。

「キエエェアアアアァァイッツ」

大音響の雄叫《おたけ》びとともに、突如《とつじょ》として大太刀《おおたち》を振りかぶる巨漢が出現した。

殺気を感知したレイメイが、すんでのところで奇襲をかわす。大太刀が甲板《かんぱん》を深く割った。

乱入者の足元には、さらに一名。迷彩状のモザイクを漂わせた、存在感の希薄な男がかがんでいる。超常のモザイクは濃霧のように密度を増し、かがむ男を消失させた。

大太刀使いの男が刀を引き抜き、二の太刀を構える。その刀身は青く輝き、周囲には青い火の玉が浮かんでいた。

どちらもナノマシン適合者に相違ない。レイメイと月兎が身構えた、その時――。

「行きなよ、レイメイちゃん。ゲットくん！　艦隊長はオレたちが引き受ける！」

ターバンの隙間《すきま》から金髪を垂らした、黒衣のザファルが、大太刀《おおたち》使い目がけて割り込んだ。

遅れて風切り音がやってきて、投擲《とうてき》武器チャクラムが大太刀使いに命中する。

「わりぃな、ザファル！　助かったッ」

礼を言い残し、走り去ろうとするレイメイの背後に、モザイクの霧が生じた。霧のなかから刃物を握った腕が伸び、そして――。

「ねえさんの邪魔しちゃ、だーめ」

からん。

薬莢《やっきょう》がはねる音とともに、音速の居合《いあい》が放たれ、レイメイを救う。電熱刀を折られた艦隊長は、ふたたびモザイク状の霧へと逃げ込んだ。

「イフラース！　恩に着る。だが、無理はするな！」

イフラースには月兎《げっと》が叫んだ。

その心配もどこ吹く風で、イフラースは笑っている。

「いってらっしゃい。ゲットも、ねえさんも」

イフラースの死角にモザイクが生じた。

からん。

鞘《さや》が薬莢を排出し、音速の居合が後方を薙《な》ぎ払う。ナノマシン能力者の艦隊長は、舌打ちをして霧に隠れた。

レイメイと月兎はフォート・バベルの最深部へと向かう。ザファルとイフラースの兄妹も、艦隊長たちとの戦いに集中した。

めくるめく戦局はうつろう。舞い上がった砂埃《すなぼこり》もいつしか落ちて、大気は凪《な》いで澄み渡っていた。

ドンッ。

不穏《ふおん》な衝撃が夜空を打った。

戦闘の音が止《や》む。双方が争いを止めて、頭上を見た。

フォート・バベル上空、夜の闇を切り裂《さ》いて、白く燃える飛翔体がのぼっていく。――半透明の不動の天体、異世界へと挑むように。

「あれ、なあに？」

イフラースが首をかしげる。その答えを、ダンテのために戦っている艦隊長たちですら知らない。

「キング・ダンテはまさか、異世界の採掘を、今？」

「だが、それでは我々ごと……」

戦いの手を止めた艦隊長たちが、不審げにささやきかわす。

音もなく、はるか彼方《かなた》の異世界にさかさまの炎が上がった。

「きれぇー……！」

目を輝かせているのはイフラースだけだ。

ひとつの星である異世界《ウォーズ》の質量に比べれば、炎の柱はあまりに小さい。しかしダンテはまぎれもなく異世界に触れ、影響を及ぼしたのだ。

爆発で異世界の地表から剝《は》ぎ取られた大地の破片が、重力に引かれて落ちてくる。今はまだ遠く塵《ちり》のように見えるそれは、こちら側の地表へ達する頃には、はたしてどれほどの規模の砂嵐になることか。

ここに至ってようやく、ストランド・フリートは知った。

砂海の王ダンテは、もはや我々を必要としていない。

困惑と静寂の時間は終わった。

兵士たちは生き残りをかけて、フォート・バベルのシェルターへ殺到した。

『か　あ　ご　め　か　ご　め　か　あ　ご　の　な　あ　か　の　と　お　り　い　は　あ』

ダンテは瞑想《めいそう》する。

十三人の天使たちはダンテを囲み、輪になって歌う。

『い　い　つ　う　い　い　つ　う　で　え　や　あ　る　う』

歌声は反響する。

フォート・バベル最深部たる第一層。昇降塔コントロール室前シェルター。すべての始まりの地であり、終わりの地。そしてまた、ここから新たな世界が始まるだろう。

『よ　お　あ　け　の　ば　ん　に　つ　う　る　と　か　あ　め　が　す　う　べ　っ　た』

ダンテは座禅《ざぜん》を解き、開眼する。

紅《あか》い目が侵入者をとらえた。

『う　し　ろ　の　しょ　う　め　ん　だ　あ　あ　れ』

隔壁が開く。現れたのは、レイメイだ。

「ようこそ。楽園《ハーレム》へ迎えるべき最後の天使よ」

「おう。ぶん殴りに来たぜ、ダンテ」

「それだけか？」

ダンテが腕を開く。天使の一人が輪をはなれ、吸い寄せられるようにダンテの傍《そば》に立った。紅くうつろな目をした、白い髪の少女。シノだ。

「俺を殺す、奪い返すと、息まいていたはずだが」

「そういう挑発にはもう乗らねえ。今度はあたしも、一人じゃないからな」

レイメイに応えて、背後に控えていた月兎《げっと》が進み出る。

髪と肌は、天使たちのように白い。しかし瞳の色は黒く、月兎の人体漂白がダンテや天使たちほどの高みに至っていないことをうかがわせた。

だが、それこそが人間性の証《あかし》なのだ。

「ダンテ。きさまはおれやレイメイ、のみならず多くの人間から、多くのものを奪ってきた。それらすべてを手放す時だ。すでに地上を守備するストランド・フリートは、きさまへの不信感で瓦解《がかい》した。きさま自身も、ここで終わる」

「否《いな》。これから始まるのだ。新たな時代。あるべきだった形の世界。ストランド・フリートなど、そのための手段にすぎん」

シノをはじめとした天使たちが、ダンテの身振りに従い、しりぞいていく。

「ストランド・フリートの間引きを手伝ってくれたこと、礼を言う。あれは大きくなり過ぎた。肥大した獣《けもの》は、生かしておけば新世界を毒する脅威《きょうい》となる。よって、計画発動までの間に縮小し、解体させておく手はずだった。お前たちの出現で、在庫処分の手間が省けた。好ましいことだ」

この挑発にも、レイメイは乗らない。隣り合って立つ月兎《げっと》の存在が、レイメイを支えていた。

ダンテはうすく目を細める。

両腕を浅く広げ、迎え受けるように立ちはだかった。

「たわごとはここまでとしよう。……来るがいい」

「言われなくてもッ、そのつもりだ！」

限界まで引き絞られた矢がついに解き放たれるように、レイメイと月兎は駆け出した！

　だが、突進の速度は同じではない。月兎は露払《つゆはら》いをするべく、速度を増して先行する。ナノマシン由来の駿足《しゅんそく》で、一瞬にしてダンテの正面へと到達！　鞘《さや》が起爆し、二刀流は音の速さで振り抜かれる！

　ダンテの紅《あか》い目が輝き、正面に斥力《せきりょく》の壁が発生。月兎ははじかれ、床を擦《こす》って着地する。

だがすでに、月兎のこの突撃を囮《おとり》として、側面に回ったレイメイのピッケルロープが投擲《とうてき》されていた。

　ダンテはそちらを振り向き、手をかざした。ピッケルは空中で停止する。ダンテの紅い目と、レイメイの黒い瞳が交錯した。

「諦《あきら》めの悪いことだ」

「それしか能がねェーんでなぁッ！」

　カトラスを鞘から抜いて、勢いまかせの大上段から斬《き》りかかるレイメイが、キネシスの壁に阻《はば》まれ派手に跳ね返された。

　レイメイの無様を見下ろし、ダンテはつぶやく。

「やはり無策か」

「はたしてそうかな」

　からん、からん。

薬莢《やっきょう》がふたつ跳ねる音。今度は背後から月兎が斬りかかる。鞘の起爆で加速した太刀《たち》が迫る。しかしダンテは振り返ることすらなく、刀に手をかざし、キネシスで押しもどした。

「人間の歴史の、無為な繰り返しを見るようで辟易《へきえき》する。発明もなければ、変革も起こらない。悠久の時のなかで、同じ愚を繰り返すのみ」

「お前みたいな頭いいヤツには、そう見えるんだろォーなぁ！　けどッ」

正面から、レイメイの突進だ。

何も学んでいない――そう断じかけたダンテは、山なりに投擲《とうてき》されたピッケルを見て、警戒を抱く。

カトラスで斬《き》りかかってくるレイメイ本体は、キネシスではじき返した。だが、高く放り上げられたピッケルはダンテを飛び越えて、背後へと落ちる。前後からダンテを挟んで迫る、月《げっ》兎《と》の足元へと！

すかさず月兎はピッケルを拾い上げた。くくりつけられた強靭《きょうじん》なロープが、ピンと張る。レイメイと月兎は息を合わせて、横へと移動をはじめた。低く張ったロープでダンテの足をすくい、転倒を狙う！

「レイメイ！　やはりおまえとの戦いは、おもしろい！」

快哉《かいさい》を叫ぶ月兎をよそに、ダンテの反応は素早く、冷静だった。

「理解できない」

風を切って足元にせまったロープは、キネシスの瞬間的な爆発に触れて、ちぎれ飛んだ。

「おわっ!?　縄跳び作戦失敗かッ」

「言葉も、暴力も、通じない。何度踏みにじっても、なぜか無謀《むぼう》な挑戦者が現れる」

「無謀を仕掛け続けるぞ、レイメイ!　点滴が岩をうがつまで!」

月兎がロープの切れたピッケルを投げつける。レイメイは月兎の意図を察し、駆け出した。回転して飛ぶピッケルと、巧妙にタイミングをずらした攻撃だ。さらにそこへ遅れて、月兎自身の居合《いあい》が到達するという、三段構えの連携に――。

砂海の王は、嘆息した。

キネシスの斥力《せきりょく》が再度発生し、接近する全方位の攻撃をはじき返す。レイメイと月兎は木の葉のように舞い上げられ、床に叩《たた》きつけられた。

「ま……だ、ま、だァッ!」

レイメイは起き上がってピッケルを拾い、カトラスとの二刀流でダンテに斬りかかった。

ダンテはあえてキネシスの衝撃波は用いず、圧縮した斥力をまとう両腕でレイメイを押し止《とど》め、至近距離で対峙《たいじ》する。

「犬の遠吠《とおぼ》えや鳥のさえずりにすら意味がある。言葉があるにもかかわらず、人は時に獣《けもの》より愚《おろ》かで、手なずけがたい」

「はあァ!?」

「心を読む力があるのなら、俺の中を覗《のぞ》くがいい」

ダンテを守る斥力《せきりょく》が、ふつりと消えた。

「感情から解放された、合理の境地へ、導こう」

力の均衡《きんこう》が崩れる。

レイメイのカトラスがダンテの脇腹に突き刺さった。勢いあまったレイメイの頭がダンテにぶつかる。その頭をダンテは両腕で摑《つか》まえ、引き上げて、無理やり額を押し当てた。

「何かまずい。レイメイッ、はなれろ！」

奇襲を準備していた月兎《げっと》が叫ぶが、もう遅い。

レイメイのテレパスは、絆《きずな》で結ばれた他人の意識に接続し、言葉や情報を共有する。殺気の感知という程度ならばともかく、本来は敵の思考を読む力ではない。

しかしダンテは天使を養育するなかで、この能力について深く研究していた。制約を逆用する抜け道。こちらの思想を流しこみ、染め上げるという、裏技を。

「レイメイ。お前も天使になれ」

ダンテは一切の警戒を解き、心を完全に開け放った。脇腹に刺さったカトラスは、無防備の代償だ。

「レイメイを！　はなせッ」

ダンテの背中を月兎が斬《き》りつけた。起爆する鞘《さや》から射出された二刀は、音速をゆうに超える。速すぎる太刀筋《たちすじ》に、数秒遅れてようやく血が噴き出した。だが——浅い。

──殺しはやらねぇ。

必殺の間合いにありながら、皮肉にもレイメイの信念がダンテを救った。

「その手心が命取りだ」

キネシスの衝撃波。月兎の体が毬《まり》のように飛び、はるか遠くの壁にぶちあたる。

「遺物の少年。お前は天使のなりそこないだ。ナノマシンの型が古く、自我も残りすぎている。俺の楽園《ハーレム》には必要ない。親父の影としての役割も、もう終わった」

ダンテが来る。月兎は動けない。取り落とした刀に腕を伸ばすが、遠い。

「死ね」

ダンテがキネシスを宿した腕を振り下ろす、その瞬間。

『──アタシの、かわいい、こどもたちッ』

身を低く伏せた姿勢で、女が割りこむ。おびただしい燐光《りんこう》を振りまく黒髪は、自ら発する光で内から照らされ、赤く変色して見えた。

『これ以上、殺させやしない！』

抜き身のカトラスを右手に、四肢をついてはいつくばる女は、吠《ほ》えた。

ダンテの周囲で爆発が生じる。月兎のパイロキネシスをはるかに超える大火力。女は立ち上がり、燐光に煌《きら》めくカトラスをふりかざした。

「海賊テンドウの亡霊。母親の憎悪《ぞうお》を憑依《ひょうい》させて、俺とのテレパスを断ち切ったか」

ダンテは両腕を突き出し、景色を歪《ゆが》めるキネシスの重層展開で守りを固めた。

しかし亡霊の剣技は荒々しい。一振りするたび燐光《りんこう》が生まれ、一瞬の時間差で爆《は》ぜて追加の衝撃波を生む。その間にも容赦《ようしゃ》なく斬撃《ざんげき》が重ねられ、砂海の王は押し負けていく。

圧倒的な手数の差だ。レイメイは優勢である。

だが、月兎《げっと》の呼びかけには焦りがにじんだ。

「レイメイ!? しっかりしろ。死者に呑《の》まれるな。ダンテの洗脳も論外だが、これはおまえの、おれたちの戦いだぞ!」

「……わかってる!」

返ってきたのは、まぎれもないレイメイの言葉だ。月兎を振り返る瞳は、一方は黒、もう一方は紅《あか》く染まっている。

「でも……でも、でもッ。ママの憎しみもあたしの一部なんだ! ……なのにッ」

猛攻に押され、肩で息するダンテを、レイメイは指さした。

「さっきの洗脳で、ダンテの頭のなかも、見た……! お前にも、いろいろあったんだよな。わかったよ……わかるよッ。それでも! 家族を殺されたことは許せねぇ!」

レイメイの目から、ぼたぼたと涙があふれる。

「なんだよ、これ。どうすりゃいいんだ……ダンテのことがわかって、かわいそうだと思ったのもほんとだ。でもやっぱり、仇《かたき》は討ちたい。けど、復讐《ふくしゅう》なんかにとらわれるのもイヤだ！　あたしの夢は冒険だ。もう一回大事な人をたくさん作って、お宝いっぱい見つけて、ママたち家族のぶんまで楽しく生きるんだ！　後味の悪い殺しなんか、したかねぇっ。……あたしは一体、どうすりゃいいんだよおッ」

黒髪に爪《つめ》を立てて、叫ぶ。

レイメイがテレパスで見たものが、感覚を共有する月兎にも垣間見えた。

ダンテの正体は、日向《ひゅうが》のクローンだった。

《筑紫《つくし》ノ国《くに》》崩壊後、ストランド・フリートの総督にすえられた日向がとった施策のひとつ。秩序を失った砂海に平和をもたらすため、理想の指導者が人工的に作られた。

正統なる王の血筋。

いかなる暗殺をも寄せつけない、個としての強さ。

感情を廃棄《はいき》したことで得た、非人間的な決断力。一方では、過去の知識や文化を尊ぶ精神性もあわせもつ。

それが日向が思い描いた、あるべき君主の姿。亡き父王のおもかげでもあった。

しかしダンテの製造と教育の過程は倫理を大きく踏み外していた。むごたらしさのあまり、のちに日向みずから計画を撤回《てっかい》したが——その時にはもう、遅すぎた。

先ほどの月兎との会談で日向が伏せていた、不都合な真実といえよう。あるいは月兎が日向につく選択をすれば、打ち明けられていたのかもしれないが。

さびしくはあった。百年の歳月で、日向《ひゅうが》はたしかに変わってしまった。月兎《げつと》にはそう思えた。

だが、今の月兎の主《あるじ》は、日向ではない。

「落ち着け、レイメイ。おれがいる」

月兎は動揺するレイメイの肩を摑《つか》み、まっすぐ見つめて、口にした。

「おまえは日向さまやダンテとはちがう。孤独ではない。一人ですべてを背負いこむ必要などない」

「でも……船長はあたしなんだ。あたしがしっかりしなくちゃ……！」

「しっかりしなくていい。もとよりおまえがしっかりしていたことなど、一度もない。忘れるな。レイメイはそのままでいい。……考えてもみろ。完全無欠の王など、つまらん。支え甲斐《がい》もなかろう」

月兎の言葉の大半は照れ隠しだ。

ほんとうに言いたいことは、テレパスで伝わっている。

「……へ。えへ。へへへっ」

レイメイの表情がじわりとゆるむ。最後にはしわくちゃの泣き笑いになった。

「ゲット。おまえのそーいうとこ、だいすき」

月兎の頰に朱がさした。だが、恥じる必要はない。この頰の熱は、命の熱だ。

「ゆくぞレイメイ。難攻不落の砂海の王、撃破の秘策は、おまえだ」

紅潮して加速した血流に乗って、ナノマシンが駆動する。月兎の瞳と刀は赤熱した。一日に二度までという制約を負うパイロキネシスの、惜しみない二重発動！

「絶望を与えよう。何度でも」

ダンテの腕がキネシスのねじれをまとう。

月兎は逆手に握った二本の刀の先端を、床に擦《こす》りつけ、火花を散らしつつ突進する！　刃に宿る輝きは、赤熱を超え、黄金色へ。通過後、床には溶けた二本の轍《わだち》が刻まれた。

一の太刀《たち》！　月兎は右の刀を、ダンテへと叩《たた》きつける！　あたかも床を鞘《さや》に見立て、そこから居合《いあい》を放つがごとき荒技である。

ダンテはこれを、左手の斥力《せきりょく》で受け止めた。

「しょせんは天使のなりそこない。お前の力は覚醒《かくせい》に至らない」

「かまうものか。おれは影だ」

二の太刀！　左の刀に対しては、右手のキネシスで対応するまで。そしてダンテにはなお余力がある。勢いを失い停止した月兎を、キネシスで押しつぶし、ねじ伏せることは容易だ。

しかし！

「決着は、おれの主がつける」

「――あたしはこっちだッ、ダンテぇ！」

隙《すき》をのがさず、船刀《はくとう》カトラスで斬《き》りかかるレイメイ！　月兎への対応で、ダンテはレイメイの接近をゆるした。

かろうじてキネシスで停止させたが……近い。

「あたしはまだ、お前をどうしたいのか、自分でもわからねぇ！　でもッ……だから！　だからこそ！　まだ世界を滅ぼしたりなんかするんじゃねぇッ」

「計画は発動した。異世界への攻撃プログラムは止まらない」

「そういう大事なこと、勝手になんでも決めてんじゃねーよッ。あたしにだって考えさせろ！」

「ならばその権利、力によって勝ちとるがいい」

ダンテが発する斥力《せきりょく》が強まる。競うように、レイメイの周囲を飛び交う燐光《りんこう》も増大した。

今やレイメイの両目は完全に紅《あか》く染まり、従える燐光は光に群がる蛾《が》のようにおびただしい。燐光は背後で爆《は》ぜ、レイメイがダンテの斥力にはじかれぬよう、その場に押し止《とど》めた。

しかしレイメイにとっては、前後から別々の力にはさまれ、ゆっくりとすり潰《つぶ》されていくかのような責め苦だ。食いしばった歯の隙間《すきま》からうめきが漏《も》れる。

「不慣れなくせに無理をするな」

レイメイの背後から、影は現れ、手を添えた。

「パイロキネシスの使い方をおしえる。おれにあわせろ」

テレパスが発動する。月兎《げっと》がレイメイを支えた瞬間、無秩序だった燐光の暴走がやんだ。

弱小なナノマシン能力しか得られなかった月兎だからこそ、工夫を重ね、繊細《せんさい》なコントロールに努めてきた。荒れ狂う憎悪《ぞうお》の炎も、月兎ならば手なずけ、御することができる！

レイメイの背後に、新たに燐光が生じた。それはもはや、復讐《ふくしゅう》に燃える赤黒い鬼火ではない。もっと温かな、黄金の粒子だった。

レイメイは力の維持に専念しつつ、影に命じた。

「行け、ゲット！　あたしの力、ママの力だ。預けるッ」

「御意」

レイメイと二人がかりで支えていたカトラスを、月兎は託され、振りかぶる。

三の太刀《たち》！　いまだ黄金の粒子をまとう舶刀《はくとう》は、熱と光で斥力の壁を蝕《むしば》み、絶対防御の内側へ沈み込む！　ダンテを包む景色の歪《ゆが》み、キネシスのフィールドが……裂《さ》けた！

「道は開いたぞ、レイメイ！　最後は！　おまえ自身の手でッ！」

カトラスを振り切り、すべての力を使い果たした月兎は、殴り飛ばされる。

「無駄だと言っている」

ダンテは自らの腕力で月兎を排除した。

身体強化はナノマシンの基本機能。キネシスの守りを破ったところで、ダンテには強靭《きょうじん》な身体能力がある。だが！

「無駄なモンかよぉ！　あたしはお前を、殴りに来たんだッ」

えぐるようなアッパーカット！　思い切りよく踏み込んだレイメイの一撃が、ダンテの顎《あご》を、とらえた！

それは初めての有効打となった。難攻不落の砂海の王が、たたらを踏む。

レイメイは今、ダンテと同じステージに立ち、戦っている！

だが。

「やはり、軽い」

ダンテがさらした隙《すき》は一瞬にすぎない。すぐ立て直して、逆にレイメイを殴りつけた！

レイメイは両腕を交差してこれを受け止めるが、体格の差はくつがえしがたい。ブーツのつま先が床に食い込み、大きく後退。焼けたゴムのにおいがのぼる。

「軽くたってぇ……百発ぶちこみゃ、こたえるだろォーがッ」

握りこぶしを固め、反撃！　意表を突いた先の一撃とちがい、直撃してなお、ダンテの体はびくともしなかった。だが、ダンテの凍《い》てつく無表情に、ノイズのような怪訝《けげん》がよぎった。

目の前のレイメイの姿に、セピア色の映像が重なっている。

「テレパスの記憶の流出か。己の能力ひとつ、制御しかねるとは」

ダンテは目をしばたたき、幻影を振り払った。

重いフックがレイメイの腹を突き上げる。だが、手ごたえが硬い。腹筋に力を入れてこらえたか。

「まだまだァ……殴り足りねぇーぞ……！」

レイメイは白衣を掴《つか》み、逆の手でダンテの胸を打った。これも軽い。しかし直接接触の影響で、またしてもレイメイのテレパスがダンテに混線する。視界をよぎるセピア色の影は先ほどよりも鮮明だ。

この少女は、幼い頃のレイメイか。

続くこぶしが、ダンテが見る幻を上書きした。少し成長した姿のレイメイ。〈モノケロース〉号の甲板《かんぱん》の上、たくさんの家族に囲まれている。笑顔の人々。今はもういない。

続くこぶしを、ダンテは掴み止めた。

「無駄。無意味。無様。大いなる計画の前では、個々の人間の生など意味がない」

「だったらお前はどーなんだよ、ダンテ！」

レイメイは全身のひねりで拘束を振りほどき、距離をとった。そうして稼いだ距離をとって返し、助走をつけたこぶしを振りかぶる。勢いはある。だが、直線的すぎる。

ダンテはこの一撃も手のひらで受け止めた。

「俺は作られた命。プログラムだ。人ではない……」

ざあと、風が吹きつけた。

そんなはずはない。ここは屋内である。掴み止めたこぶしから、またテレパスが流入しただけだ。早く戦闘に意識をもどさなければ――。

『アタシゃ決めたよ。この子の名前はレイメイだ』

砂まじりの夜風は冷たく、体を包む女の肌は熱い。ずっと聞こえている泣き声は、自分自身の——レイメイの、生まれ落ちて間もない命の叫びだ。

『ごらんレイメイ。夜が明ける。世界があんたを祝福している……』

「くだらん感傷だ」

ダンテが腕を振るうと、幻はかき消えた。幻にとらわれていた時間は、現実において一秒にも満たない。

だが、戦局は動いていた。レイメイの位置が記憶より近い。次の打撃が、来る。

馬鹿のひとつ覚えのような一振りを、ダンテはガードした。こぶしと防御の接触点で、テレパスがはじける。またセピア色の影がやってくる。

『レイメイ』『レイメイ！』『おねえちゃん』『全速前進、ヨーソロー！』『敵影捕捉。二時方向。会敵まで二百十秒』『心配するな。兄ちゃんたちに任せとけ』『乗っ取りだ！　さあ、アタシの後に続きなッ』『殺しはするな！　繰り返す、やり過ぎるんじゃないぞ。ママに叱《しか》られたくなかったらな！』『やったな、レイメイ』『レイメイよくやった！』『さすがアタシの子だねぇ。レイメイ、あんたにはいいところがたくさんある！』

「——やかましいッ！」

ダンテは怒号した。

すでに十数回、レイメイのこぶしを受け、そのたびに記憶の混線を繰り返している。

混線は思いのほか厄介《やっかい》だった。その一瞬、ダンテは意識が飛ぶ。その隙《すき》にレイメイの次の打撃を受けることで幻が生じ、際限なく幻と打撃のループに嵌《は》まってしまう。

「なんだこれは。くだらんホームビデオの垂れ流しか。この姑息《こそく》なまねをやめろ。それとも、試験管のなかで作られた俺への当てつけか⁉」

「なあ、ダンテ」

レイメイの声。背後からだ。

「やっぱり心、あるじゃねえか」

直後、力任せのこぶしが、ダンテの背中を直撃した。とはいえ軽い。問題は、その後に訪れる——。

「百連発。あたしの一生、ぶち込むぞ！」

打撃のラッシュと、それにともなう記憶の洪水がダンテを呑《の》み込んだ。

七つの砂海を巡る〈モノケロース〉の航跡を見た。

各地の勢力との絶え間ない戦闘。船の中での温かな食事。新しく生まれた妹たち。最後の砂海《ミラージュ》上空の逆さ都市。氷の海を遊弋《ゆうよく》する、大いなるアルビオン。《サーマル》の燃える雨。敵船から奪った戦利品を奪い合い、分け合って笑う兄弟たち。騒々しくもかけがえのないあの頃。もう二度ともどらない日々。

「これが感情か」

ダンテは歪《ゆが》みをまとう腕をかかげた。

「実に！　不快だ！」

衝撃波がレイメイをなぎ倒した。

時間切れだ。ダンテの心臓が血中ナノマシンの再生産を終えた。ダンテはふたたび、大規模なサイコキネシスの使用が可能となる。

「レイメイ、今、お前のカトラスを――ッ!?」

「座して待て、資格なき者よ」

月兎《げっと》の加勢を超重力で封じ、ダンテは逆転の芽を摘みとる。そしてレイメイを見た。

「礼を言う。おかげで俺も感情とやらを理解した。なるほどくだらん。心など足かせでしかないと、つくづくわかった」

ダンテは手をかざした。

「死ね。世界再生の礎《いしずえ》となれ」

空気が張り詰める。

――数秒が過ぎた。攻撃は、来ない。

ダンテの様子がおかしかった。顔を歪め、苦悶《くもん》している。指先は小刻みに震えていた。

レイメイは血の混じった唾《つば》を吐き捨て、言った。

「殺せねえだろ。あたしのテレパスじゃ、心がないダンテの心を読むことはできなかった。でも、あたしの心をダンテに見せることはできた」

「それがどうした!?」

ダンテが掲げる腕は、キネシスが生み出す大気の歪《ゆが》みをまとう。ナノマシンは正常に作動している。それなのに、キネシスが発動しない。なぜ!?

レイメイは武器も道具も持たず、まっすぐダンテへ歩みよっていく。

ダンテはおののいた。腕を振るい、キネシスの衝撃波を叩《たた》きつけようとしたが、またしても不発に終わる。攻撃が、発生しない!

「さっきあたしを洗脳しようとした、その、お返しだッ」

無防備なダンテの額に叩きつけられる、渾身《こんしん》のヘッドバット!

かつてない膨大《ぼうだい》な記憶が流入して、ダンテはたまらず膝《ひざ》をついた。めまいがする。物理的な衝撃のせいだけではない。

セピア色の幻が、目の前のレイメイと重なる。外見に違いがないということは、そう昔の記憶ではないのだろう。

記憶の中のレイメイは、存在しない幻覚の妹に向けて、虚空《こくう》に話しかけていた。

ダンテの胸が、鋭く痛んだ。

「俺に、何をッ……した。なぜ攻撃が当たらない。いや、なぜ……攻撃する気になれない。お前を見ていると、胸がざわつく。しめつけられる。この息苦しさは……何だ?」

「やっとわかったかよ」

レイメイは疲れ果て、へたりこんだ。

「心だ。ばーか」

ダンテの紅《あか》い目には、涙がにじんでいた。

流し込まれた記憶は、レイメイのすべてだった。

家族とともに過ごした時間。家族を失ってからの日々。そして月兎《げっと》と出会い、孤独ではなくなった現在。喜びと喪失《そうしつ》、憎しみと受容。その先に見つけた希望。

レイメイの心の働き、そのすべてを、ダンテは一瞬にして体感させられたのだ。

心を知ったダンテは、これまでの自らのおこないの意味を知り、戦慄《せんりつ》した。

「俺が、殺したのか。この人々を。この、俺が」

ダンテはうずくまったまま、凍りついた。処理しきれない感情は、涙になって流れ出た。

「俺は、取り返しのつかないことを……したのか？」

ダンテは致命的な無防備をさらしている。

復讐《ふくしゅう》の絶好の機会を前に、レイメイは動けなかった。黒髪にまじる母の力の残滓《ざんし》、黄金の粒子が消えていく。

「まだ終わりではないぞ。ダンテ、敗北を認めるか」

ダンテのキネシスが消え、自由になった月兎が、体を引きずりながらやってきた。

「レイメイに妹を返し、日向《ひゅうが》さまを解放し、ストランド・フリートに戦闘停止命令を出す――そのいずれよりも先に、まず昇降塔の砲撃を止めてもらおう。異世界が落ちれば、すべては元の木阿弥《もくあみ》だ」

月兎《げっと》はダンテの前に至ると、大儀《たいぎ》そうに刀を抜いて、突きつけた。腕がふらつき、切っ先が定まらない。月兎もまた消耗している。

もしも今、ふたたびダンテが戦闘の意思を見せれば、勝負にもなるまい。

「三度は言わんぞ。砲撃を止めろ」

「……できない」

「まだ、やるか」

月兎は凄《すご》んでみせた。レイメイの顔にも緊張が走る。

ダンテは力ない仕草で、首を横に振る。

「違う。そうではない。俺には……責任がある。この計画を最後までやり遂げる、責任が」

「ダンテ、お前、まだそんなこと言ってんのかよ？　ここまでやって、まだ、命の重さがわからねぇのか……？」

悲痛な顔で訴えかけるレイメイに、ダンテは叫び返した。

「違う！　なればこそだ。俺がしたことは、もはや取り返しがつかん。だからこそ……俺は俺が奪った命に対して、償《つぐな》わねばならん。異世界を落とせば、これ以上この地域に砂が降ることはない。ふたたび大地に緑が芽吹き、環境は再生する。そうすれば、今一度この地に命は栄えるだろう……楽園は絵空事ではない！　だがここで今、計画を放棄《ほうき》すれば、俺が殺した者たちの犠牲《ぎせい》は無駄になる」

「バカ野郎ォッ！　そんなの言い訳だ、ごまかしだ、デタラメだっ。ダンテだってわかってんだろ!?　今やめなくちゃ、今、人が死ぬんだ！　ずっと先の未来じゃなくて、あたしは今、目の前の現実の話をしてるんだッ」

レイメイの必死の叫びも、ダンテには届かなかった。

ダンテはもはや無表情ではない。

唇を固く結び、頰を引き締めた、かたくなな表情を浮かべていた。それは救うことも救われることもあきらめ、絶望的な使命感に駆られた者の顔だった。

「現実を見ていないのはお前だ、レイメイ。砲撃プログラムは止まらない。停止の権限を持つ者は、旧文明《筑紫ノ国《つくしのくに》》の王族のみ。しかし死に体の日向に、もはやその力はない。残るは日向のクローンである、俺だけだ。だが今さら、説得に応じるつもりもない……」

「わかった。もういい」

ダンテの言葉を、月兎がさえぎる。

「おれがやる」

隔壁ごしにも、規則的な砲撃の音は聞こえていた。昇降塔は本来の用途を歪《ゆが》められ、今も異世界を攻撃している。

レイメイとダンテは、驚いて月兎《げつと》を見た。ただの戦闘要員と思われていた少年は、確信を持った歩みで制御室へ向かう。

「聞いていなかったのか。プログラムを止められるのは、王の血を継ぐ俺だけだ。機械を破壊すれば止まるような、単純なシステムでもない」

引き止めようとするダンテに、月兎は振り返らず答えた。

ややもすれば、見当違いな昔話を。

「かつて《筑紫《つくし》ノ国《くに》》の宮廷に、二人の御子が生まれた。一卵性の双生児であった双子の、一方は壮健、もう一方は虚弱であった。帝《みかど》は健康優良な兄皇子に王位を譲ろうと考えつつも、暗殺や病死への備えとして、弟皇子もひそかに育てた。――はじめから、健康な兄皇子だけが生まれたことにして」

「まさか……!? いや、だが貴様は、むしろ」

亡国の秘密を察しかけ、ダンテが驚く。月兎は淡々と続けた。

「皇子の名は日向《ひゅうが》。存在しないとされた弟の名は月兎。秘密を守るため、おおやけに会う機会は限られたが、双子の仲はむつまじかった。しかし弟皇子の病状は日に日に悪化し、影武者《かげむしゃ》すら務まらないと断じられかけたころ……兄日向は、弟月兎を守るため、一計を案じた」

制御室の前にたどりつく。

月兎が中に足を踏み入れると、そこには数人の天使と、車いすに乗せられた老人が待ち受けていた。

月兎は目を伏せ、片膝《かたひざ》をつく。

「影、ここに」

老人は何も答えない。もはや声どころか、瞼《まぶた》を開けることもままならないほど衰えていた。百幾年。病弱な弟皇子が生きるには、あまりに長く、苦しみに満ちた年月であっただろう。

ひざまずく月兎が嚙《か》み締める唇からは、血がにじむ。

「兄の日向は帝に進言した。兄と弟、その役割を入れ替えてはどうかと。どうせ儚《はかな》き命。暗殺の弾よけに使うならば、軟弱な弟で充分。……父上がその言い分を真に受けたとは、おれも思わん。だがおそらく、おれの本心を察し、提案にも一定の利を認めてくださったのだろう。日向と月兎は入れ替わった。それ以来、病弱な弟は《筑紫ノ国》ただ一人の皇子、日向親王《しんのう》として最高の医療を受け、その傍《そば》には月兎という名の近衛《このえ》がついた」

老人の前に立ち上がった月兎の声は、震える。

「おれには……わかりませぬ。おれは結局、かえってあなたを苦しめただけではなかったか。皇子という大任に就かせたことで、あなたの逃げ場を奪ってしまったのでは。むしろおれが王となり、あなたを……おまえを守り抜くことこそが、兄としておれの義務だったのではないか」

「ゲット……」

うしろからついてきていたレイメイが、心配そうにのぞきこんだ。

だがそれ以上、かけるべき言葉が見つからない。

少年はかぶりを振った。

「今だけは、日向《ひゅうが》と名乗る。おれは《筑紫《つくし》ノ国《くに》》の正統なる王位継承者、日向だ。……弟よ、そして我が甥《おい》ダンテ。おれの不在の間、よく玉座を守り抜いた。これよりおれは《筑紫ノ国》の王として、最後の責務を果たす。何人《なんぴと》たりと邪魔立てはまかりならぬ。控えて見よ」

言葉には威厳があった。長く主《あるじ》に仕え、理想の王の何たるかを案じ続けたがゆえの重みだ。

制御室にある、タッチパネル式の認証装置に手のひらを置く。システムはあっけないほど簡単に少年を受け入れた。

女性を模した電子音声が、王の帰還をことほいだ。

『生体認証を確認しました。おかえりなさいませ、日向親王《しんのう》殿下。昇降塔の設定を変更されますか？　現在塔は自動制御モードで運行中……』

「機能をすべて停止しろ」

システムはプログラムされた情報の読み上げを中断し、答えた。

『緊急停止コード受領。塔システムは休止モードに移ります』

「今までご苦労だった」

システムはもう答えない。パネルは暗転し、すでに省力状態に移っている。点々と、その上に涙が落ちた。

「ほんとうに……苦労をかけた」

『いいんだ、兄さん』

幼い声がして、思わず少年は振り返った。

老人の傍《そば》に、カンパニーのＴＰ３が立っている。

戦闘に巻きこまれたのだろう、スーツはぼろぼろで、息を切らせて脇腹を押さえていたが、健在だ。いつものようにテレパスで読み取った老人の声を、代読する。

『わたしの方こそ、ありがとう』

もはや何と名乗るべきかもわからぬ白い髪の少年は、車いすの老人めがけて、歩みよった。

老人は動かない。手を伸ばしかけて、思いとどまり、代わりにＴＰ３の肩を激しく揺する。

「弟は、他になんと言っている」

「……たった今、お亡くなりになられました」

少年はくずおれた。老人の膝《ひざ》にすがりつき、顔をうずめる。小刻みに肩が震える。声も涙も涸《か》れ果てた、すすり泣きだった。

「なあ」

レイメイは呼びかけたが、言葉が続かない。そもそもどう呼んでいいのかわからなかった。

月兎《げっと》は、ゲットではなかった。

そもそもそんな少年は、はじめからいなかったのかもしれない。レイメイが見ていた、都合の良いシノの幻と同じで、演じられた、実体のない影そのものにすぎなかったのだとしたら。

レイメイは恐れた。そしてほとんど、確信していた。

ゲットはもう、帰ってこないと。

だから、少年が口を開いた瞬間、レイメイの肩はびくりと跳ねた。

「おれは、月兎《げっと》だ。これまで通り、そう呼んでいい」

少年——月兎が立ち上がる。

頬の涙は乾いていたが、そのぶん目元は腫《は》れていた。ナノマシンの過負荷で充血した目は、一層泣きはらしたような印象を与えただろう。その眼差《まなざ》しの強さがなければ。

「すべて、決着がついた。今、おれの生きる理由は、おまえだ。……さあレイメイ、次は何をする？」

月兎は微笑《ほほえ》む。

「この影に、おもしろき世を見せてくれるのだろう」

鼻の奥がつんと痛んで、レイメイの目頭が熱くなる。だがこれ以上、もう涙は必要ない。

震えるこぶしを突き上げて、レイメイは腹いっぱいの声を叫んだ。

「決まってんだろッ——冒険だ！」

【6】航海日誌・一号

あの日の顚末《てんまつ》を、ここに記す。

事態を収拾したのは、ダンテ自身だった。

あれほどの騒動のあと、周辺の勢力が動きださなかったはずがない。

異世界への攻撃プログラムが中断され、混乱状態のフォート・バベルへ最初に現れたのは、《ウォーズ》直下地域第二位を誇る勢力、監獄都市の艦隊だった。決戦を期して現れた敵艦隊を前に、ストランド側は抵抗せず、ダンテは自ら進んで拘束を許した。

監獄都市はかつての司法関係機関で構成された、砂海の警察を自認する集団だ。脱獄不能と称される要塞から、ダンテが出ることは二度とないだろう。

レイメイは再三、仲間となってともに来るようダンテを説得したが、無駄だった。それもあの男なりの贖罪《しょくざい》だったのかもしれない。

とにかくあの日、ダンテの無条件降伏と引き換えに、戦闘は終息した。

その後、ストランド・フリートは規模を大幅に縮小したが、解散にまでは至らなかった。

百年にわたり存在した組織がある日突然消滅すれば、地域に混乱を招くことは必至――残党たちにそれほどの自覚があるかは疑問だが、これからのストランド・フリートは、自衛力を持つ商船団として再出発する見込みだ。

レイメイの海賊団の方は、ずいぶん賑《にぎ》やかになった。

短期間にこれだけ人が増えたのだから当然だが、それにしてはなぜ、おれ以外に記録をとる適任者がいないのか……。

ちょうどいいので、海賊団に加入した者たちについても記しておく。

まずザファルだが、当初のように元ストランド・フリート第十一艦隊、血族の五十余名をまとめる中隊長として活躍している。

作戦参謀であり、戦闘能力も高いが、文書においては誇張癖があるため記録係からはずされた。奴《やつ》にはごく事務的な文書で叙述トリックをしかけてきた前科がある。そういう裏切りはいらないし、期待していない。あの男は賢いが、あほだ。

またザファルの妹イフラースだが、白兵戦では頼りになるが、文章を書かせると空想ばかり書き連ねるため役に立たない。あれでは小説だ。しかも登場人物はイフラースとレイメイしかいないとは……あの女、すこしレイメイに懐《なつ》きすぎていないか？　ときどきレイメイを見る目が妖《あや》しい気がする。

……一応、気にかけておくこととする。

次にユタだが、有能なあの男が同行してくれていることには、大いに助けられている。

元第三艦隊はカンザス副艦隊長以下、ほとんどがストランド・フリート、テンドウ海賊団どちらにもつかず、祖先の故郷である北米大陸へ旅立つことを決めたようだが……ユタはレイメイのもとに残り、船団の会計係に就いた。

本来ならばこのような航海記録にもユタがもっとも適任なのだが、いかんせん書類仕事で頼りになりすぎるあまり、より重要な仕事が山ほど回され……かえって頼むのが忍びなく、おれが記録をつけている次第だ。

そして、有能なのに役に立たないという意味では、該当する者が他にもいる。

シノと、天使と呼ばれたこどもたちだ。

彼らは変わらず、気ままに遊び、歌い、周囲を無視して落胆させている。

別れる前にダンテから聞かされた話によれば、ナノマシンの天使たちは今もまだ成長の途上にあるのだという。

いずれはダンテのように自我を持ち、自ら言葉を話し行動しはじめる日が来るはずだ——その過程で、シノが記憶をとりもどす可能性はある。

レイメイは時間が許す限りシノのそばにいて、過去の話や、その日のできごとを語り聞かせるようになった。

部外者ながら、シノと交流するレイメイの姿は、痛ましくも微笑《ほほえ》ましく思う。

おれにも弟と——日向《ひゅうが》さまと、あのように過ごす未来は、ありえたのだろうか。

時がすべてを癒《いや》し、姉妹がふたたびかつてのように暮らせる日が来ることを、切に願う。

この件に関して、おれからは以上だ。

不慣れゆえ、筆がそれた。話をもどす。

現在のシノに書記が務まらないのは言うまでもなく、あのレイメイがさらに論外であることは、なおさら言うまでもない。

以上のことから、新テンドウ海賊団の航海日誌担当を、おれが引き受けた。

航路についても記しておく。

船団は現在、ストランド・フリートが支配していた砂海《ウォーズ》を離れ、隣接する《トゥームス》直下地域を目指し、航海している。

《トゥームス》の砂海は、上空の異世界の性質の違いから、砂漠を構成する砂の色が白い。

これは粉末状になった《トゥームス》原生生物の骨が砂の主成分であるためで、直下地域を支配する企業勢力カンパニーは、白砂から抽出した遺伝子情報をもとに復元した生物の輸出を主力産業としているのだとか。

《トゥームス》に関する興味深い情報を提供してくれた同盟者、ＴＰ３については、現在複雑な状況にあり、その詳細については別途記載を……。

「ゲット！　おいゲットッ。どこにいるんだ!?　さっさと出てきて、手伝ってくれよ！」

筆を走らせる手が止まる。騒々しい女の声が、とうとうじかに聞こえてきた。

テレパスを遮断してまで航海日誌をつけていたおれは、ため息をついて立ち上がった。

おれの船室に、レイメイが駆けこんでくる。頰が上気して、こころなしかうれしそうだ。

「なぁゲットってば！　まじヤベェんだって。島みたいにでッかい生き物が、こっち向かって泳いできてるんだ！　あれってもしかして、カンパニーが作った最強の砂海生物——『クジラ』じゃねーかなぁ!?　漁師のおっちゃんたちの、伝説の！」

「知るか。おれは非番だ。魚くらい〈ジュデッカ〉の当直でたおせ。〈シェヘラザードⅡ〉のイフラースも起きているだろう」

「そうだけどさぁ。あたしとゲットで倒した方が、楽しいだろっ!?」

何のてらいもなく、面と向かってそう言われて——おれはまんざらではなかった。

おれは影だ。内心の情など、日誌に書き残す価値もない。だが。

この時代、この場所にいる意味を、今は前向きにとらえている。

すべてを捧げる覚悟で仕えた主《あるじ》と死に別れ、かわりにこのおもしろき女と出会った。

もう少し、生きてみるのも悪くはない——おれは今では、そう思っている。

砂の海のレイメイ
七つの異世界、二つの太陽
終劇

あとがき

異世界ってもうちょっと、ちがう使い方できないかなぁ。

そう思ったのがきっかけでした。

異世界転移、異世界転生、いろいろあるけど、他の形で別々の世界を交わらせてみたい。たとえばいっそ物理的にくっついてしまうとか。それもある日突然ふたつがひとつになるのではなく、何百年も時間をかけてゆるやかに融合していくような。

空に壊れかけの異世界が浮かんでいて、少しずつ崩れながら降り積もっていく……巨大な砂時計のようなイメージが、ポストアポカリプスものの砂漠の光景と重なって、このお話の世界観ができあがりました。

しかしまあ、砂海って暮らしにくそうなところです。天然の砂漠じゃないので雨はまずまず降るんでしょうけど、そのたびぬかるみだらけになるだろうし、それとは別に砂が降るから洗濯物だって干せそうにない。もちろん国家や法律もないので、治安が悪い。

普通だったら、そんな世界に絶望してしまうかもしれません。というか、登場人物たちの多くは、大なり小なりそうなっています。

でも主人公のレイメイは違う。苦しいこと、悲しいこと、たくさんあるけど、それでも幸せになることを諦《あきら》めていない。

欲望に素直で、足りないものだらけ。直情的なくせに、どこか性善説で生きているから敵のことを憎みきれない。甘い。もう一人の主人公、月兎《げっと》にもそう言われてしまう。けどだからこそ、他人や世界に絶望しないで生きていける。

暴力がまかり通るこのお話の世界で、レイメイのこんな生き方はとても危うい。そう思ってしまった人たちがレイメイの周りに集まって、ついレイメイを助けてしまうというのが、今回のお話の大筋です。

都合のいい物語かもしれない。現実もたいがい大変で、フィクションみたいな世紀末でこそないけれど、かわりに都合のいい奇跡の大逆転も起こらない。現実が厳しい時に、こんなお話はばかばかしくて、かえって神経を逆なでするだけかもしれない。

それでも私は、私の人生の一番つらい時に、ばかげたものに救われました。

つらければ休んでもいい。しばらくあほになってボーっと過ごすのもいい。生きてさえいれば、たぶんまた歩き出せるでしょう。昔のような歩き方はできなくても、足を引きずりながら、どうにかこうにか。

このお話が、つらいことに耐えている誰かの一時の鎮痛剤になってくれれば、うれしいです。

編集の渡部《わたべ》さん、イラストレーターのＰＡＮ：Ｄ《バンディー》さんをはじめ、本作の制作にかかわったみなさん、支えてくれた家族、そのほか示唆をいただいたすべての人に感謝します。

AGAGAGAGAGAGAGAGA

ガガガ文庫7月刊

白き帝国2　約束の戦旗

著／犬村《いぬむら》小《こ》六《ろく》

イラスト／こたろう

八つの聖珠を敵味方に分たれた剣士たちが、自らの死を懸けて奪い合う。主人公不在、先読み不能！「とある飛空士」シリーズ犬村小六が圧倒的筆力で描く、唯一無二の超巨弾王道ファンタジー群像劇、第二弾！

ISBN978-4-09-453195-4（ガい2-35）　定価979円（税込）

砂の海のレイメイ　七つの異世界、二つの太陽

著／中島《なかじま》リュウ

イラスト／PAN:D《パンディー》

空に七つの異世界が現れ、文明は砂海に沈んだ。力の法に支配された世界で、海賊レイメイは、百年の眠りから目覚めた忍者・月兎と出会う。自由を求める海賊と、忠義の忍が手を結ぶとき、絶望の海に新たな日が昇る！

ISBN978-4-09-453199-2（ガな12-1）　定価858円（税込）

夏を待つぼくらと、宇宙飛行士の白骨死体

著／篠谷《しのや》巧《たくみ》

イラスト／さけハラス

「僕らの青春は奪われたんだ！」二〇二三年七月、緊急事態宣言も明け日常を取り戻しつつある僕らは、受験前の思い出づくりで旧校舎に忍び込む。物置部屋の扉を開けると、そこにいたのは宇宙服を着た白骨死体だった。

ISBN978-4-09-453198-5（ガし9-1）　定価836円（税込）

変人のサラダボウル7

著／平坂《ひらさか》読《よみ》

イラスト／カントク

オフィム帝国最後の生き残りであるサラを抹殺するため、異世界から暗殺者が送り込まれる。三人目の異世界人、アルバの登場は、岐阜の地に新たな混沌を巻き起こすことになり――。予測不能の群像喜劇、第七弾登場！

ISBN978-4-09-453196-1（ガひ4-21）　定価792円（税込）

負けヒロインが多すぎる！7

著／雨森《あまもり》たきび

イラスト／いみぎむる

ツワブキ高校新一年、白玉リコ。廃部危機の文芸部を救ってくれる天使かと思いきや、トラブルを起こして停学中の超問題児で……？　リコのリベンジ大作戦に巻き込まれた文芸部の明日はどっちだ!?

ISBN978-4-09-453197-8（ガあ16-7）　定価836円（税込）

負けヒロインが多すぎる！SSS

著／雨森《あまもり》たきび

イラスト／いみぎむる

膨大なボリュームの特典SS、フェアSS、コラボSSなどを40篇以上収録！　マケインを語る上で欠かせない負けヒロインたちの幕間ショートショート短編集！

ISBN978-4-09-453201-2（ガあ16-8）　定価814円（税込）

ノベライズ

小説　夜のクラゲは泳げない3

著／屋《や》久《く》ユウキ

カバーイラスト／popman3580《ポップマンサンゴーハチゼロ》　本文挿絵／谷口淳一郎《たにぐちじゅんいちろう》

原作／JELEE《ジェリー》

ついに目標のフォロワー10万人を達成した「JELEE」。そんな中、まひるにサンフラワードールズのイベント用イラストの仕事が舞い込んでくる。TVアニメ『夜のクラゲは泳げない』のノベライズ、完結巻！

ISBN978-4-09-453200-5（ガや2-17）　定価858円（税込）

GAGAGA

ガガガ文庫

砂の海のレイメイ　七つの異世界、二つの太陽

中島リュウ

発行　2024年7月23日　初版第1刷発行

発行人　鳥光 裕

編集人　星野博規

編集　渡部 純

発行所　株式会社小学館
〒101-8001 東京都千代田区一ツ橋2-3-1
[編集]03-3230-9343　[販売]03-5281-3556

カバー印刷　株式会社美松堂

印刷・製本　TOPPANクロレ株式会社

Printed in Japan　ISBN978-4-09-453199-2